大手前大学比較文化研究叢書1

谷崎潤一郎と世紀末

松村昌家＝編

思文閣出版

大手前大学比較文化研究叢書刊行に際して

大手前大学に比較文学比較文化専攻の大学院修士課程が設置されたのは一九九六年、そして二年後には博士後期課程が発足した。これを契機にわれわれは、大手前大学比較文学比較文化学会を設立し、大学院学生のための研究発表の場を提供するとともに、教員と学生の間の研究交流の親密化を図ってきた。

博士後期課程設置後、最初の三年目を迎えた頃から、大手前大学大学院の研究・教育の特徴を活かした機関誌発行の必要性が痛切に感じられるようになった。そしてわれわれは、文学・文化の比較研究の最も好ましい形として、学際的研究を定期的にまとめて内外に問うべく、その準備に取りかかった。幸いにしてわが大学院には、芸術、文学、歴史、文化人類学などの諸領域にわたって有能な研究者がおり、多種多様な研究テーマを論じ合う可能性についての展望も開けてきた。

学際的研究とは、英語の"interdisciplinary"の訳語だが、「学際」は「国際」に倣って造られた語であることにも自らあらわれているように、複数の学問分野にまたがって部門ごとの孤立よりも、諸領域間の共同を図ることを旨とする研究法である。日本における研究体制の現状では、言うは易く行うは難し、という面があるだろうが、その困難を乗り越えて、新しい研究方法を根づかせるというのが、本叢書の狙いであり、願いである。

本叢書は以後二年に一回の割合で刊行される予定である。学内ばかりでなく一般学界においても資するところがあれば幸いである。

二〇〇二年二月

大手前大学大学院文学研究科部長
松村昌家

目次

I

谷崎潤一郎の世紀末

井上　健

はじめに

頽廃、デカダンス、世紀末、悪、マゾヒズム――谷崎潤一郎の作品は、デビュー当時から現在に至るまで一貫して、これら絢爛たる批評的言説によって彩られてきた。これらの言説、とりわけ谷崎の「世紀末」をめぐる所説がその起点を置くのは、「青春物語」（一九三二年九月～一九三三年三月）の以下のような一節である。

われ〳〵の一と時代前にも、藤村操流の厭世観が一世を風靡して自殺や心中が讃美されたことがある。が、あの時分のは（中略）何処か甘ったるい、センチメンタルなものであって、恐らくショオペンハウエルや仏教哲学などの影響を受けていたのであろうが、われ〳〵の時代の神経衰弱は、もっと世紀末的な、廃頽的なものであった。かのマックス・ノルドオがその著「デゼネレエション」の中で論じているような病的な近代思潮が、われ〳〵の頭を支配していたので、われ〳〵の煩悶や懊悩の中には、センチメンタリズムの分子は微塵もなかった。（中略）われ〳〵の時代になると、死や狂を謳歌するよりも、寧ろ恐れた。ポーやボードレエルのものは云う迄もないが、ストリンドベルグの「債鬼」や「インフェルノ」、ゴルキーの「ふさぎの虫」、アンドレエフの「霧」や「血笑記」、――あゝ云うものを読んだ時の不安と恐怖とはわれ〳〵の神経に深く作用して、情操を打ち砕き、官能を押し歪め、時には、若い身空で恋愛の刺戟にさえも堪えられないようにした。(1)(「青春物語」)〔13 四一九―四二〇〕

この一節が、「谷崎の世紀末」あるいは「谷崎と世紀末」を語るのに欠かせないものであるのは、以下にあげる三つの理由による。まず第一に、若き谷崎は同時代の日本作家の例に洩れず、マックス・ノルダウ(一八四九―一九二三)が病理として告発した、「世紀末」「頽廃」という名の社会的ムードに浸り切った一時期を過ごした。そうした時代思潮、文学状況を抜きにしては、世紀末の思想家たち――ノルダウをはじめ、チェザーレ・ロンブローゾ(一八三六―一九〇九)、オットー・ヴァイニンゲル(一八八〇―一九〇三)、リヒャルト・フォン・クラフト＝エービング(一八四〇―一九〇二)など――の所説に谷崎がいかにして出会い、それをどう受けとめたのかの評価を抜きにしては、明治末から大正期にかけての谷崎文学の十全な理解は不可能とさえ言えよう。

第二に確認しておくべきは、「ポーやボードレエルのものは云う迄もないが、ストリンドベルグの「債鬼」や「インフェルノ」、ゴルキーの「ふさぎの虫」、アンドレエフの「霧」や「血笑記」……」のごとき記述に顕著なように、谷崎がここで言う「世紀末」とは、夏目漱石におけるラファエロ前派にあたる、時空列の明らかな指標を欠いた、著しく共時的、無国籍的なものであったことである。そうしたおおらかなコスモポリタニズムが大正文化の特徴の一つをなすことは言うまでもないが、芥川龍之介や佐藤春夫の場合と比べても、谷崎の時空間からの逸脱ぶりは際立ったものであった。それゆえに、谷崎の世紀末は、芥川のような悲劇につながって行くことなく、日本の文学者としてははなはだ稀有なことながら、西欧世紀末の徒花がモダニズムの大波に飲み込まれていく経緯を、身をもってたどることとなるのである。

「青春物語」に掲げられた作家のうちで、年代的に言って、世紀末作家の範疇に入れるにはどう見ても無理があるのはポーであろう。ポーの作品が開示する世界、その方法論に、世紀末と相通じる要素を認めることはもちろん可能であるし、ポーがヨーロッパ世紀末芸術と浅からぬ関係を有するのはそれゆえなのであるが、ここでポーと世紀末を無媒介的に接合してしまっている谷崎は、結果として、ポーから読み取ったものを、モダニズムにいたる流れの中で形にしていくことによって、自らのスタンスの有効性を立証していくことになるわけである。

第三に注目すべきは、「青春物語」で回想されている時代の神経症的気分を芸術表現に昇華させたものとして、ポー、ボードレールに伍してその名が言及されている三者（ストリンドベルグ、ゴルキー、アンドレエフ）が、谷崎が主に二葉亭の翻訳を通じて接していたはずの北欧、ロシアの作家であるという点である。その意味では、谷崎とロシア文学、北欧文学との関係を十分に視野に入れることなくして、当時の谷崎の「神経に深く作用して、情操を打ち砕き、官能を押し歪め」たものの実相は明らかにされない(2)。

もちろん、谷崎の世紀末が、これら三点のみによって十分に解き明かされると主張するつもりはない。文壇デビュー作「刺青」に明らかなごとく、初期谷崎作品の極彩色の世界を司っている江戸頽廃文化の影もまた、その底に世紀末的気分を共有するものとして、見逃してはならないものだからである。

本稿では、主に先にあげた第一点と第二点にポイントを絞り、世紀末思想の洗礼を受けながら、それをモダニズムの方向で突き抜けていったところにこそ谷崎の「世紀末」の特質があることを明らかにしてみたい。

一　マックス・ノルダウと病的近代思潮

「青春物語」で回想されている「神経衰弱」の時代に材をとった作品としては、「The Affair of Two Watches」（一九一〇年）、「悪魔」（一九一二年）、「恐怖」（一九一三年）などの、明治末から大正初の短篇をあげることができる。谷崎が「もっと世紀末的な、廃頽的」な「われわれの時代の神経衰弱」と名付けたこの「病的近代思潮」の歴史的背景を知るには、「恐怖」の翌年に書かれた、辻潤の文章——自ら訳したロンブローゾ『天才論』の前書き「きづいたこと（一般読者のために）」——にあたるにしくはない。少々長くはなるが引用してみよう。

　自分がこの書物を初めて知ったのはなんでも今から十年前ばりの話だ。どこかの露店でよりどり三銭だか五銭だかの書物の中から「天才論」という書物を買ってきた。それは文学士畔柳氏が訳されたので、この書の抄訳（というよりはむしろ梗概）であった。（中略）近頃になってにわかにエッセンス叢書から「天才と狂気」が出、文成社から『天才と狂人』が出、今また僕の『天才論』が出ることになった。（中略）この書物はこれまでにかなり色々な人が色々なところで紹介している。今自分の記憶に浮かんでくるだけでも、夏目漱石氏が『文学論』の終わりで天才を論じている個所にも天才の風貌を窺わんと思わば、この書を読めといっている。蒲原有明氏もこの書に興味を持たれていると見えて、折々この著者の名前やこの書のことを雑誌の上かなにかで話されたと記憶している。（中略）もしこの書を読んでなおこれに類する他の書物を読みたい人があれば、この書の姉妹書ともいうべきマックス・ノルドオの“Entartung”をすすめる。僕はその著者の態度も嫌いだし、その議論もアイロニイとして以外一向価値のないものだと思っているが、近代文学を研究する上には一通り目を通しても損はないと思う。その書は『天才論』の暗示を受けて書いたものであるということは、著者（ノルドオ）自身もその書の巻頭に掲げたロンブロオゾオに対する献辞の中に自白している通りである。（中略）この書には“Degeneration”という英訳の他に、文明協会から抄訳ではあるが『現代の堕落』というあまり感心しない書名の邦訳がある。その他種類は違うがアーサア・シモンズの“Symbolist movement in Literature”などは変質的心理を全く別方面から観察した書として最も価値がある。これは岩野泡鳴氏によって「表象派の文学運動」と題して訳されている。（中略）僕が読んだ天才に関する所論の中で最も自分が尊敬しかつ同感しているのはやはりショウペンハウエルとワイニンゲルとである。ショウペンハウエルの所説を知りたい人はその大作“Die Welt als Wille und Folstelung”を読めばいい。ワイニンゲルを知りたい人は“Gesclecht und Character《ママ》”を読めばいい。いずれも邦訳がある。(3)

この回想に従えば、辻がロンブローゾの書を知ったのは、畔柳都太郎抄訳『天才論』（普及舎、一八九八年二月）によってということになる。辻潤訳『天才論』（三星社出版部、一九一四年十一月）と踵を接して上梓されたロンブローゾの著作が、森孫一訳『天才と狂人』（文成社、一九一四年十一月）であった。マックス・ノルダウの *Entartung*（1883）の英訳 *Degeneration* は一八九五年に刊行され、欧米で大ベストセラーになる。もちろんさして時をおかず、我国にも入ってきていたはずだ。明治末の桐生政次訳『現代文明之批判』（隆文館、一九〇七年）に続いて出た抄訳が、中島孤島訳『現代の堕落』（大日本文明協会、一九一四年三月）である。序文を寄せた坪内逍遥（雄蔵）はロンブローゾとノルダウの関係、両者の所説の差異を、「ノルダウは、かの犯罪学の泰斗、伊のロンブローゾの学説を奉じながらも、其文芸家に対する審判と宣告とは、遙に其師よりも苛辣なり。ロンブローゾは、高き才能ある変質者は何等か社会に貢献する所ありといひたるに、ノルダウは之を否定し、総ての世紀末特徴を社会的には有害にして無益なるものと解したり。氏は欧州の民衆は挙って神経衰弱症に罹りつつある者と做し、其症候を数へ、其病源を論断し、其文芸上に具体化せられたるものの頗る詳細なる解剖に及び、更に其予後をも談じて其治療法に論究せり」（五―六頁）のようにまとめている。シモンズの *The Symbolist Movement in Literature*（1899）が「変質的心理を全く別方面から観察した書」と言えるかどうかは即断の限りではないが、この書がある種の「天才論」として、中原中也、河上徹太郎、富永太郎など、若き象徴主義者たちのバイブルとなった経緯についてはあらためて指摘するまでもない。ショウペンハウエルについては、「青春物語」の先の引用からも明らかなように、この時期の谷崎は、そのむしろ仏教的な諦念に近いとさえ言える厭世観と、「もっと世紀末的な、廃頽的」な「われわれの時代の神経衰弱」との間に画然たる一線を引いていた。ワイニンゲルの *Geschlecht und Charakter*（1903）の抄訳、片山正雄（孤村）訳『男女と天才』（一九〇六年）を谷崎が読み、少なからぬ関心を抱いていたことは、「捨てられる迄」（一九一四年一月）の「彼はいつぞや「男女と天才」を読んで、ワイニンゲルの所説を聴いてから、いよ／＼自分の体質にWの特長の多い事を感じた。（中略）彼は自分の性《セックス》が次第々々に女性の方へ転化して行くように覚えた。ワイニンゲルの説くが如く、世の中に完全なる男子や完全なる女子が存在して居ないとすれば、此の理屈を或る一個人の心理作用にも応用する事が出来るであろう」〔2　二一〇―二一二〕のような一節からも見て取れる。

　今日的視点からすれば、ヨーロッパ十九世紀末を象った思潮は、マルクスの疎外論であり、ダーウィンの進化論およびスペンサーの社会進化論であり、ニーチェの哲学であり、フレイザーの神話論あるいは文明と未開の思想である。だが、あらためて指摘するまでもないことながら、辻潤の言葉を借りれば「アイロニイとして以外一向価値のないもの」でありながら、当時において、今からすればにわかには信じ難いほどの影響力、感化力を発揮したのが、進化論、進化史観に抗して、堕落論、退化論、変質論、生来性犯罪者説を唱えた、ロンブローゾからノルダウに至る流れであった。十九世紀末とはまさに、社会学と生物学が手を携えた、俗耳に入りやすいイデオロギーが効力を有した時代だったのである。[4]「青春物語」の回想における「世紀末的な、廃頽的」な「神経衰弱」もまたその例外ではなかった。しかも辻潤の文章に照らしても明らかなように、大正初期の段階において、谷崎には、ロンブローゾ、ノルダウ、ワイニンゲルを邦訳で参照することが可能だったのである。

お互いに大学を放逐されて、お前がだんだん社会の下層へ堕落して行く間に、己はどんどん出世して有名な文学者になっちまったんだ。同じデカダンスの泥の中からお前のような石ころも出れば己のような宝玉も出る。（「饒太郎」、一九一四年九月）〔2　三七七〕

「善にせよ悪にせよ、自分の行為は凡べて天から許されて居るのだ。少しぐらい我が侭な振る舞いをしたとて、自分は決して堕落するような人間ではない。（略）」（「神童」、一九一六年一月）〔3　三二二〕

恐ろしくきめの粗い、病人のように青ざめた皮膚の色、行儀悪く出っ張った頬骨、若白毛の沢山交った縮れた髪の毛、鼻の下から猿のように飛び出した上顎、おまけに不揃いな乱杭歯——まあ何と云う真暗な、でこぼこした輪郭であろう。（略）彼は此の両親の間に生まれた息子でありながら、どうしてこんな醜男であろうと訝らずには居られなかった。（「神童」、一九一六年一月）〔3　三五三―三五四〕

「饒太郎」「神童」など大正初期に発表された自伝的短篇において、天才は、その欲望の純粋さゆえに、現世においては常に堕落への契機と背中合わせに生きるしかない存在として描かれていく。そして、天才の内包する変質的要素の具現こそが、「出っ張った頬骨」であり「猿のように飛び出した上顎」であり「でこぼこした輪郭」であるわけなのである。こうした描写の背後に、われわれは容易に、天才と狂人は変質的徴候を共有する、変質的徴候はむしろ天才において多く見出しうる、それは身体的には先祖帰り、つまりは退行的特徴となって現れるというロンブローゾの所説を、あるいは、堕落者（変質者）は犯罪者、娼婦、アナーキスト、狂人だけではなく、しばしば作家であり芸術家なのであり、両者は同様の身体的特徴を有すというノルダウの主張を看取することができよう。「異端者の悲しみ」（一九一七年七月）の「彼の心の働きが弛むと同時に、彼の神経衰弱はます〳〵募るばかりであった。度忘れや独語や癇癪や意地っ張りや、そんな徴候が一日のうちに、交々起って彼を悩ました」〔4　四三九〕のような一節が物語ってくれるように、「青春物語」の「神経衰弱」は、「異端者の悲しみ」の主人公、章三郎のそれと同じく、天才が堕落の危機を回避して世に出るために通過せねばならぬ関門のごときものとして想定されているのである。

二　クラフト＝エービングとマゾヒズムの演出

谷崎とマゾヒズムとの関係が俎上に載せられるとき、決まって言及、引用されるのは、「饒太郎」の以下のような件である。

然るに、忘れもしない大学の文科の一年に居た折の事、彼はふとした機会からクラフトエビングの著書を繙いたのである。その時の饒太郎の驚愕と喜悦と昂奮とはどのくらいであったろうか？彼は自分と同じ人間の手になる書籍と云う物から、これ程恐ろしい、これ程力強いショックを受けたのは実にその時が始めであった。（中略）此の書籍の教える所に依れば、彼が今迄胸底深く隠しに隠して居た秘密な快楽を彼と同様に感じつゝある者が、世界の到る所に何千人何萬人も居るのである！それ等の人々のコンフェッションや、四方の国々の prostitute の報告を読めば、彼等がどのくらい細かい点まで全然饒太郎と同じような聯想に耽り、同じような矛盾に悩まされて居るかと云う事は、怪しくもまざまざと曝露されて居る。（中略）彼は文学者として世に立つのに、自分の性癖が少しも妨げにならないばかりか、自分は Masochisten の藝術家として立つより外、此の世に生きる術のない事を悟った。〔2　四〇五―四〇六〕

この「著書」とはむろん、クラフト＝エービングの主著 *Psychopathia Sexualis*（1886）であるに相違ない。「饒太郎」発表の前年には、「風教上省略するを却て穏当と認むべき部分」（「例言」）を「取捨選択」した抄訳ではあるが、黒澤義臣訳『変態性欲心理』（大日本文明協会、一九一三年九月）も刊行されていたし、F. J. Rebman による“Only Authorized English Adaptation”と銘打った英訳(5)もまた、谷崎にとっては十分に入手可能なものであったはずである。この「饒太郎」の回想をそのまま自伝的記述として読むことが許されるなら、谷崎は明治四十一、二年頃に出会った英訳 *Psychopathia Sexualis* に「力強いショック」を受け、邦訳『変態性欲心理』刊行の翌年、「饒太郎」において、マゾヒズムを作品の意匠として前面に出していくことに踏み切ったという次第となる。

谷崎はクラフト＝エービングの著作に触れて、自分と同じ秘密の快楽を胸の奥深く宿した者が幾万といるのを知った。のみならず、「自分は Masochisten の藝術家として立つより外、此の世に生きる術のない」ことを悟るに至った。谷崎がクラフト＝エービングとの出会いから得たものは第一に、このマゾヒズムが十二分に芸術の主題足りうるという認識である(6)。第二に谷崎は、クラフト＝エービングの掲げる症例を借用あるいは援用して、自作品のプロットやディテールとしている。一例を挙げれば、「饒太郎」には先の引用箇所に続いて、マゾヒストは残酷な獣性を具備する婦人との邂逅を望んでいるものだが、現実にはそのような女性が存在するはずもないので「Prostitute」を手なずけて注文に応じてもらうしかない、西洋の「Prostitute」には「強烈な色彩と、複雑な手段と進歩した仕組みの下に、いろ〳〵の形式でありとあらゆる歓楽の注文に応ぜんとする露骨な気風の存する」〔2 四〇六〕のがうらやましい、という旨の記述がある。実際、饒太郎はそれを実践に移さんとするのだが、そのあたりの被虐体験描写はおそらくはクラフト＝エービングの以下のごとき症例を踏まえたものであるに違いない。

Case56. A gentleman of high standing, age twenty-eight years, would go to a house of prostitution once a month.... He always arrived at the appointed time carrying a whip, a knout and leather straps. After undressing he had himself bound hand and foot, and then flogged by the girl on the soles of his feet, his calves and buttocks.... Other desires or wishes he never expressed.

引用される症例の生々しさに目を奪われて見過ごしかねないことではあるが、クラフト＝エービングはマゾヒズムを、もっぱら肉体的苦痛に媒介されるものとして定義していたわけではない。「マゾヒストが既定のプログラムによって好ましい状況の幻影を創出することに失敗すると、演技するべく命じられた女性は、彼自身の意志を実行する代理人にすぎなくなってしまう」と考えていたクラフト＝エービングは、自ら打ち立てた有名なテーゼ「マゾヒズムはサディズムの対極である」にもかかわらず、既定のプログラムに従って「好ましい状況の幻影を創出する」機能など、単なるサディズムの裏返しでは説明しきれない、マゾヒズムに固有のメカニズムに着目していたのである。

谷崎は「饒太郎」以降、主人公の口を借りて何度かマゾヒズムの定義・解説を試みるが、「（略）彼は彼の女の肉体と霊魂とを土台にして、其処に自分の幻覚《イリュージョン》を表現させようと努めて居る。つまり、彼の女を能う限り非自然的な、非現実的な、非習慣的な、若しくは演劇的な性格に作り上げる事が、差しあたっての彼の仕事なのである」（「捨てられる迄」、一九一四年一月）〔2　二二六―二二七〕のような箇所を読むと、クラフト＝エービングの説く、マゾヒズムの固有な属性を知悉していたことがよくわかる。マゾヒズム的操作の人工性、その演劇的特質――これが、谷崎がクラフト＝エービングの出会いから得た、第三の、創作原理と密接なつながりを持つという意味では最も重要なポイントである。マゾヒズムにおける「契約の観念の導入による生の演劇的虚構化」（種村季弘「幻想・宙吊り・顕示」、『谷崎潤一郎全集』第六巻月報、一九八四年）というモチーフは、「女の性癖」を「演劇的に」創り上げようとする「饒太郎」から、「白昼鬼語」（一九一八年五―七月）のまことに芝居がかった殺人願望の虜となる園村、「多くのマゾヒストがそうであるように（中略）現実の女性に飽き足らないで幻像を恋い慕う人間」〔5　四〇一〕である「金と銀」（一九一八年五、七月）の青野、「頭の中に幻影が実現されると同時に、空想に特有なる美しさは忽ち消滅」してしまう「前科者」（一九一八年二―三月）の主人公たるマゾヒストへと、繰り返し変奏され書き継がれていく。関西移住後の「日本に於けるクリップン事件」（一九二七年一月）においても、着目すべきは、冒頭に置かれたマゾヒズムの定義「クラフト・エビングに依って「マゾヒスト」と名づけられた一種の変態性欲者は、云う迄もなく異性に虐待されることに快感を覚える人々である」〔11　三二〕ではなくして、マゾヒズムの演劇性を明快に語った以下のような記述のほうであろう。

つまりマゾヒストは、実際に女の奴隷になるのでなく、そう見えるのを喜ぶのである。見える以上に、ほんとうに奴隷にされたらば、彼等は迷惑するのである。（中略）彼等は彼等の妻や情婦を、女神の如く崇拝し、暴君の如く仰ぎ見ているようであって、その真相は彼等の特殊なる性慾に愉悦を与うる一つの人形、一つの器具としているのである。人形であり器具であるからして、飽きの来ることも当然であり、より良き人形、より良き器具に出遇った場合には、その方を使いたくなるでもあろう。芝居や狂言はいつも同じ所作を演じたのでは面白くない。〔11 三三〕

以後、谷崎は表立ってマゾヒズムを定義・説明することはせず、マゾヒズム的空想の本質たる演劇性を、長篇小説の構成、精神のうちに形象化せんとしていくのだが、若き谷崎がクラフト＝エービングの所説から得た「Masochisten の藝術家として立つより外、此の世に生きる術」ないという自己確認は、方法論的に整備、多様化されつつ、終生、変わることがなかったと言ってよいだろう。

三　谷崎ともう一つの世紀末――アメリカニズムとシネマ――

一九二〇年代初年にあたる大正九年、一月、谷崎ははじめての本格的探偵小説「途上」を『改造』誌上に発表するとともに、結局は未完に終る長篇「鮫人」を『中央公論』に断続連載（一九二〇年、一月、三―五月、八―十月）する。五月には横浜に創設された大正活映株式会社の脚本部顧問に就任し、全面撤退することになる翌年十一月までの間に、『アマチュア倶楽部』『蛇性の淫』など計四作の制作に携わることになる。探偵小説という新しいジャンルに手を染めたという点で、さらには、新興芸術たる映画の製作に乗り出したという点で、大正九年は、谷崎にとってまぎれもない転機となった年であった。

（略）自然主義風の長篇にでもなりそうな題材を、探偵小説の衣を被せて側面から簡潔に書いてみたのである。○僕は自作の犯罪物では「途上」よりも二三年後に発表した「私」と云う短篇の方に己惚れがある。これは自分の今迄の全作品を通じてもすぐれているものの一つと思う。犯罪者自身が一人称でシラを切って話し始めて、最後に至って自分が犯人であることを明かにする」（「春寒」、一九三〇年四月）〔22　二七二〕

プロバビリティの原理による殺人とその謎解きのプロセスを倒叙法で綴った「途上」について、谷崎は後年このように語っている。ここで谷崎が「途上」より高い自己評価を与えている「私」（一九二一年三月）の設定には、間違いなく、大正期の谷崎が愛読したエドガア・ポオの「お前が犯人だ」（Edgar Allan Poe, "Thou Art the Man", 1844）の影がさしていよう(7)。とはいえ「私」には「お前が犯人だ」のような込み入った構成があるわけではなく、言うなれば、一人称の語り手自らが犯人であるという着想の意外性、度重なる盗難事件の犯人が実は語り手であることが明かされる「私は再び自習室へ引き返して平田の机の傍に行った。そうして、静かにその抽出しを明けて、二三日前に彼の国もとから届いた書留郵便の封筒を捜し出した」〔7　三七七〕といった叙述のもたらす衝撃のみに依拠した作品でしかない。そしてそんな「私」を江戸川乱歩が激賞した「途上」より高く評価していたのは、一人称語りの反転という仕掛けを谷崎がいたく気にいっていたからとしか考えられないのである。「自然主義風の長篇にでもなりそうな題材を、探偵小説の衣を被せて側面から簡潔に書いてみた」という「途上」にしても、「側面から」書くという姿勢がすでに、語り・視点に工夫を凝らしつつ物語を構成していく方法の謂であるに他ならない。そもそも、複数の語り・視点の交錯、パラドックスにこそ、探偵小説というジャンルの本質はあったのである(8)。いずれにしても、天才論と堕落論との間で、しばしば悪人、犯罪者としての自己規定を作品の核においてきた谷崎が、ここでは今まで同様、悪や犯罪を素材として取り上げつつも、「探偵小説の衣」を借りることによって、それを様々な語りの実験の所産として提示してみせているという事実は注目に値しよう。

僕が浅草を好む訳は、其処には全く旧習を脱した、若々しい、新しい娯楽機関が、雑然として、ウヨ〳〵と無茶苦茶に発生して居るからである。亜米利加合衆国が世界の諸種の文明のメルチング・ポットであるというような意味に於て、浅草はいろいろの新時代の芸術や娯楽機関のメルチング・ポットであるような気がする（「浅草公園」、『中央公論』、大正七年九月号）。〔22　五九〕

「鮫人」を読み進めていっても、「金と銀」（一九一八年、五月、七月）のごとき芸術家の二重性を分身的に体現したとおぼしき服部や南、あるいは上山草人をモデルに採ったと言われる梧桐寛治が一向に主人公たるに相応しい相貌を備えてこないのは、この長篇が未完に終ったからばかりではないだろう。「浅草公園」において新興国アメリカにも擬えられている「新時代の芸術や娯楽機関のメルチング・ポット」浅草の存在感がとにかく圧倒的であるため、登場人物たちは畢竟、その属性の一部を成すものとしか見えてこないのである。なるほど「鮫人」には、大戦後「新東京」の醜悪な俗物主義への文明批評的知見も、「服部がこんなに堕落したのも、一つは此の東京が悪いのである、今の日本が悪いのである」など、もっぱら服部の人物造形を通じて展開される堕落論、変質論、退化論的モチーフも、ふんだんに盛り込まれてはいる。

「一年会わなかった間に、もういくらか変って来て居る。」南はそう思って、明りの下にある友の風貌を、其の時始めてまじまじと眺めたのである。（中略）此れが自分と同い歳の青年の持つ容貌だろうか？（中略）妙にむくむく肥えては居るけれど若々しい元気はなく、早くも老衰と病弱の影が漂うて居る。既に去年あたりからそうなりかゝって居たには違いないが、たった一年の間にしては可なり著しい変遷である。その間に彼がどれ程の堕落をしたかゞ思いやられる変遷である。〔7　一〇一―一〇二〕

こうした、時代が人間を堕落させる、堕落した人間は変質する、変質的要素は顔に、骨相に現れる、というおなじみの論法は、だが「鮫人」においては、以下のような、変質論、退化論的モチーフを一蹴してしまう、未来に向う混沌たるエネルギーの描写に、ただちに取って代わられて行ってしまうのである。

つまり浅草公園が外の娯楽場と著しく違って居る所は、単に其の容れ物が大きいばかりでなく、容れ物の中にある何十何百種の要素が絶えず激しく流動し醗酵しつゝあると云う特徴に存する。若し浅草に何等か偉大なるものがあるとすれば此の特徴より外にない。云うまでもなく社会全体はいつも流動する。いつもぐつぐつと煮え立って居る。けれども浅草ほど其の流動の激しい一廓はない。〔7　一一〇〕

けれども茲に間違いなく云える事が一つある。即ち、盛んに流動しつゝある物に退歩は有り得ない、流動は流動それ自身のうちに進歩を生む。われわれはそう思って唯あの溌剌たる有様を眺めて居ればいゝ。〔7　一二三〕

様々な階層、職業、年齢の客が集まり、「旧劇、歌劇、新劇、喜劇、活動写真――西洋物、日本物、ダグラス・フェヤバンクス、尾上松之助、――」〔7　一二〇〕など多種多様の娯楽が集中する浅草公園では、それらすべてがその性質と内容を刻々と変化させ「互に入り乱れて交錯し融和し合って」いた。谷崎がそこに「退歩」を乗り越えてしまう「流動」を見ていた浅草とは、ジャンルが多種多様に混交していくモダニスティックな都市空間でもあったと言うことができよう。「鮫人」において、おそらくはバルザックやボードレールに触発されて、こうした坩堝としての近代空間の全体像を定着せんと試みた谷崎は、「一人の人間の容貌を説くのも一国の地勢を述べるのと同じ労力が要るものであって、現に此れほど紙数を費しても梧桐の顔に就いてはまだ云い足りないところが多いように思われる」〔7　一九七―一九八〕のごとき一節に明らかなように、描写や文体も、意図して、欧文風の、息の長い、精密で重層的なものを志向した。後に谷崎は、人称代名詞「彼」が乱発される「けれども彼が其の臭いを気にする間はまだ人間だったかも知れないのだが、貧乏が彼を堕落させるにつれて、彼は次第に其れを忘れるように努め、成るべく獣の仲間になる修行をした」〔7　九八〕のような「鮫人」の文体を、「当時私は、今でも多くの青年たちがそうであるように、努めて西洋文臭い国文を書くことを理想としておりました」〔『文章読本』、一九三四年九月〕〔21　一三五―一三六〕と否定的に総括することになるが、この時期の谷崎が試みた様々な実験の内には、先に述べた語りの意匠に加えて、こうした新たなる描写法、文体への模索があったことを見逃してはならない。『文章読本』で谷崎はまた、「少ない言葉で多くの意味を伝えるように出来ている」国語とは対照的な構造をもつ西洋文の例として、セオドア・ドライサー『アメリカの悲劇』(Theodore Dreiser, *An American Tragedy*, 1925) の一節を原文で引いてから(9)こう続ける。

此の小説は先年スタンバーグと云う有名な映画監督が映画化しまして日本にも輸入されたことがありますから、皆さんのうちには多分あの絵を御覧になった方もあるでしょう。そうして此処に描いてあるのは、篇中の主人公クライドと云う人物が殺人を行おうとして決しかねている、一刹那の顔の表情でありますが、この長い〳〵文句が、悉く「顔」と云う語に附随する形容句でありまして、更に一層長いセンテンスの一部分な

のでありますから、実に驚くべき精密さであります。〔21　一二一〕

この後に引用原文の逐語的訳文を掲げて、その文体分析を行った後で、谷崎は「西洋人は顔一つにもこれだけ精密な描写をしないと、気が済まない」、「羅列してある沢山の形容詞が順々に読者の頭に這入り、作者の企図した情景が或る程度には現わされている」〔21　一二三〕のは、英文の構造が多くの形容詞を羅列するのに適するようにできているからであると結論づける。『アメリカの悲劇』はジョゼフ・フォン・スタンバーグ（Josef von Sternberg）監督・脚色により、一九三一（昭和六）年にパラマウント社で映画化された。同年、我国にも輸入公開され、谷崎も見たであろうことは、小林秀雄の書き残した文章からも推察される。(10)『文章読本』において谷崎が、欧文の重層構造の例として『アメリカの悲劇』の顔の精密描写を援用し、かたや欧文調日本語の例として自作の「鮫人」を引いているという事実は、「鮫人」連載が自ら映画製作に乗り出した時期と重なり合っていることに、あらためて注意を喚起してくれよう。

もう一つ、谷崎が一九三〇年代初めに、おそらくは映画『アメリカの悲劇』を目にし、小林秀雄の後を受けてその原作の一部を英語で引用していたという点も看過すべきではない。ドライサーのこの小説の最初の邦訳『アメリカの悲劇』（一九三〇年）の序文で、訳者田中純は次のように述べている。

今日のアメリカを描いて呉れる限り、軽い表面的なスナップショットよりも、重い意地悪いバルザック的透視術の方が望ましい。それでなければ、謎のような今日のアメリカの、骨の髄に達することは出来ないからである。而も、こうして暴露されたアメリカ社会の骨の髄は、やがてまた吾々の社会の骨の髄でなければならない。（中略）現に、あらゆるアメリカ的なものが、日本の社会にまで、浸潤しつつあるではないか。(11)

邦訳『アメリカの悲劇』と同年に発表された広津和郎「昭和初年のインテリ作家」(『改造』、一九三〇年四月)の「是認するとしないとに拘らず、アメリカ文化からの渦巻の余波が、この日本の国――いや、彼等が住んでいる東京の郊外にも、どんどん流れ込んで来ている現象は、兎に角現象として承認しないわけに行かなかった。(中略)時々須永の侘しい放送局で、このアメリカニズムの話が出た」[12]といった記述と読み合わせてみれば、『アメリカの悲劇』およびその映画化作品は当時、アメリカニズムの我国への浸透という歴史的文脈を背景として、アメリカ的なものの病める部分を抉り出した問題作として受けとめられたことが容易に推察される。『映画評論』第十一巻第六号(一九三一年十二月)は『アメリカの悲劇』特集を組んだが、その評価は概ね芳しいものではなかった。多くの論者は、原作の脚色に失敗したことを低評価の理由としてあげることに終始した。そんななか、ひとり谷崎はむしろ、多重的、異種混交的なドライサー文体の特質が、クローズアップなど映画独自の手法によっていかなる効果を獲得するかに瞠目していたのである。谷崎の映画への関心はこのように、一九二〇年前後から、「アメリカニズム」の一九三〇年代にかけて、一九二〇年代を貫流するようにして持続されていったわけである。

(略)亜米利加人が金に飽かして出来るだけ多くの美女を集め、(中略)思う三昧贅沢な遊びをして、それを写真に取ったのがあの美しい夢となってわれわれの前にあるのだと思えば、もう夢としてそれ以上のものはなかろうではないか。私はあれらの映画を見ると、つく〴〵亜米利加と云う国は現代の羅馬帝国だと思う。その国民は今や有頂天になって歓楽の限りを尽している。そしてあれらの眼の眩むような絢爛なフィルムは、その帝国の富の力が作り出す偉大な夢だ。(「アヱ・マリア」、一九二三年一月)〔8　五五五〕

「まことに映画は人間が機械で作り出すところの夢であると云わねばならない。科学の進歩と人智の発達とは我れ我れに種々の工業品を授けてくれたが、遂には夢をも作り出すようになったのである」（「映画雑感」、一九二一年三月）〔22　一〇〇〕と述べる谷崎にとって、映画とは時間空間の尺度を自由に調節できる人工的夢であった。「「カリガリ博士」を見る」（一九二一年五月）にもあるように、その夢の登場人物は幻想的で、悪魔的、病的要素を多分に有した、人形芝居の人形のような存在である。こうした人形を操り、ドラマを構成していくプロセスは、前述したマゾヒズムの操作とも十分に通底していよう。[13] 谷崎の映画熱は、大正末、昭和初あたりを転回点として沈静に向うが、それは、サイレントからトーキーに転じた映画芸術が、谷崎の人工的夢を育む媒体としてはどうにもふさわしからぬものであったからに相違ない。

谷崎はまた「（略）ポオの短篇小説の或る物とか、或いは泉鏡花氏の「高野聖」「風流線」の類（中略）は、きっと面白い写真になると思う。就中ポオの物語の如きは、写真の方が却って効果が現われはせぬかと感ぜられる」（「活動写真の現在と将来」、一九一七年九月）〔20　一五〕のように、ポーの短篇世界を映画にしたほうが効果的なものと考えていた。事実、「魔術師」（一九一七年一月）に描かれる憂鬱で頽廃的な公園の活動写真館では、ポーの短篇作品が上映されている。谷崎が明治末以来ポーに寄せた持続的関心、ポーに見出した「世紀末」は、こうして、映画芸術の可能性の内に移行、包摂されていくこととなる。

ドライサーは『シスター・キャリー』（*Sister Carrie*, 1900）において、“A blare of sound, a roar of life, a vast array of human hives, appeal to the astonished senses in equivocal terms.... Unrecognized for what they are, their beauty, like music, too often relaxes, then weakens, then perverts the simpler human perceptions.”[14] あるいは “Carrie passed along the busy aisles, much affected by the remarkable displays of trinkets, dress goods, stationary, and jewelry.... There was nothing there which she could not have used – nothing which she did not long to own.... all touched her with individual desire, and she felt keenly the fact that not any of these things were in the range of her purchase.[15]"などのごとく、近代都市の表層を流れ行く記号の数々を、商品・事物に寄せられるあからさまな視線の欲望を、それにふさわしい多声的文体で描き出した。谷崎が「鮫人」で試みた、坩堝としての近代都市空間を写し取ろうとする文体実験は、たとえば以下のような、横浜山下町のショッピングの場面の描写として結実することになる。

E & B Co. FOREIGN DRY GOODS AND GROCERIES……LADY'S UNDERWEARS……DRAPERIES, TAPESTRIES, EMBROIDERIES、……それらの言葉は何だか耳に聞いたゞけでもピアノの音のように重々しく美しい。（略）あぐりと彼とはその街通りを暫く往ったり来たりした。彼の懐には金がある、そして彼女の服の下には白い肌がある。靴屋の店、帽子屋の店、宝石商、雑貨商、毛皮屋、織物屋、……金さえ出せばそれらの店の品物がどれでも彼女の白い肌にぴったり纏わり、しなやかな四肢に絡まり、彼女の肉体の一部となる。（「青い花」、一九二二年三月）〔8 一三七―一三八〕

かくして谷崎の世紀末は、アメリカニズムと都市消費文化とシネマの内に、あらたな展開と変容の場を見出していくことになる。それはまさしく、ホルブルック・ジャクソン（Holbrook Jackson）が『一八九〇年代』（*The Eighteen Nineties: A Review of Art and Ideas at the Close of the Nineteenth Century*, 1913）で指し示した、モダニティ、実験性、活力、過渡性などの語群によってはじめて十分に記述しうる、《もう一つの世紀末》の赴くところであった。

（1）以下、谷崎潤一郎の作品からの引用は、『愛読愛蔵版・谷崎潤一郎全集』（中央公論社、一九八一～一九八三年）により、引用の後の〔 〕内に巻数（算用数字）とページ数（漢用数字）を記すこととする。

（2）谷崎とロシア文学との関係については、源貴志「神経衰弱の文学――谷崎潤一郎とロシア文学――」、柳富子編著『ロシア文化の森へ――比較文化の総合研究――』（ナダ出版センター、二〇〇一年）を参照のこと。

（3）『辻潤全集　第五巻』（五月書房、一九八二年）、一七―二〇頁

（4）John Stokes, ed., *Fin de Siecle / Fin de Globe : Fears and Fantasies of the Late Nineteenth Century* (Lodon : Macmillan, 1992), "Introduction", p. 8

（5）*Psychopathia Sexualis : With Special Reference to the Antipathic Sexual Instinct : A Medical–Forensic Study* (New York : Physicians and Surgeons Book Co., 1906)

（6）以下のクラフト＝エービングについての記述は、拙論「谷崎潤一郎におけるデカダンスと〈生命〉――ド・クィンシー、クラフト＝エービングとの出会いを中心に――」、鈴木貞美編『「国文学解釈と鑑賞」別冊［生命］で読む20世紀日本文芸』（至文堂、一九九六年）と一部、重複することをお断りしておきたい。

（7）谷崎とポオとの関係については、拙稿「谷崎潤一郎とE・A・ポー」、『比較文学研究』三十二号（一九七七年）参照のこと。

（8）ワトソン役の語りと探偵自身の語り、探偵の種明かしの語り（一つの死体から過去に遡及しそこからいかに犯罪が行われたかをたどってみせる）など、複数の交錯する語りの線が探偵小説の構造を決定する。その意味で、一九二〇年代、いわゆる「黄金期」の英米探偵小説には、世紀末的、自然主義的素材を、語りの意匠を凝らして処理したと呼ぶべきものが少なくない。たとえば、S・S・ヴァン・ダインの一九二〇年代の作品は、ロンブローゾ、ノルダウ、ニーチェ、ワイルドなど、世紀末思潮の陳列棚でもある。

（9）谷崎が引用したドライサーの原文（*An American Tragedy* [1925], Book 2, Chapter XLVII）は以下の通り（New York : Thomas Y. Crowell Company, 1974）。

...with Roberta from her seat in the stern of the boat gazing at his troubled and then suddenly distorted and fulgurous, yet weak and even unbalanced face a face of a sudden, instead of angry, ferocious, demoniac confused and all but meaningless in its registration of a balanced combat between fear ... and a harried and restless and yet self–repressed desire to do to do to do yet temporarily unbreakable here and now a static between a powerful compulsion to do and yet not to do.

谷崎は『文章読本』で、harried を hurried に、here and there を here and here に変更している。なお後述の小林秀

雄は his troubled 以下を引用。here and now を here and there と（おそらくは）誤記した。

(10) 小林秀雄は「小説の問題Ⅰ」（『新潮』一九三二年六月号）で映画『アメリカの悲劇』の観劇体験にふれ、映像表現と原文との比較を試みている。『文章読本』のドライサーに関する一節は、文中にあるようにこの小林の文章を踏まえたものである。なお、小林は「谷崎潤一郎」（『中央公論』一九三一年五月号）において、梧桐寛治の面貌を「何時果てるともみえぬ形容詞の流れにのって、綿々と語り描いて」いくような「鮫人」の文体を、「この饒舌な描写によって読者が、果して梧桐という男の顔を鮮やかに眼に浮べる事が出来るか、出来ないかなどという事は全く問題にならない程、この文章は壮観で、まことに洒落や冗談で出来る仕事ではない、又、単なる才能の氾濫として説明出来難いものだとすれば、明らかに、肉眼が物のかたちを余す所なく舐め尽す不屈な執拗性の裡に陶酔しようとする、氏の本能的情熱を示す好例である」（『新訂 小林秀雄全集 第一巻』、新潮社、一九七八年五月、一一九五頁）と評していた。『文章読本』が「西洋文臭い国文」の「鮫人」の文体に例をとり、欧文的構造の典型として、『アメリカの悲劇』における顔の重層的描写を引くのは、小林のこれらの批評に対する谷崎なりの回答といった趣ももっているのである。

(11) 田中純訳『アメリカの悲劇』（大衆公論社、一九三〇年）、五頁。なおこの書は、上巻のみ上梓されて下巻は未完に終った。

(12) 『廣津和郎著作集』第四巻（東洋文化協会、一九五九年）、一〇九頁。

(13) たとえば、Gaylyn Studlar, *In the Realm of Pleasure : Von Sternberg, Dietrich, and The Masochistic Aesthetic*（University of Illinois Press, 1988）は、映画なる装置と人間の原初的な視線の快楽とのつながりをたどり、幻想空間・劇空間を眺めるマゾヒストの悦楽を、映画観客のそれに擬えている。

(14) Theodore Dreiser, *Sister Carrie*（The Library of America, 1987）, p. 4

(15) op.cit., p.22

谷崎潤一郎の世紀末と〈マゾヒズム〉

──『グリーブ家のバアバラの話』を中心に──

松村昌家

一　一つの世紀末作品として

現在までに判明している限り、谷崎潤一郎は三編のイギリス文学作品を翻訳している。年代順に、オスカー・ワイルド『ウヰンタミーヤ夫人の扇』（大正八年、一九一九年）、トマス・ハーディ『グリーブ家のバアバラの話』（『中央公論』昭和二年十二月号）、そしてトマス・ド・クィンシー『芸術の一種として見たる殺人に就いて』（『犯罪科学』昭和六年三月―六月号）である。それぞれが劇作品、短編小説、エッセイと実録、というふうに異なったジャンルになっているのだが、まず問題になるのは、『芸術の一種として見たる殺人に就いて』だけは、全集にも収録されていないということである。理由としては、この翻訳は「未完のままで（中略）著者との関係が他の翻訳に比較して稀薄」であることがあげられている（中央公論社刊『谷崎潤一郎全集』第二十三巻「月報」27）が、この理由には説得性がない。作品の選択はきわめて注目すべきであり、また谷崎の作品との関係も決して「稀薄」どころではないと思われるからである。(1)

谷崎のイギリス文学作品の翻訳に関してもう一つ注目すべきは、『ウヰンタミーヤ夫人の扇』の「はしがき」

で、彼が「ワイルド党の一人」と見なされることに対して、「ノー」を唱えていることだ。
谷崎は、この翻訳が自らの「発意に出たのではなく、近代劇協会主宰上山草人氏の勧説に従って出来たものである」ことを述べた上で、「予は決してワイルドの崇拝者ではない」ことを断言しているのである。ただし、これはこの段階でもはやワイルドを卒業したことを意味するのであって、彼が本来ワイルドと無縁であったことを表明しているのではない。

谷崎がハーディの多くの短編の中でも、特に『グリーブ家のバアバラの話』に目をつけたのは何故か。この疑問に答えるのが本論の主眼であるが、手順としてまずハーディが、ヴィクトリア朝の正統的文学観に対して、まっ向うから反発の姿勢を示した作家であったことをあげておく必要がある。一八九三年四月二十七日付の日記に書かれている次の一節は、その象徴的な一例であり、当時におけるヴィクトリア朝の正統派の文学観に照らしてみて、彼の面目躍如たるものがあるといえよう。

> 昨夜出向いて行った王立基金のディナーの座長役だった **A. J. B.** 、鈍くさいことおびただしい。（中略）文学芸術の衰退と、高水準の作家が今日の英国に一人もいないという意見を、懸命に披露していた。(2)

ここにあげられている **A. J. B.** というのは、アーサー・ジェイムズ・バルフォア、哲学者であると同時に、政界の大物でもあった。保守党のリーダーとして一九〇二年から一九〇五年まで首相にもなった人物である。一八九三年の英国王立文学基金晩餐会の座長として、彼はその頃における文学の頽廃《デカダンス》ぶりを、きびしく槍玉にあげたのである。少なくともバルフォアのような正統的エリート派の見るところでは、世紀末風潮としての「デカダンス」は、すでに一八八〇年代には、文学界に蔓延していたことになる。彼らの見解によれば、ジョージ・エリオット(一八一九—八〇)の死後に書かれた小説、テニスン(一八〇九—九二)の死後に書かれた詩、マシュー・アーノルド(一八二二—八八)、そしてラスキン(一八一九—一九〇〇)の発狂(一八七九年頃から精神異常をきたす)後に書かれた散文は、おしなべて「デカダンス」に流れていたのである。(3)

しかし年代的見地から最も興味深いのは、すでに「デカダンス」の作家であったハーディの『テス』や短編集『貴婦人の群れ』(ともに一八九一年)から『日陰者ジュード』(一八九六年)に至る間に、文学におけるデカダンスのマニフェストともいうべき『イエロー・ブック』が刊行(一八九四—九七年)され、「頽廃」というキーワードによって、世紀末を論じたマックス・ノルダウの『変質論』(*Entartung*, 一八九三年)が刊行されたということである。*Entartung* は、一八九五年に *Degeneration* という題で英訳され、その年のうちに七版を重ねるほどの人気を博した。『青春物語』(『中央公論』一九三二年九月号—一九三三年三月号)に語られているように、若き日の谷崎は、この本と出会い、マックス・ノルダウの洗礼を受けることによって、「世紀末的な、頽廃的な」文学者としてのアイデンティティを確立するようになったのであった。(4)

そしてこの文脈でもう一つ重要なのは、ノルダウの『変質論』が、あとから述べるように、精神的な面で谷崎と決定的な関係を有するリヒャルト・フォン・クラフト＝エービングの『変態性欲心理』(5)(*Psychopathia Sexualis*, 一八八六年)を基本にして成り立っているということである。

クラフト＝エービングは、例えば「性的倒錯」や「色情殺人」などの行為が、単なる犯罪ではなく病理学のタイプになるのだという説をもって、絶大な反響を呼び起こしたが、ノルダウは、こういった個人的症状を時代風潮として拡大させた。つまり、クラフト＝エービングの精神医学的議論を、個人のレベルから知的な芸術家グループに適用させ、彼らに共通の「頽廃、変質」—すなわち「ディジェネレーション」を世紀末的現象として位置づけたのである。

時代思潮としてはマックス・ノルダウ、そして精神的にはクラフト＝エービングを後盾にして、文学者として成り立った谷崎が、ハーディの作品に注目するに至ったのは、不思議ではない。ハーディは、先にあげた大作を含む数々の長編のほかに、『ウェセックス物語集』（一八八八年）、『貴婦人の群れ』、『人生の小さな皮肉』（一八九四年）、『変わり果てた男、その他の物語』（一九一三年）によって、短編の名手としても名をなし、その数は四十を超える。

谷崎が翻訳した『グリーブ家のバアバラの話』は、第二短編集『貴婦人の群れ』に収められた十編の物語の中の第二話だ。この『貴婦人の群れ』は、ほとんどが結婚にまつわる運命の皮肉を主題にした奇談によって構成されている。十人の語り手がそれぞれの取っておきの昔話を披露することによって、次々に語られる十編の物語がリンクされているのである。

では、谷崎がこれら十編の中から、特に第二番目の『グリーブ家のバアバラの話』を選んだのは何故か。もちろん結婚奇談としての興味が抜群であるという理由があげられるだろうけれども、ただそれだけではない。もっと本質的な面で、作家としての谷崎の関心を刺激するものがあったからではないか。この問題を解く手がかりとして、まずは物語の内容を要約しておくことにしよう。

物語のヒロイン、バアバラは、準男爵家の令嬢。約束されていたアップランドタワーズ伯爵との結婚を嫌って、身分の低いガラス細工職人のエドモンド・ウィローズと駆落ち結婚を選ぶ。娘を溺愛する両親の計らいで、ウィローズは、教養を身につけるために家庭教師つきでヨーロッパ大陸旅行に出かけることになる。イタリアに渡りヴェニスに滞在中、劇場で大火に見舞われ、身を挺しての救助活動に当たっている最中に、崩れ落ちた梁材の下敷きになった。九死に一生を得たものの、全身に大火傷を負い、アポロにも紛う彼の美貌は、見るも無惨なすがたに変わり果ててしまう。ある夜半、顔面をマスクで覆い、黒いマントにくるまって眼の前に現れた、その不気味な醜い様相を見て、バアバラは恐怖と嫌悪と絶望感のどん底に陥る。

ウィローズは、その晩のうちに置き手紙をして家を立ち去り、行方知れずのまま一年がすぎた。もはやかつての夫は死んだものと思ったバアバラはアップランドタワーズ卿と再婚、しかし愛情が通わず怏々の日々を送るうちに、ある日彼女のもとに大きな荷物が届く。中から出てきたのは、まさにアポロ像さながらの大理石の彫像だ。かつてウィローズが、イタリアのピサに遊んだときに彫刻家につくらせた彼の全身像で、それが完成して彼女のもとへ送られてきたのである。バアバラは秘密の小部屋をつくってその彫像を納め、夜な夜な夫が眠ってしまうのを待ってベッドを抜け出し、美しいウィローズの大理石像を愛撫しながら恍惚のひとときを過ごす。

やがて妻の秘密の行為をつきとめたアップランドタワーズは、密かに恐るべき復讐を企てる。近くに住む職人を呼び入れて、大理石像を大火傷を負ったあとの、あのおぞましいウィローズの姿につくり変え、それによって毎晩バアバラの恐怖を煽るという、残酷な折檻がつづけられるのである。その過程で、バアバラの性情に説明し難い異変が生じる。彼女は夫の折檻の前でまるで奴隷のように従順になり、「意地の悪い冷酷な夫の色欲の道具になった。」

二　翻訳と創作の接点

谷崎のこの翻訳と彼の作品とのつながりに関して、まっ先に声をあげたのは、佐藤春夫であった。

昭和八(一九三三)年六月号の『中央公論』に『春琴抄』が発表されてから半年後に、佐藤は「最近の谷崎潤一郎を論ず—春琴抄を中心として」(『文芸春秋』昭和九年一月号)を書き、この名作と『グリーブ家のバアバラの話』との類似性を指摘した。「いづれも熱愛する愛人の美貌の醜悪に変るテーマであり、あれは村の老人の話によって、これは老媼と古書とによって間接に真相が知られるばかりか、いづれも所謂心理描写といふものを排して性格のみを描写するだけのおほどかな古風な手法によって異常な物語の異常な効果の大半を生かし得てゐるなど、これ等の相似こそよほど注目するべきもの」だと、彼は述べているのである。

佐藤のこの推察に対して、谷崎が「美貌故に愛してゐた心からの愛人の美貌が変わってしまつたあの場合、日本人ならどうするだらうと仮定を進めてみたり、男と女とを取返へてみたりするうちにあんな風に出来て来た」と応じたということで、『春琴抄』と『グリーブ家のバアバラの話』との関係が大きくクローズアップされ、「谷崎文学を論じるときのひとつのパターンとなっている(6)」とさえ、言われるようになった。

しかし、だからといってこの二つの作品に関する比較研究が、必ずしも実り豊かなものになったとは思えない。『春琴抄』と『グリーブ家のバアバラの話』とに関する佐藤の推察も、それに対する谷崎の返事も、もちろん重要な示唆を含んでいることは否めない。しかし、問題はそれだけにとどまらない。『グリーブ家のバアバラの話』には、谷崎にとってもっと重要な、強迫観念的なマゾヒズムのテーマが絡んでいるのである。しかも、先の梗概でもお分かりのように、女性におけるマゾヒズムである。この異例の性的倒錯現象が、クラフト＝エービングを通じてマゾヒズムについての認識を深めていた谷崎にとっては、とりわけ興味深いことであったのではないか。そしてそのことはもちろん、『春琴抄』と『グリーブ家のバアバラの話』との関係を、確認することにもつながるのである。

春琴は、大阪道修町で薬問屋を営む鵙屋安左衛門の第二女として生まれた。九歳のときに失明したが、音曲の天才である上に、たぐい稀な美女。四つ年上の佐助という男がいて、常に彼女に付き添い献身的な奉公をつづける。音曲で世に知られるまでになった春琴に佐助は、使用人として、また弟子として仕えるばかりでなく、恋人として彼女を愛し敬うようになる。弟子仲間の利太郎が春琴に執着するが、容れられなかった。そんなときに重大な事件が発生する。ある夜午前三時頃に、寝ていた春琴が何者かに熱湯をかけられて、顔にひどい火傷を負った。佐助は醜くなった春琴の顔を見ないようにと、針で自分の眼をつぶし、完全な美しい春琴の面影を心にいだいて彼女の死まで、忠実に仕えた。

鉄びんから飛び散った熱湯による火傷と、火災に包まれた巨大な劇場の梁材の下敷きになって負わされた火傷とでは、スケールの上では比ぶべくもないが、火傷による美貌の醜悪化という点では、確かに春琴とエドモンド・ウィローズとの間に共通性がある。

しかし、「男と女とを取返えて…」という谷崎の創作過程に関する証言に基づいて、ウィローズと春琴、そしてバアバラと佐助とを対比してみると、火傷をモチーフとして導入されたプロットの運びは、大いに異なる。

バアバラは、要するにウィローズの美貌ゆえに彼を愛する女である。そんな彼女が大火傷によって変わり果てた男の醜い姿を見てしまう。そしてバアバラは彼から逃げ出すような態度をとることにより、事実上彼を追い出す結果になるのである。

一方、佐助は春琴の醜さを見ないようにするために、自らの手で視力を奪うことによって、彼女の美しさが心の中で永遠に生きつづけるようにした。つまり佐藤春夫によって伝えられる谷崎の言葉によれば、バアバラの役割を男に置き換え、「日本人ならどうするだらうかと仮定を進めた」結果として、このような筋立てが考え出されたのである。

この場合の、「日本人」はもちろん、一般的な意味ではなく、谷崎あるいは彼の小説世界で、饒太郎や『痴人の愛』の河合譲治につらなるキャラクターというふうに限定して考えるべきであろう。というのも、谷崎は、琴曲指南としての春琴の「嗜虐性の傾向」、「一種変態な性欲的快味」の享楽傾向をほのめかすことによって、彼女の恋人となるべき男についての条件をすでに整えているからである。つまり、その男とは、春琴の嗜虐性に甘んじ、彼女の変態的性欲の餌食となることを欣然と受け容れる男でなければならないのである。佐助が自らの手で自分の眼をつぶすのは、そういった意味での、女に対する無条件的服従の象徴的行為だったということができよう。

かくして、『グリーブ家のバアバラの話』が『春琴抄』創作の上になにがしかの影響を与えたとしても、それは完全に自家薬籠中のものとなって、谷崎の世界に融け込んでいるのだが、もし両者の類似性という問題にこだわるのであれば、もう一つ言っておきたいことがある。物語の語り手と、源泉に関する問題である。

『春琴抄』の語り手は「私」だが、もう一人、かつて春琴と佐助に仕えたことのある鴫澤てるという老嫗が、いわば語り手の補佐役をつとめることになる。つまり語り手の「私」は、彼が入手した「鵙屋春琴伝」を骨組みとし、鴫澤てるから得た個人情報によって肉付けをするという形で物語を構築しているのである。

『グリーブ家のバアバラの話』の語り手は、村の老外科医。そしてこの物語が、ジョン・ハッチンスの『ドーセット州の歴史と遺物』第三版（一八六一年）を原資料として成り立っている点を考えると、この点での類似もかなり顕著である。そしてまた、鵙屋の令嬢春琴と見習い奉公佐助という身分の違いという点にも、バアバラとエドモンド・ウィローズとの相似を求めることができよう。

しかし、『グリーブ家のバアバラの話』が結婚奇談としての面目を発揮するようになるのは、醜悪な姿になったエドモンド・ウィローズが妻のもとを立ち去ったあとの、後半部分だ。この物語と谷崎との関係を考える上でも、やはり後半部分のウェイトが大きいように思えるのである。

まず第一に考えねばならないのは、大火傷によるウィローズの美貌の損傷は、単なる夫婦間の感情の問題を超えて、変身《メタモーフォーシス》、あるいは二重人格パーフォーマンスの条件をなしているということである。

二重人格といえば、最も典型的な例としては、R・L・スティーヴンソンの『ジェキル博士とハイド氏』（一八八六年）、あるいはエドガー・アラン・ポーの『ウィリアム・ウィルソン』（一八三九年）を思い出すであろう。またドストエフスキーにも、その題名からして『分身』（一八四六年）という作品がある。それぞれ一人の人間における正反対の人格ないしは資質を分身として描きあらわしたものだが、その意味では谷崎の『友田と松永の話』（一九二六年）も、典型的な「ダブル」小説の系列に列する資格を有するのである。

ウィローズが演ずる二重人格の役割は、これらの作中人物とは、やや異なる。彼は大火傷によって醜く変身するのだが、あの大理石像を通じて復活し、再びバアバラを魅惑するようになるのである。一見ウィローズは、最も行動の乏しい人物のようであるけれども、美から醜へ、そして再び美へと復活することによって、バアバラの運命に最も大きな力を及ぼすようになるのである。アポロ像のような美しい姿に彫られたウィローズの全身像は、バアバラの心も魂をも奪ってしまうようになるのだ。彼女が恍惚としてその大理石像を愛撫するシーンの一部分を、谷崎訳によって引用してみることにしよう。

例の秘密の龕が開いてゐて、その中に居るバアバラが、両腕を彼女のエドモンドの頸の周りへ、さうして口をその口へ、しつかりと押し着けながら立つてゐるのが見えたのです。彼女が寝間着の上に纏つてゐた肩掛けは両方の肩から滑り落ちてゐます。さうして彼女の長く垂れた白い衣と青ざめた顔色とは、生ける人間のやうではなく、一つの石像がもう一つの石像を抱いてゐる如き感を与えました。(7)

まるでエドワード・バーン＝ジョーンズの「魂は満たされる」に描かれた象牙の美人像を熱愛するピグマリオンを彷彿たらしめる情景ではないか。オヴィディウスの『変身物語』第十巻「ピグマリオン」に基づいて描かれた四枚連作『ピグマリオンと彫像』（一八六八―七八年）の中の一つで、ピグマリオンが自ら彫った象牙の女性像に、熱烈な愛を捧げる情景が視覚化されているのである。象牙彫刻の女性像の前に跪きその両手を握りしめて愛を訴えるピグマリオン、そしてかつての恋人の大理石像を恍惚として愛撫するバアバラと、男女が逆になっているという点はあるけれども、イメージとしては見事に重なり合うように思えるのである。

三　翻訳の動機の問題

バアバラのアップランドタワーズ卿との再婚によって導入された『グリーブ家のバアバラの話』の後半部分も、ウィローズが大理石像として復活するあたりまでくると、もはやこの物語と『春琴抄』とのつながりは、消えてなくなったも同然だ。両者の関係に関しての論議は、結局はウィローズが醜陋の人間に変身したことにはじまり、それに終わっているといえよう。言い換えれば、谷崎の翻訳が彼の創作に及ぼした部分的な影響が問題なのであって、彼がハーディの短編を翻訳した、そもそもの動機の解明には、なっていないのである。

あらためていえば、『貴婦人の群れ』十編の中で谷崎が『グリーブ家のバアバラの話』に白羽の矢を立てたのは何故か、という問いが、今までは発せられていなかったのである。

この問題の追求は、火傷のモチーフによるプロットの展開を超えて、作家としての谷崎と関わってもっとも本質的な方向へと発展するはずであるが、この段階でまず一つの予備的な問題に目を向けておきたい。それは、『グリーブ家のバアバラの話』に先立って一八二六（大正十五）年一月号から五月号の『婦人之友』に連載された『友田と松永の話』が、変身、または分身《ダブル》を主題にして書かれた作品であるということである。

この作品の主人公は松永儀助と友田銀蔵、しかし松永と友田とは同一人物である。つまり松永という人物がおよそ足かけ四年目毎に、肉体的にも性格的にも全く対照的な友田に変身することをくり返すうちに、別々の人格に代わるがわる取りつかれるという錯覚に陥ってしまうのである。伊藤整の言葉を借りていうならば、このように「変貌譚、つまりメタモルフォーシスの話」の作者としての谷崎が、これまた「一種の二重性格又はメタモルフォーシスの話」ともいうべき「『グリーブ家のバアバラの話』」に関心を寄せたのは当然のことと言はねばならない。(8)」

見落としてはならないのは、ウィローズが肉体の上で変身をとげたのに伴って、バアバラにも精神的「変身」の徴候が見えはじめるということである。例の大理石像が到着して以来、彼女は夫のアップランドタワーズ卿が怪しむような、「一種沈黙の恍惚状態、しめやかなる歓喜」(a sort of silent ecstasy, a reserved beautification) に包まれるようになる。これが彼女の中における性的な快楽への目ざめを意味するものであることは、この状態が、先に引用した彼女の秘密の陶酔につながっていることからも、明らかである。

バアバラのこの秘密を突きとめたアップランドタワーズは、かつてウィローズのヨーロッパ大陸へのグランド・ツアーの伴をした家庭教師を探し出し、彼が大火傷を負ったあとの醜悪の姿をスケッチしてもらい、それによって美しい大理石像を醜く造り変えさせる。嫉妬する夫の妻に対する復讐のはじまりだが、それがただの復讐でないことは、その手段そのものからも容易に推察がつくであろう。

これにはいくつかの意味を付与することが可能である。まず第一は、バアバラにとっては「私のたった一人の人」、「私の完全な人」として蘇生したウィローズは、無惨に殺害されてしまうということ、第二は、したがってバアバラは、再び恐怖と嫌悪の対象となったかつてのウィローズの亡霊にとりつかれるようになるということ、そして第三には、最も重要なこととして、これが彼女の性的異常による変身の完成につながる、ということである。

大火傷を負ったときのままの姿に復元したウィローズの物凄い形相を、蠟燭の光に浮かび上がらせて、おびえるバアバラと向かい合わせるというアップランドタワーズの行為は、サディスティックな残虐行為以外のなにものでもない。そのような折檻が三晩つづいたあとに、彼女に異常が生ずるのである。

さて不思議な事には、脅迫に依って彼女から没義道《もぎだう》に奪ひ取られた此の虚偽の恋愛は、次第に習ひ性となつて或る程度まで真実性を帯びるに至りました。彼女の伯爵に対する奴隷的の帰依が著しく眼に立つて来ると同時に、先夫の思ひ出を厭ふ様子がいよいよ明かとなりました。像が取除けられてしまふと、帰依の心持ちはますます募りました。反動作用は永久に彼女を把握し、時を経る程なほ強くなりました。恐怖と云ふものが如何にして斯くの如き性情の変化を及ぼすことが出来るのであるか、それは偉いお医者さまに聞いて見なければ分かりません。しかし私は、斯く云ふ反動的本能の例もないことはなからうと思ふのです。[9]

谷崎の訳文のこの部分に特に注目したいのはほかでもない、このバアバラの「性情の変化」に関する叙述は、クラフト＝エービングの『変態性欲心理』に論じられている「女性におけるマゾヒズム」と一脈のつながりがある、と思われるからである。

アップランドタワーズ卿の折檻が、サディスティックな残虐性をおびたものであった以上、その行為を受けて「奴隷的の帰依」に甘んじるようになったバアバラの性情が、マゾヒスティックであるのは理の当然である。しかもこの「サディズム」や「マゾヒズム」の用語を生み出したのが、ほかならぬクラフト＝エービングなのだ。

彼の『変態性欲心理』が刊行されたのは、一八八六年。以後彼が世を去る一九〇二年までに、この本は十二版を重ねたという。そして一八八九年頃には、クラフト＝エービングの名は、「世界的に有名になった。（中略）サディズム、マゾヒズムをはじめ、フェティシズム、ニンフォマニア（女性の異常性欲亢進症）、サティリアシス（男性の異常性欲亢進症)等々の性的倒錯者を、「変質者だとか、心的欠陥者としてではなく、異常発達の人間と見なすことによって、一般的見解を根本的にゆるがした。」[10]『饒太郎』(大正三年、一九一四年)にも如実にあらわれているように、このような経緯は、谷崎個人の人生に関しても、きわめて重要なことであったが、ここでまずは、ハーディの小説が書かれたのは、まさにクラフト゠エービングが世界的人気を博していた頃であったことを確認しておきたい。

クラフト゠エービングの定義によれば、「マゾヒズムとは精神的面での性生活の特殊な倒錯した形をいう。これに冒された者は、性的感情や思考において、異性の意志に完全に無条件に屈服し、その異性から主人によるのと同様に卑められ、虐待されたい気持で支配されるのである。」[11]

もちろん女性がこのような倒錯した性的心理から例外であるはずはない。それどころか、クラフト゠エービングによれば、女性における性欲と結びつく屈服の本能は、古今を通じて決して珍しくはないのだ。「夫や恋人の前に拝跪するのを、無上の喜びとする若い女性は多いのである。」そして「女性マゾヒズムという意味でのこのような屈服の本能が病的に亢進した例は、おそらく頻繁にあるのだけれども、習慣によってそれが抑圧されている。」そのために「専門医が女性マゾヒズムの実例を見出すのはむずかしく、(中略)現在までに女性におけるマゾヒズムが科学的に確認されたのは、僅か二例にすぎないのである。」[12]

クラフト゠エービングのこのような論述を踏まえて、もう一度先の『グリーブ家のバアバラの話』からの引用をふり返ってみよう。見事にハーディの文章の意味が照らし出されるではないか。引用の終わりのほうにある「偉いお医者さま」(learned physicians)は、暗にクラフト゠エービングとその学派を指すと考えることが可能であろう。そしてバアバラにあらわれた異常な「反動的本能の例もないことはなからう」というのは、まさにいま見てきたようなクラフト゠エービングの「女性におけるマゾヒズム」に基づいてなされた推量だと判断して、少しも不自然でないのである。

四　谷崎のマゾヒズムへのこだわり

谷崎の谷崎らしさを最も露骨に書きあらわした、特異の自伝小説『饒太郎』（大正三年、一九一四年）によると、饒太郎（＝谷崎）がクラフト＝エービングに出会ったのは、「大学の文科一年に居た折の事」であった。明治四十一（一九〇八）年、谷崎二十三歳のときのことである。

以来、彼がいかにクラフト＝エービングにとりつかれていたことか。一九一二年に彼が上田敏から「さういつもクラフト＝エービングのやうなものばかり書いてゐないでね」と諭されたという『青春物語』の逸話の中に、そのすべてが集約されているといってよかろう。関連してもう一つつけ加えておきたいのは、『饒太郎』が発表される一年前の大正二年（一九一三年）に、クラフト＝エービングの *Psychopathia Sexualis* が、東京大学医科大学、精神病学教室の黒澤良臣によって『変態性欲心理』という題で翻訳され、大隈重信を会長とする大日本文明協会の刊行書の一つとして出版された、ということである。サディズムやマゾヒズムをはじめとし、性欲の異常心理に関する知識導入の上での画期的な出来事であったのである。

クラフト＝エービングによれば、マゾヒズムという語の源となったザッヘル・マゾッホは、「マゾヒズムの詩人であったばかりでなく、彼自身そのような変態性欲に悩まされた人間であった。」[13]

饒太郎の告白にあるように、谷崎が自分は本来「頗る猛烈な Masochisten なのである」ことを自覚し、「その性癖をひどく浅ましい、己れ独りが天から授かつた不祥事であるかのやうに悲観して、（中略）極く極く秘密に押し隠して」[14]いたとするならば、クラフト＝エービングを通じての「マゾヒズムの詩人との出会いは、彼に大きな解放感をもたらしたに違いない。ましてやルソー、ボードレールをはじめあまたの天才文学者たちが「Masochism の煩悩に囚われ」ていた事実を知ったときの感情のたかぶりは、想像にあまりある。「彼は文学者として世に立つのに、自分の性癖が少しも妨げにならないばかりか、自分は Masochisten の芸術家として立つより外、此の世に生きる術のない事を知った」[15]という饒太郎の感動は、谷崎における、カーライルの「永遠の肯定《エヴァーラスティング・イエー》」的な回生の凱歌にも通じるように思われるのである。

そして谷崎は、『少年』から『饒太郎』を経て、『蘿《ら》洞先生』、『続蘿同先生』、『痴人の愛』、『日本に於けるクリップン事件』等に至る、マゾヒズムをテーマにした小説を書く傍ら、古今東西の文献にあらわれたマゾヒズム描写の探索にも関心を向けている。

その探索の代表例を、『恋愛及び色情』（『婦人公論』昭和六年四月—六月号）に引用されている『今昔物語』本朝編第二十九巻の「不被知人女盗人語」に見ることができよう。

三十歳くらいの背の高い一人の男が、あるところで夕暮れどきに、女の声に誘われて家に入り、親しく数日をすごしたあとの出来事。

「……昼は常の事なれば人もなくてありける程に、男をいざと云ひて奥に別なりける屋に将《ゐ》行《ゆ》きて、此の男の髪に縄を着けて幡物《はたもの》と云う物に寄せて背《せなか》を出させて足を結《ゆ》ひ曲《かゞ》めてしたゝめおきて、女は（中略）引きつくろひて笞を以て男の背を慥に八十度打ちてけり。さて如何思ひぬると男に問ひければ、男怪しうはあらずと答へければ、女さればよと云ひて、竈の土を立てゝ呑ませ、よき酢を呑ませて土をよく掃ひて臥させて、一時ばかりありて引き起して例の如くになりにければ、その後は例よりは食物をよくして、持ち来り、よくよく労《いたは》りて三日ばかりを隔《へ》て、杖目おち癒ゆる程に前の所に将行きて、亦同じやうに幡物に寄せて本の杖目

打ちければ、杖目に随つて血走り肉乱れけるを八十度打ちてけり。[16]（後略）

これに関して谷崎は、「日本には珍しい女のサディズムの例であり、さうして恐らく、性慾のためのFlagellationの記事としては、東洋に於ける最も古い稀な文献の一つではなからうか。[17]」と述べている。

これを読んで何よりも驚嘆するのは、クラフト＝エービングのいう「受け身の鞭打ち」（passive flagellation）の典型的な例が、十二世紀に編纂された日本の古典説話集に語られていることだ。谷崎はこれを「女のサディズムの例」としてあげているけれども、彼が用いた"Flagellation"は、おそらくクラフト＝エービングから取った用語であるだろうし、『今昔物語』のこの情景と、『変態性欲心理』の中にとり上げられているいくつかの「鞭打ち」の症例と、『饒太郎』に描かれた激烈なマゾヒズム・パーフォーマンスとの間の一脈のつながりを想定することは、困難ではないのである。

『グリーブ家のバアバラの話』が『中央公論』に発表された一九二七年一月号の『文芸春秋』に、谷崎が『日本に於けるクリップン事件』を発表しているのも、同様の意味で注目に値する。

これは、一九一〇年にイギリスで起きたホーレー・ハーヴィー・クリップンが犯した妻殺害事件をモデルにして書かれた小説である。谷崎がこの件に関する資料を何によって得たか興味深いところだが、今それを明らかにすることはできない。

『日本におけるクリップン事件』に関してまず注目すべき点は、この作品がクラフト＝エービングの「マゾヒズム」論への言及によって始まり、殺人犯とされるクリップンを無条件に「マゾヒスト」と断定することによって、作中の事件を仕組んでいるということである。

しかし、実際のクリップン事件を扱った資料として、おそらく最も信頼できるフィルソン・ヤング編『ホーレー・ハーヴィー・クリップンの裁判』(一九二〇年)には、「マゾヒスト」の文字は一度も出てこない。ただ編者による序文の中に、次のようなクリップンの異常性格に関する叙述があるだけである。

彼の女性に対する態度には、風変わりなところがあった。彼は女性を支配したがるタイプの男ではなく、女性に支配されるのを喜ぶタイプの男であった。そして公衆の面前で妻にあり余るほどのプレゼントを与えたり、彼女のぽっちゃりとした小柄な体を飾り立てるのに、実入り不相応の金額を注ぎこんだりする点で、彼は精神異常の徴候を示していたし、確かにその部類の人間に違いなかった。(18)

『ホーレー・ハーヴィー・クリップンの裁判』で見る限り、クリップンをマゾヒズムと決めつける手がかりとして、これ以上の根拠を見出すことはできない。

一方、彼の妻だったコーラは、谷崎がいうように、「浮気で、我が儘で、非常なる贅沢屋で、常に多数の崇拝者を左右に近づけ、女王の如く夫を頤使し、彼に奴隷的奉仕を強いる」一面があった。しかし、妻からの「奴隷的奉仕」の強制に完全に服従してこそ、クリップンのマゾヒストとしての条件は整うはずであるのに、彼は必ずしもそうではない。彼がタイピストのエセル・ル・ネーヴを可愛がるようになるのにも、そのような妻に対するうとましさが一因をなしているのである。

だが、谷崎が、このような事実を歪めて、彼のマゾヒストとしてのクリップン像をつくり出したということに、私はこの場合大きな興味を感じるのである。つまりそれは、彼がマゾヒズム現象を一つも見逃すまいとして、敏感すぎるほど敏感なアンテナをはりめぐらしていたことを物語っているからである。

ハーディの『グリーブ家のバアバラの話』も、そのアンテナがとらえた一つの作品であったのである。谷崎がこの作品を翻訳したのは、決して偶然ではなかったことが、これによって立証できるであろう。したがって、この翻訳作品と『春琴抄』との関係を考える場合にも、単にその翻訳が『春琴抄』の創作につながったか否かを論ずるよりも、クラフト＝エービングから発信されたマゾヒズムを谷崎の文学的ネットワークとして、その中での関連性を考えるべきであろう。

『春琴抄』の中で谷崎は、「弟子を遇すること峻烈であった」春琴のもとに通う門弟には、「盲目の美女の笞《しもと》に不思議な快感を味はいつつ芸の修業よりもその方に惹き付けられてゐた者が絶無ではなかつたであらう幾人かはジヤン・ジヤツク・ルーソーがゐたであらう[19]」と書いている。これはいま言ったことと関連して、きわめて重要である。というのは、ここに言及されているルソーは、『饒太郎』で引き合いに出されたルソーであり、そしてその淵源は、クラフト＝エービングの『変態性欲心理』にあるからである[20]。

饒太郎や佐助、河合譲治などを含めて、谷崎の世界におけるマゾヒズムのドラマは、おしなべて男性の女性への絶対的服従によって成り立っている。その逆―男性の意志への女性の「完全な無条件の屈服」によって成り立ったマゾヒズムの例が、文学作品の中にあるとすれば、それは『グリーブ家のバアバラの話』だったのだ。実はそれよりもはるか以前に、チャールズ・ディケンズが『骨董屋』（一八四〇―四一年）に描いたクィルプはまさしく一種のサディストであり、その美人妻にはマゾヒズティックな性情を認めることができるのだが[21]、谷崎のアンテナもそれをとらえるまでには至らなかった。

（1） 拙著『ヴィクトリア朝の文学と絵画』（世界思想社、一九九三年）所収「谷崎潤一郎訳『芸術の一種として見たる殺人に就いて』」を参照。

（2） F. E. Hardy, *The Later Years of Thomas Hardy 1822–1928*, London : Macmillan, 1930, 27 April 1893.

(3) N・クロス著、松村、内田訳『大英帝国の三文作家たち』(研究社出版、一九九二年)、三四三頁。
(4)『谷崎潤一郎全集』(以下『全集』)第十三巻、(中央公論社、一九八二年)、四一九頁。
(5) 原題は直訳すると「性的精神病質」となるが、ここでは谷崎との関連で、大正二(一九一三)年に刊行された黒澤良臣訳の『変態性欲心理』に従った。(本書四二頁参照)
(6) 千葉俊二『谷崎潤一郎―狐とマゾヒズム』(小沢書房、一九九四年)、一四一頁。この問題を論じたものとしてほかに太田三郎「トーマス・ハーディと谷崎潤一郎」、『日本文学研究資料叢書　谷崎潤一郎』(有精堂、一九七二年) Yoshiko Takakuwa, '"Barbara of the House of Greve" and Tanizaki Jun'ichiro', *The Tsuda Review*, No.39, Nov. 1994等がある。
(7)『全集』第二十四巻(一九八三年)、三二〇頁。
(8) 新書版『全集』第十二巻(一九四九年)、「解説」二七二頁。
(9)『全集』第二十四巻、三二九頁。
(10) Richard von Krafft–Ebing, Psychopathic Sexualis, Trans. with Introduction, F. S. Kraf, New York: Bell Publishing Company, 1965, ix.
(11) Krafft–Ebing, p.86.
(12) Krafft–Ebing, p.131.
(13) Krafft–Ebing, p.87.
(14)『全集』第二巻(一九八一年)、四〇二頁。
(15)『全集』第二巻、四〇六頁。
(16)『全集』第二十巻、二五一頁
(17)『全集』第二十巻(一九八二年)、二五一―五二頁。
(18) Filson Young, ed. with Notes and Introduction, *The Trial of Hawley Harvey Crippen*, London: William Hodge & Co. xvi.
(19)『全集』第十三巻、五三七頁。
(20) Krafft–Ebing, p.110. なおルソー『告白録』第一部巻一に、ルソー八歳(実際には十歳)のときに、ラテン語を教わっていたランベル嬢から手を鞭打たれて官能的快感を味わったことについて述べられている。

(21) 拙著『ディケンズの小説とその時代』(研究社出版、一九八九年)、九一―九三頁参照。

オリエンタリズムとしての「支那趣味」
——谷崎文学におけるもう一つの世紀末——

劉　建輝

はじめに

従来、日本文学における世紀末と言えば、おおむね明治中期に発生した西洋伝来の耽美主義やデカダンス、さらにはアール・ヌーヴォーとして日本に里帰りしたジャポニスムなどを指してきた。西洋受容の一環として、これらの文学的感性が多少の時差こそあれ、欧米の世紀末的文学の延長線上で展開し、開花したことはだれしも否めまい。しかし大正時代に入ると、そのエッセンスがいよいよ作家たちに内面化されていくにしたがって、今度は受身ではなく、むしろ主体的に自らの「世紀末」を作り出したのではないか。その最たるものは、つまり「支那趣味」である。それは、かつてのフランスにおけるジャポニスムと同様、いわば実体としての「中国」に、「歪曲＝加工」、「抑圧＝昇華」を施し、一連の差異化と賞賛の「再構成」を通してグロテスクにして華麗なる表象を織り上げていく、パターナルな「オリエンタリズム」の極致を示すものであると言っても過言ではない。

このような状況に鑑み、本稿では、谷崎潤一郎という媒体を通し、創作営為の根源とも言える作家の想像力において、この世紀末的な「オリエンタリズム」がいかに発生し、培養されていったのか、そのプロセスを追跡してみたい。

一　初めて中国を「表現」した近代日本作家――谷崎

かつての入唐、入宋僧などの残した渡航記録はともかくとして、いわゆる近代日本人の手になるさまざまな中国「表象」を整理してみると、そこにはいくつか時代的な波とその波に伴う内容や表現上の特徴が確認できる。まず時代的な波から言えば、およそ安政開国（一八五八年）直後の文久年間から明治改元までの間がその第一波で、この期間中には多くの遣外使節や留学生が欧米諸国に派遣されたが、彼らがその寄港先である上海や香港の状況について記した記録の一部は、いわば近代日本人による中国の最初の「表象」である。また同じ時期に、いわゆる渡欧の途次ではなく、もっぱら内憂外患の進む中国、とりわけ列強の租借地を持つ上海の事情を「探索」する目的で、この土地に幾度か使節団が出されており、その参加者たちによって記述された、たとえば高杉晋作の「上海五録」に代表されるような数多くの日記や見聞録なども、近代初期の貴重な中国記録にほかならない。

中国「表象」における第二の時代的な波は、ほぼ日清戦後から日露戦後までの十年間と考えられる。これは戦地報告をはじめ、いわゆる対戦国事情についての紹介や戦後処理に関する分析などの形でさまざまな言説が生み出されたのみならず、敗戦に起因する中国国内の更なる開放によって、比較的長期間にわたって各地方を「漫遊」した一部の中国研究者、探険者たちの手になる報告書や旅行記なども少なからず残されているのである。

そして、いわゆる時代的な波の第三波は、だいたい大正半ば頃から始まり、その後やや起伏しながらもおよそ太平洋戦争の終戦直前まで続いていたと認められる。この時期にはちょうど日中の近代ツーリズムが相次いで成立し、旅行会社の斡旋などを利用する形でかなり多くの作家や詩人が中国を訪れて、それぞれの印象や感想を書き残していた。一方、日本軍部の度重なる暴挙に起因する日中間の戦火がどんどん激しさを増していくにつれて、同じ文学者でも、旅行者ではなく、従軍記者や従軍作家として大陸に渡るケースが現われ、彼らの記したさまざまな記録も、やはり無視することのできない重要な中国「表象」の一つと言えよう。

さて、このようにまさに歴史的な要素に起因して、近代以降の日本人による中国「表象」において三度にわたる大きい時代的な波が存在していたわけだが、こういった事実を確認したところで、次には簡略ながらもその三度の波に伴うそれぞれの内容や表現上の特徴についてすこし触れてみることにしよう。

まず、最初の幕末期に現われた遣外使節たちによる第一波の「表象」だが、これには種々の時代的な制限もあって、そのほとんどが定期航路の寄港地である上海と香港の両都市に集中している。そしてアヘン戦争後における列強と中国との間の政治または軍事的な力関係により、記述者である武士たちのまなざしは、基本的には両都市の持つ西洋の窓口としての側面に注がれており、その記録の大半もそういった近代資本主義の発達に対する「驚嘆」で占められている。ただ、さすがにこの時点ではかつての「中華」に対する尊敬の念がまだ完全に断ち切れておらず、現地における列強と中国の間の支配と被支配の上下関係を指摘しながらも、町の在来の文物や接触を持った中国の友人などに対して、いずれも好意を込めて記述している。

ちなみに、この時期の武士たちの記録は、半数近くが「漢文」、それ以外もほとんど「漢文訓読体」によって記されているが、この文体は、当時彼らが外部世界を捉える際に唯一不自由なく、かつ有効に使えるものであって、こういったところの中国「伝統」との強固な結び付きも、いわば作者たちのいまだこの「老大国」を徹底的に見下すことができない立場に留めていたわけである。そして彼らのこうした姿勢を、たとえばかつての入唐や入宋僧の残した「中華」崇拝的な諸記述、あるいは後の明治期に氾濫する「支那」蔑視的な諸言説と比較してみた場合、そこにはまさに前者のような慇懃もなければ、後者のような傲慢さも感じさせない、比較的対等な関係が確認できるのである。その意味で、武士たちの一連の「表象」によって、中国が西洋とともに始めて「発見」されたと言われているが[1]、この最初の等身大の中国「発見」を可能にしたのは、ほかならぬ空前絶後とも言えるこうした対等な関係に由来する一種の「客観性」であろう。

というのも、この時期以降、日中の国力や国際的な地位が急速に逆転され、とりわけ日清戦争における日本の圧勝と中国の大敗という意外な結果によって、こうした「客観性」が完全に失われてしまい、いわば、一種のナショナリズムの高揚を背景にした、まったく「差別的」な中国像が作り出されたのである。それは時期的には、つまりわれわれの言う中国「表象」第二波の諸言説にあたるわけだが、ここでは、いわゆる日本ないしは日本人のナショナル・アイデンティティを立ち上げるために、アジア諸国、とりわけ中国と朝鮮がまさしく「文明国」日本を顕在化させる一つの比較対象として、徹底的に近代国民国家の論理によって裁断されている。その結果、中韓両国が総じて日本によって「教導」されるべき「散漫」、「懶惰」で「不潔」の国家ないしは国民像が立ち上げられ、その後長らく日本の言論界で流布し続けていたのみならず、両国国内、中でも中国の代表的な知識人たちにもその言説の一部が受け入れられ、さらには内面化されていたのであった。

ところが、この明治期に「発見」されたさまざまな中国ないしは中国人の欠点、なかんずく国民国家の論理によって完全に否定されたその「漠然」とした国家や公共観念、「堕落」と「享楽」に満ちた社会風俗、それに「不潔」で秩序のない庶民生活などといった国民的な「特質」が、大正半ば頃になると、今度はまったく逆に、いわば「近代」を相対化する一種の貴重な価値として、忽然日本の作家や詩人たちに「評価」されるようになったのである。この大転換がもたらされた時代背景には、たとえば日露戦争後、いわゆる国民国家の統制がいよいよ強固となりつつある日本国内の「均一的」で「閉塞的」な社会空間に対して、多くの知識人が強い不満を抱くようになったこと、また維新以来半世紀にわたる「文明国」の経営がついに軌道に乗り始め、国民の間にはある種の隣国に対する優越感の伴った「余裕」が生まれたこと、そして何よりもやはり文学や芸術などにおける西洋の世紀末的な感性がつぎつぎと紹介され、それが在来のさまざまな「悪」を再認識する一つの価値観となったことが挙げられよう。その意味で、第三波とも名付けられるこの時期の中国「表象」は、一見明治期の中国言説を完全に覆したように見えながらも、根本的には依然として一種の日本を中心としたオリエンタリズムによって行われたと言えよう。ただその際にこれらの作家や詩人たちが、まさしく西洋的世紀末の感性に乗りつつ、その転倒された価値観によって、従来とまったく異なった「頽廃美」のある中国を再発見したのも事実にほかならない。そしてその先駆者となったのは、すなわちわれわれがこれから検証しようとする作家・谷崎潤一郎である。

周知のように、谷崎と中国との「関係」は、早くもその少年時代の漢文素読に始まり、およそ小学校高等科を卒業する前からすでに日本橋亀島町にある貫輪秋香塾という漢学塾で「大学」や「論語」を始めとする多くの漢籍を読破したようである。しかし少年時代に身に付けたこれらの漢学素養がそのまま発展し、一直線に後年の「支那趣味」にまで変貌したかと言うと、けっしてそうではなかったと思われる。それはあくまで一般的な古典教養に過ぎず、作家の精神的な資質として成立するには、またさらなる契機を待たなければならなかったのである。

その契機とは何かと言えば、すなわち高校や大学時代における西欧の耽美主義文学、およびその影響を受けた永井荷風の文学などとの出会いにほかならないが、これらの文学の繙読から、谷崎はいわば自分の潜在的な資質を発見させる一種の精神的な「啓示」(2)を受け、ついに「悪」のスピリチュアリズムに開眼したと考えられる。そして、この隠れた感性に一旦目覚めた彼は、かつてあくまで学力として身に付けた自らの漢学素養を振り返った時、はからずもそこに自分の資質とまったく符合する豊かなデカダンティスムの世界を発見したのである。その意味で、谷崎が文壇デビュー当初において幾度も「中国ダネ」を使い、また生涯にわたってその「支那趣味」を貫き通したのは、けっして偶然のことではなく、その世界の背後にはまさに彼の精神的な「栄養源」が隠されていると言えよう。

たとえば、本人の処女作である『刺青』（明治四十三年十一月）において、小説の主人公、「光輝ある美女の肌」に「己れの魂を刺り込む事」を宿願とする刺青師清吉が、長年尋ねあぐんだ念願の女を見付けるやいなや、真っ先に彼女に見せたのは、つまり中国歴代の悪女の中でもその筆頭に数えられる妲己と彼女のために「今しも庭前に刑せられんとする犠牲の男」たちが描かれた一枚の絵であった。そしてまさにこの不思議な絵を前にして、女主人公の芸奴の娘が「知らず識らずその瞳は輝きその唇は顫え」、「其処に隠れたる真の『己』を見出す」ようになり、さらにその後「悪」の象徴とも言える巨大な女郎蜘蛛を背中に刺り込まれたことで、ついに魔性の女と生まれ変わったのであった。ここでは、「この絵にはお前の心が映つて居るぞ」と清吉も言っているように、中国最大の悪女である妲己の絵は、いわば彼女に「自己発見」の啓示を与えた一つの記号として、同様の役割を果たした女郎蜘蛛とともにこの作品を根底から支えていると思われよう。

このように中国に伝わる「伝説」や「故事」を谷崎流に「再利用」し、自分独自の作品世界を作り上げていく試みは、この『刺青』に続く第二作目の『麒麟』（明治四十三年十二月）の中でも確認することができる。創作当初、小説ではなく「戯曲」として構想し、「満天下を聳動させる意気組」で書かれたこの短篇において、谷崎は今度は直接『論語』から孔子の「吾未見好徳如好色者也」という嘆きの言葉を取り、それをあたかもこの時期に多用するワイルドのアフォリズムと同様の感覚で、作品世界の成立する「根拠」、ならびにその証明すべき「真理」として逆用したのである。つまり、作者はここで本来「悪」への戒めとも言えるこの聖人の教えをまったく反転させ、そこから南子夫人という孔子を「敗北」させた女主人公をまさに反道徳的な「美しきものの力」の代表として再発見し、前作とほぼ同様の「美（エロス）」の王国をもう一度構築したと言えよう。その意味で、出発期の谷崎にとって、この「中国発見」は従来の言う「江戸発見」とほとんど軌を一にしており、双方ともいわゆる「悪」のスピリチュアリズムへの開眼によって獲得された無尽蔵の「美（エロス）」の世界にほかならなかったのである。

そして、この「江戸」と同等の意味を持つ「中国」の存在は、その後生涯にわたって作者の創作を支える大きな想像力の源であり続けていたことは、たとえば自らの作風を一時的に「やや写実的な」方向へ転換させたことによって、「自分の生活と芸術との間に見逃し難いギャップが」（『父となりて』大正五年五月）生じたことになり、そのジレンマを解消すべくもう一度「浪漫的な」世界を取り戻そうとした際に、ほかならぬ「中国題材」にそのきっかけを求めた事実からもうかがうことができる。その「中国題材」の作品とは、すなわち大正六（一九一七）年一月に発表された『人魚の嘆き』のことであるが、「作者が真に鏤心彫骨の苦しみを以て」書かれたこの小説は、その「照り輝く」純白な肌を持つ「人魚」の女主人公にも象徴されるように、いわば従来の谷崎の白人崇拝、西洋憧憬などの資質が端的に現われている作品として認めることができる。

しかし、一方、忘れてはならないのは、そうした西洋志向と並んだ形で、いわゆる「支那趣味」的な要素もこの作中に濃厚に取り入れられているのである。それは、単に小説の舞台が南京で、主人公が清王朝の貴族出身の青年であるという設定のみならず、たとえばこの貴公子と彼の妾たちの生活ぶりやその囲まれた居住空間などにもかなり具体的に現われている。そしてこれらの要素が同じ「異郷憧憬」でも先の「人魚」の存在と明らかに異なり、前者の神秘で、幻想的な世界に対して、後者はあくまでも現世の欲望を中心とした頽廃と放蕩の極致を示している。ただ両者の関係で言えば、おそらく貴公子らの醸し出した極端なデカダンスの雰囲気の中からはじめて「人魚」に代表されるような非現実の世界が構築可能となったのだろう。とすれば、いわゆる作者の幻想的なエキゾチシズムの中には、まさに西洋と中国の二重の異郷性がつねに存在し、そしてその両者の華麗な交差こそが数多くの「浪漫的」な作品を生み出し続けていたと言えよう。

このように、谷崎はおよそその出発期において西洋文学の新たな精神的「啓示」を受け、「悪」のスピリチュアリズムに開眼してから、一貫して「中国題材」に関心を示し、そこから巧みにデカダンスやエロチシズムなどの要素を汲み取ったことで、初期の創作の成功を導き出した。そして、それは先も指摘したように、いわば近代国民国家の論理をまったく反転させた形で、古典中国の「堕落」的で、「享楽」的な側面から一種の「頽廃美」を抽出したのみならず、また世紀末的な感性からそれに新たな価値を付与したことによって、幕末以来の中国「表象」を完全に覆したのである。むろん、後述するように、谷崎のこうした一連の創作そのものも根本から言えば依然として日本を中心とした言説構造から離脱していないが、ただ従来と違い、まさに「趣味」としての中国を新たに立ち上げたところに、彼の独自な中国発見ないしは再発見の「価値」が認められよう。

その意味で、幕末以来多くの日本人が基本的に「近代国家」というただ一つの基準で中国を「表象」し、しかもその内容がほとんど現地の「状況」報告に終始しているのに対して、谷崎はいわばはじめて新たなオリエンタリズムの眼差しで中国を観察し、それに自らの文学的な「言説」ないしは「表現」を与えたと言える。そして「支那趣味」を背景に生まれたこの谷崎の新しい中国「表象」は、すでに見てきたように、初期の作品においては一種の「きっかけ」あるいは「背景」として使われ、まだ従属的なものでしかなかったが、しかし、それが一旦「古典」というフィルターを外し、「現実」の対象と直接向かい合った時、まさに真の開花を迎えたと思われる。前記の『人魚の嘆き』を世に送り出してから一年後、大正七（一九一八）年に行われた作者の大陸漫遊が、つまりその新たな展開をもたらす最初の旅である。以下は、まずこの度の中国旅行を手掛かりに、いわゆる近代ツーリズムの成立と谷崎の新たな中国「表象」との関係についてすこし整理してみよう。

二　日中近代ツーリズムの成立と谷崎の「江南発見」

従来、近代日本のツーリズムの成立を語る時、いつもジャパン・ツーリスト・ビューロー（ＪＴＢ）や日本国有鉄道（国鉄）の果たした役割が強調されるが、しかし実はもう一つ忘れてはならない存在がある。日露戦争によって「権益」として勝ち取り、一九〇六（明治三十九）年十一月に設立された南満州鉄道株式会社、通称満鉄である。というのは、一九〇八年五月、最初に日本と外国（ロシア）間の旅客貨物連絡運輸の交渉に乗り出したのが、ほかならぬ満鉄初代総裁の後藤新平であり、また一九一〇年七月、ブリュッセルで開かれたシベリア経由国際連絡運輸第五回会議に参加し、国鉄とともにヨーロッパへの連絡運輸の希望を出したのも満鉄だったからである。そして、その翌年の十一月、二年にわたる中朝国境の鴨緑江架橋工事がついに竣工し、従来の朝鮮半島縦断鉄道である朝鮮鉄道と満鉄が直接連結することによって、いわゆる朝鮮・満州ルートの日本とヨーロッパ間の国際連絡運輸がはじめて実現されることになるが、まさにこの新しい事態を受けて、一九一二年三月、政府、鉄道院を中心とする日本郵船、東洋汽船、満鉄などの共同出資で、前述のジャパン・ツーリスト・ビューローが設立されたのである。

設立当初のＪＴＢは、たとえばすでに第六回国際連絡運輸会議（ロンドン、一九一一年）で設置決定済みの満鉄経由世界一周周遊券や東半球周遊券の「新橋から倫敦ゆき」の切符などを発売したりして、ちょうど十九世紀後半からヨーロッパで続いていた世界一周旅行ブームの余波に乗じた形で、おもにそうしたツアーで来日した外国人観光客を斡旋していた。そしてこれらの観光客のニーズに応えるためだろうか、初めから海外、特に「満韓」や中国との連絡を重視し、本部設立後の一年も経たない内に、次々と大連やソウル、また台北に支部を設置した。

ＪＴＢや満鉄に代表される日本ツーリズム草創期のこのような方針は、その後大正半ばに入って日本人観光客が増大し、さらに一九二四（大正十三）年、日本の旅行文化向上を事業目的とする文化運動団体――日本旅行文化協会が設立されてからも、おおむねそのまま継承された。

たとえば、日本旅行文化協会の設立とともに創刊されたその機関誌とも言える旅行専門雑誌『旅』の創刊号において、当協会設立の趣旨を説明するにあたって、「内地」と並んで「朝鮮、満蒙、支那等に於ける人情、風習の紹介」もその活動目的の一つに定められているし、また同じ創刊号に掲載されている満鉄の広告には「旅行シーズン来る／朝鮮へ！／満州へ！／支那へ！」というきわめてストレートな宣伝文句も刷り込まれている。これらのことは、つまり一様に「満韓」や中国が日本近代ツーリズムの成立過程で終始「内地」に劣らぬ形で取り込まれていた事実を示していると言えよう。

ちなみに、後ほどまた詳述するが、このＪＴＢや満鉄の開始した海外旅行業務の一部を利用して、「満韓」ないしは中国内陸部に渡った最初の文学者は、ほかならぬ今われわれが取り上げている谷崎潤一郎であり、彼の後もたとえば、一九二八（昭和三）年に大衆作家の谷譲次（林不忘）が、まず「満州」、ハルビンを訪れ、そこでの「観光」を済ませたあと、シベリア鉄道でヨーロッパを目指しており、またその二年後に、新進女流作家の林芙美子も満鉄の配慮で大連からハルビン、そして上海まで「散歩」（『三等旅行記』、一九三三年）し、さらにその翌年にもう一度事変混乱の真っ最中の「満州」を通って、おなじシベリア鉄道でヨーロッパに向ったのである。

しかし、ＪＴＢなどによるこうした個人旅行者の斡旋は、あくまで「満韓」や中国における日本ツーリズムの事業内容の一部に過ぎなかった。これと同等、いや場合によってはこれをはるかに上回る比重で、日本の中学、高校生の団体旅行、つまり修学旅行も盛んに手掛けられたのである。日本の中高生の「満韓支」への修学旅行は、一八九六（明治二十九）年の兵庫県立豊岡中学校による朝鮮旅行が嚆矢とされているようだが、本格的に行われ始めたのは、およその十年後の一九〇六(明治三十九)年頃からだと言える。この年、まず文部省と陸軍省の共同主催で全国から選ばれた一部の中学生が五つの班に分かれ、日露戦争の戦跡をめぐる「中学校合同満州旅行」が実施され、以後、まさにこれに右へ倣えの形で、いわゆる「戦場旅行」ブームが急速に広まり、とりわけ大正期に入ると、さらに商業学校や師範学校、また高等学校まで巻き込んで、きわめて広範囲に行われていたと見られている。そして、この膨らみ続けていた「満韓支修学旅行」ブームは、大体昭和初年についにそのピークを迎えるが、この前後になると、今度はあたかもこれらの「修学旅行」に釣られた形で、いわゆる一般社会人もとうとう「満韓支」への団体旅行に動き出し始めた。たとえばJTBよりも早く創業され、当時民間業者としては最大の規模を誇っていた「日本旅行会」(後の株式会社日本旅行)は、つまり一九二七(昭和二)年に初めて「鮮満巡遊」の団体旅行を主催したのみならず、その成功を受けて、以後おおむね年に一回のペースで戦時中までこれを実施し続けていたのである。

このように、まさにJTBや日本旅行(日旅)、そして満鉄などの積極的な斡旋活動によって、いわゆる「満韓支」への作家の個人旅行や中高生の修学旅行、また一般人の団体旅行が盛んに進められていたわけだが、これらの渡航が簡単に実現できた背景には、実はもう一つ忘れてはならない重要な要素がある。この時期の日韓中三国における鉄道や海外航路などの「交通」の発達である。これらについては今詳述する余裕がないが、日本のツーリズム、ないしはそれと関連の深い「支那趣味」の展開を考える上で、きわめて大切な事項であるゆえ、ここで大陸に渡る二つの交通手段、「満韓」に連絡する列車と上海に連絡する客船のことを簡略ながら紹介しておく。

まず、列車による「満韓」へのアプローチであるが、これをもし東京からの出発とした場合、東京・下関間には明治四十五年からすでに「特別急行」が一本運行しており、これに大正十二(一九二三)年からはまたもう一本「特急」が増設されたのである。そして前者は一、二等特急(後に各等特急に変更)で、昭和四年のダイヤ改正を機に「ふじ」と命名され、後者は三等のみの特急(後に二、三等特急に変更)で、同じダイヤ改正で「さくら」と名付けられている。この二本の特急以外にまた第五列車と第七列車の急行も存在したが、これらはいずれも下関で関釜(下関・釜山)連絡航路を介して、釜山・新京(長春)間の急行「ひかり」、あるいは釜山・奉天(瀋陽)間の急行「のぞみ」と連絡し、日本と「満韓」の便利な往来を可能にしている。

つぎに客船による上海方面へのアプローチであるが、これにはおもに日本郵船による明治時代からの横浜・上海間、神戸・上海間、それに大正十二(一九二三)年に新設された長崎・上海間の三つの定期航路が存在していた。中でも最強速力二十一ノットの快速客船である上海丸と長崎丸の登場によって、日中(長崎・上海)間はわずか二十六時間で結ばれるようになり、その存在が日本人の大陸渡航に実に計り知れない影響を与えていた。ただこれは谷崎の第一回目の訪中以降に運行され始めたもので、ここではとりあえずその存在を紹介するだけにとどめよう。

出発期における日本のツーリズム、中でもその「満韓支」への「進出」がおよそ以上のような様子であるが、この日本の情勢にやや遅れた形で、一方、近代中国の旅行システム、とりわけその国内における海外旅行者の受け入れ体制も、実はこの時期にいよいよ整いつつあったのである。それは交通の面で言えば、たとえば中国南北の大動脈である京漢(北京―武漢)鉄道がすでに一九〇六(明治三十九)年に開通しているし、また上海と南京間を結ぶ滬寧鉄道も一九〇八年に完成した。その後、さらに東北部と北京を連絡する京奉鉄道(北京・瀋陽間)、天津・南京間の津浦鉄道が同じ一九一一年に開通している。宿泊施設の方では、欧米系のホテルはもちろん、いわゆる中国式、日本式の旅館も全国各地で数多く開業された。これは上海の例で言うと、たとえば日本人によく利用されるアスター・ハウス(中国名礼査飯店)やパレス・ホテル(中国名匯中飯店)、一品香旅館などは、つまり利用客の急増に応じて一九一〇年前後にあいついで改築、または新築されたものである。

なお旅行会社について言えば、二十世紀初頭に、租界においてすでに世界三大旅行会社、トーマス・クック(通済隆)、万国寝台車(鉄道臥車公司)、エクスプレス(通運)がそれぞれ支店を設け、営業を開始していた。またJTBも日本をふくむ海外の顧客の需要に応じて、前述の大連と台北以外に上海や青島などの都市にも支店ないしは営業所を設置する一方、各地において観光名所の「開発」に力を入れていたのである。

そして、これらの外国旅行会社の刺激を受けて、一九二三(大正十二)年、いわゆる民族資本による中国自身の旅行会社もようやく誕生した。この会社は、アメリカの通運社にならって、当初、上海商業貯蓄銀行(上海銀行)の中に設置され、まず銀行所属の旅行部としてスタートしたが、一九二四年に杭州への団体旅行、一九二五年に日本への「観桜」ツアーを組織し、内外の旅行客からかなり高い評価を受けたことにより、一九二七年(昭和二)年についに上海銀行から独立し、「中国旅行社」という社名で再出発したのである。

このように、一九一〇年代から一九二〇年代にかけて、いわゆる「日支」の間にまさに近代ツーリズムの新たな展開を迎えたわけであるが、その際に実は両者の連携によって、ある旅行制度上の決定的な「事業」が行われたのである。その「事業」とは、つまりJTBや中国旅行社(またはその前身の上海銀行旅行部)などの内外旅行会社がコースや景観などの選定によって起した「ディスカバー・ジャパン」ならぬ「ディスカバー・チャイナ」とも言える各地の「名所」造り運動である。これは、むろん各旅行会社が事前に打ち合わせて一つ一つ決めていくという形ではなく、むしろそれぞれ独自に中国の観光地を「開発」し、自らの顧客の「ニーズ」に答えていたものだが、ただその場合、明らかに「外部」、いわばJTBなら、ちょうど日本的な審美基準が加味され、それによって中国のさまざまな「名所」が生み出されたのである。そして、その中身と言えば、すなわち在来の「古典」あるいはその他の言説を実物化ないしは景観化すること、またその反対に在来の「名所」あるいはその他の実物を新たに言説化ないしは伝説化することの二つにほかならないが、「外部」の審美基準で行われたこの「古典」の景観化と「実物」の言説化は、その後さらに中国側のさまざまな強化や「再生産」によって、ますます一つの確固とした「真実」となり、それ自体がまさに「制度化」された近代ツーリズムの一環として立ち上げられたのである。

さて、先ほどもすこし触れたように、いわゆる「制度」としてのツーリズムを成立させるもっとも重要な要素として、この「景観」の選定以外に、もう一つ挙げなければならないのがその個々の「旅」の規定コースのことと言えよう。これは日本人の「鮮満支」旅行の場合も例外ではなく、およそ大正半ば頃から、こうした大陸旅行の定番コースがもういよいよ定着しつつあったのである。たとえば、一九一九(大正八)年九月、鉄道院が従来の英文東亜案内書(全五巻)をもとに、「満州」と「朝鮮」、そして中国の部分を編集しなおし、日本語版の『朝鮮満州・支那案内』を刊行したが、この政府発行のもっとも「権威」的な案内書によれば、当時、鉄道院からいわゆる「日支周遊券」というものを発売しており、この周遊券には、すなわち既定の「二様の経路」が指定されているのである。

その「二様の経路」とは、一つは、例の関釜連絡を使って、釜山から朝鮮半島に入り、その後ソウル、奉天、北京・天津、鄭州、漢口(武漢)、上海・杭州、長崎・神戸という順番のもので、いま一つは、途中の天津から済南、南京を通って、上海に下るというコースを取っている。コースだけではない。この案内書はまた約二ヶ月の「周遊計画」の日程まで提示し、あらかじめ見物する「名勝」を全部定めている。ちなみに、この鉄道院の案内書に続き、以後民間からも数多くの大陸旅行案内が刊行されることになるが、そのほとんどは上記の定番コースのバリエーションにすぎない。

そして、既述したように、新たに起動したこの大陸旅行体制に乗って、いち早く中国に渡ってきた日本の作家こそが、谷崎潤一郎にほかならない。一九一八(大正七)年十月、谷崎は同じ鉄道院発行の「ガイドブック」を手に、ただ一人、朝鮮半島を経由し、およそ二ヶ月にわたって中国各地を旅行した。この時、彼のたどった旅のコースは、ちょうど鉄道院案内書の「二様の経路」の前者で、そして日程もおおむね「周遊計画」の通りであった。その意味で、谷崎はまさに「制度」としてのツーリズムに乗せられた形で渡来したことになるが、しかし、後ほど詳述するように、彼は巧妙にもそれを突き破って、自らの中国景観を数多く「発見」したのである。

三　もう一つの世紀末――中国「奇譚」の創出

谷崎自身によれば、この一回目の中国旅行は「マル二ケ月で、十月の九日に東京を出発」し、途中は「朝鮮から満洲を経て北京へ出、北京から汽車で漢口へ来て、漢口から揚子江を下り、九江へ寄つてそれから廬山へ登り、又九江へ戻つて、此度は南京から蘇州、蘇州から上海へ行き、上海から杭州へ行つて再び上海へ立戻り、日本へ帰つて来た」(「支那旅行」、大正八年二月)という行程であった。ただその間、彼はどうやら一般観光客のよく出かける「朝鮮」や「満洲」についてはあまり感銘を受けた様子がなく、そうした北方の町よりもむしろ南方、とりわけ「南京、蘇州、上海の方面」に対して、さっそく来春にも再訪したいというほど気に入っていたのである。そして、帰国後、あたかもこの度の体験を忘れまいと意を決したかのように、短いエッセイも含めて全部で十四篇もの中国関連の小説や紀行文、また戯曲を立て続けに発表し、中でも旅に直接取材した『廬山日記』などの五篇においては、旅行中のさまざまな行動や「発見」を実に詳細に書きとめている。

この二ヶ月にわたる外遊の中で、谷崎は、いわば従来あくまで書物などを通して抽象的に獲得した「支那趣味」を、まさに自らの直接の体験によって補強しつつ、同時にまたこれまであまり認知していなかった新たな「事実」もいくつか発見することができた。その「事実」のもっとも代表的なのは、「水郷」としての江南の存在にほかならないが、彼は、「一体山国よりも水郷の景色を好む」（『蘇州紀行前書』、大正八年二月）という資質からだろうか、その中国南方の「水郷」と出会うや否や「すつかり気に入つて」しまい、以後その旅の道々にほとんどいわゆる伝統的な水路を使って、「水郷」の点在する江南地方にアプローチし続けていたのである。

たとえば、「奉天」や北京などの中国北方の都市についに総じて感動を覚えなかった谷崎は、観光案内の「周遊計画」通り、北京から汽車で武漢（漢口）まで来て、そこから船で揚子江を下り、九江という町にたどりつくが、ここでさっそく「規定コース」から逸脱して友人と一緒に城外の甘棠湖に出かけ、廬山を背後に控えた「湖面の風景」を楽しみながら、そこに自然と人間の調和した「風雅」な景観を発見している。ちなみにこれを記した『廬山日記』（『中央公論』、大正十年九月）はもともと廬山への登山を主な内容とする随筆だったにもかかわらず、なぜか作品の随所にその麓にあるこの甘棠湖の景色に見惚れた谷崎の姿が目立っているばかりでなく、この「記録」によって旅行中における作者の一連の中国「言説」が始まったのも、きわめて象徴的な出来事だと言わざるを得ない。

この「水路」や「水郷」に対するこだわりは、九江の次の訪問地である南京でも著しく感じることができる。ただその際に、「水路」はもう単なる景観としてではなく、「女」、つまり「妓女」の棲み家を訪ねるために通らなければならない「通路」として、もう一つ重要な価値が付加された形で再認識されている。そして、この「水辺」の女、ないしは「水」の彼方にいる女という「水」と「女」の関係の発見は、まさに従来の「悪」の発見と同じ構造で、彼自身の中にある両者の潜在的な「関係」を啓示し、またその「発露」を導き出し始めている。南京体験を記した『秦淮の夜』（『中外』、大正八年二月）によれば、谷崎は南京入りしてから、まず昼間に画舫という伝統的な遊覧船を使って、「水路」に沿って市内を一巡し、つぶさに町の「地理」を偵察した。その後、夜に入ると、夜間も画舫に乗れる季節ではないことを嘆きながら、今度は人力車を雇って、「水路」という大通りの延長とも言える「路地」に入り、つぎつぎと「女」のいる妓館を訪ね歩いた。その時の様子は、たとえば次のように記述されている。

いつの間に月が出たのか、薄曇りの空を漏れて来る淡い光が、どんよりと睡たげに漂ふ運河の水に、青白い影を映して居る外には、ただ暗澹たる町が死んだやうに続いて居るばかりである。利渉橋の北の橋詰に出た俥は、其の真黒な闇の町へ吸ひ込まれるやうにして、路を左へ取つて行つた。不思議な事に、川筋の方からはあんなに沢山並んで居た妓館が、傍へ来て見ると何処に入口があるのだか更に分らない。例に依つて土塀に囲まれた狭い路次を出たり這入つたりする。路はやうやう一台の俥が通れるくらゐの幅で、地面には煉瓦ほどの大きさの石が凸凹に敷き詰めてある。そんな処をガタンピシンと激しく揺す振られながら、あまり度び度び壁の角を曲つたので、私はもう河が孰方にあるのだか方角さへも分らなくなつてしまつた。其のうちにいよいよ俥の通らない恐ろしく狭い曲り角へ出たので、俥を其処に待たせたまま二人は塀に寄り添つて歩いて行つた。靴の踵が敷石の飛び出た角にぶつかつて、ゴロゴロと引かかるやうな厭な路である。小便だか食物の油だか分らないが、ところどころに黒い水が流れて居る。白壁——と云ふよりは鼠色に汚れてしみだらけになつて居る土塀の上の方には、月が朦朧たる光を投げて、其の部分だけが活動写真の夜景のやうにほの明るい。さう云へば此の路次の様子は、活動写真で屢〻見るところの、悪漢の手下だの探偵だのが逃げ込んだり尾行したりする西洋の裏町の景色によく似て居る。こんな所へ紛れ込んで、若し案内者の支那人が悪党ででもあつたらば、どんな目に遇ふか知れたものぢやない。考へて見ると何だか少し薄気味が悪かつた。

中国色町特有の高い壁、迷宮のような曲りくねった路地、暗闇の中で女の「魔窟」を訪ねるのはたしかに薄気味悪い。しかしそういう恐怖感を覚えながらも、作者がどこかでこの種の「探険」のスリリングさを楽しんでいるようにも見える。現にこの後、彼は、「暗黒の壁」を三度も潜って、案内者と一緒に女と「談判」したすえ、ついに「奇望街」の裏路地で「花月楼」という十七才の「素人の娘」と「話」が決まり、彼女と一夜を過ごしたのである。こうして危険を承知しながら、なお谷崎をこの「魔窟」への探険に駆り立てたのは、むろん本人の生来の「資質」が主な原因となっているだろう。しかし同時に、たとえば南京に来た以上何としても一度「妓館」に上がり、古来中国文人の「情趣」を体験したいというような衝動も実はその大きな理由の一つだと考えられる。というのは、彼が訪ねた秦淮河のほとりは、もとより千年以上の歴史を持つ中国有数の「歓楽街」で、かつての「文人」たちがいずれもこの場所に憧れ、とりわけ秦淮河に画舫を浮かべながらその上で妓女と戯れるのは、いわば「風流」の極意とされてきたのである。とすれば、歴代中国文人の「習慣」を熟知し、かつ一度南京を舞台に小説を書いたことのある谷崎が、昼間にまず画舫で秦淮河を一巡し、その後夜には同じ画舫に乗れないことを嘆きながら、あえて薄気味悪い路地を訪ね回ったのは、やはりどこかでそうした「文人」のことを意識し、一種の「風流」に対する追体験を味わいたかったからだと言えよう。その意味で、季節の関係で、画舫に「女」を載せることができず、あくまで不完全な形でその「風流」を体験したのは、彼にとってすこぶる残念だったに違いない。

しかし、たとえ「女」がいなくても、従来の「風流文人」の「記憶」がたっぷりと込められているこの画舫にさえ乗れば、作者は依然として身を古典的な「言説」の中に置き、一時的ではあるが、自らを伝統的文人に「回帰」させることができる。そしてよほどこの「回帰」を持続させたかったためだろうか、南京に続いて、蘇州入りした谷崎は、ここでも必要以上に画舫にこだわり、「運河」という水路を使って、本人が「東洋のヱニス」(『蘇州紀行前書』)と称したこの町にアプローチし続けていた。『蘇州紀行』(『中央公論』、大正八年二月)によると、たとえば、滞在三日目の日には郊外の天平山観光が予定されていたが、「しかし実を云ふと、私は天平山の紅葉なんかどうでもよい。寧ろ道中の運河の景色が目的なのである」と本人が告白したように、彼はあくまで画舫に乗りながら「一心に川の景色を視詰め」ることに専念したかったようである。ただその際に、作者は決して単に川の景色を眺めるだけではなく、その行き来の道中も、また天平山にいる間も、終始古来文人にかかわるさまざまな伝説や『剪灯新話』などの古典文学に現われる登場人物のことを眼前の風景とダブらせた形で頭に浮かべるが、まさにそういう「非常に遠い夢」が「急に近くへやって来た」ような実感を覚えたことによって、本人がいわゆる「伝統」への「回帰」をはかり、かつ同じ「文人」としてのアイデンティティを確かめることができたように思われる。そして、この伝統的「文人」感覚の回復ないしは獲得こそ、また次の中国に関わる新たな「奇譚」の創出を準備したと言えよう。

『支那旅行』（前掲）などによれば、谷崎は蘇州を離れた後、一度上海へ行き、上海で十数日間逗留してから、ようやく次の目標の杭州に入ったらしい。この一回目の中国旅行において、彼はなぜか上海に関する記録を何も残さなかったため、滞在中の詳しい事情がまったくわからない。ただ一つだけ言えるのは、ちょうどこの初回の上海入りを境に本人の中国「表象」が大きな変化を見せ始めたことである。すでに見てきたように、これまでの彼の記した中国旅行の記述はいずれも日記か紀行文の類であったが、これが上海以後になると、基本的に「奇譚」としか言い様のないきわめて空想的な小説作品となったのである。そして、前者において、作者が個々の景観には相当の思い入れを抱きながらも、形式上は結局それぞれの対象に関する「印象」と「感銘」しか伝えることができなかったのに対して、後者では、そうした一連の「印象」と「感銘」がもうすっかり作者の中で「血肉」と化し、いわば完全に「内面化」された谷崎独自の「風景」として再び作品の中に立ち上げられたのである。その意味で、帰国後の実際の発表期日こそ前後するが、おそらく上海滞在の十数日間は、ちょうど彼が旅前半の「印象」を反芻し、新たに獲得された「文人」感覚で、いよいよ本格的な中国素材の「奇譚」造りに準備し出した分水嶺のような一時ではなかったかと推測される。

むろん、これから作者の訪れる杭州という場所そのものも、やや誇張的な言い方をすれば、ほとんど今までのいわゆる「文人」文化をすべて濃縮したようなきわめて「風流」な空間で、その存在が作者の「文人」意識を一層強くし、また従来の「世紀末」的な感覚をにわかに想起させたことも大いに考えられる。とすれば、杭州を舞台に展開されたこれら旅後半の作品は、まさに谷崎がこれまで持ち続けてきた「西洋志向」とこの度の中国体験を通じてさらに強化された「支那趣味」という二つの「美学」によって作り出された小説世界であり、そこには本来ならまったく異なる中国と西洋の文学的感性が、ほかならぬ「世紀末」という新たな文学的装置のもとで見事に合流し、彼ならではのきわめて不思議な「奇譚」が作り上げられたのである。以下、簡単ながらそれらの「奇譚」の世界をすこし検証してみよう。

谷崎の杭州を舞台にして書かれた最初の文学作品は、『西湖の月』(『改造』、大正八年六月)という短篇小説である。ここでは、主人公の「私」が「東京某々新聞」の北京特派員となっており、その「私」は、ある年の秋、上海の方へ一ヶ月ほどの出張を命じられたが、その機会を利用して、前々からぜひ行きたいと思っていた杭州にまで足を伸ばすことになったという。上海から杭州行きの列車に投じた「私」は、間もなく自分の席からすこし隔たった前方の椅子に「たつた一人瀟洒とした薄い青磁色の上衣を着けて、白繻子の靴を穿いて居る」令嬢風の女が座っているのを見つけ、以後乗車の間も、またたまたま杭州の同じホテルに泊まってからも、終始執拗に彼女の「繊細を極め」た指や「絹のハンケチと軽さを争ふやうに柔らかくひらひらして居る」掌、それに膝から「次第に細く細く踝のあたりで殆ど骨ばかりかと思はれる様に狭まつた後、再びなだらかに肉を盛り上げて、その尖端に、やつと爪先が隠れるくらゐな浅い白繻子の靴を穿つて居る」両脚を観察しながら、その「全身に現はれて居る病的な美」に心を惹かれ続けていた。

むろん、こういう一種の覗き見とも言えるような行為を繰り返している一方、「私」はまた道中に展開される大小の「水郷」の風景にもすこぶる感銘を覚え、それらの「景色を前にして、停車場ごとに出たり這入つたりする美しい女たちの風俗を眺めて居ると、私の夢はひとりでに楊鉄崖や高青邸や王漁洋の詩の世界に迷ひ込んで行くやうな心地になる」というように、その一連の風景にまつわるさまざまな古代の詩人や文学者の作品世界に思いを馳せることで、自らの「文人」趣味を満足させようとしていたのである。そして、まさにこの「文人」趣味をさらに味わうべくして、「私」は、滞在二日目の夜、例の画舫に乗って、月光の明るい西湖へ遊覧に出かけるが、その「何処から空気の世界になり何処から水の世界になるのだか区別が附かない」幻想的な水面で、まったく意外なものを見つけたのである。

橋の下を半ば潜り抜けたかと思ふ頃、俄かに船底がガサガサと騒々しい音を立て始める。成る程船頭が云つた通り、其の辺には長い藻がどつさり繁茂して居て、風に揉まれる薄のやうにゆらゆらと靡きながら、船の底を態手で触るやうに荒々しく引つ掻いて居るのである。が、ものの十間も漕いで行くと藻はだんだん疎らになつて水が又少し深くなつたやうであつた。ちやうど其の時、私の船から五六尺離れた水中に何か白い物がふはふはして居るらしいので、側近く漕ぎ寄せて行くと、其処には一箇の女の屍骸が藻を蓐にして横たはつて居た。仰向けに寝て居る顔の上にはガラスよりも薄いくらゐな浅い水がひたひたと打ち寄せては居るものの、月の光は其れを射徹して却つて空気の中よりも明かに、若々しい屍骸の容貌に焦点を作つて居るのである。女は昨日以来汽車の中で、清泰ホテルのヱランダで、たびたび会つた事のある美しい令嬢に紛れもない。両眼を閉ぢて、両手を胸の上に組んで、安らかに身を横へて居る様子から判断するのに、恐らくは覚悟の自殺であらう。それにしても其の表情に微塵も苦悶の痕を留めて居ないのは、どう云ふ死に方をしたのであらうか？　ひよつとしたら死んだのではなく、すやすやと眠つて居るのかと思はれるほど、その顔は穏やかに且生々しく輝いて居る。私は舷から出来るだけ外へ半身を乗り出して、屍骸の首の上へ自分の顔を持つて行つた。彼女の高い鼻は殆ど水面と擦れ擦れになり、何だか息が私の襟元へ懸かるやうにも感ぜられる。あまりに彫刻的で堅過ぎる憾みがあつた其の輪郭は、濡れて浸つて居る為めに却つて人間らしい柔かみを持ち、黒味がかつて居るほど青かつた血色さへも、垢を洗ひ落したやうに白く冴え返つて居る。さうして、上衣の繻子の青磁色は、朗々とした月の光に其の青みを奪ひ取られて、鱸の鱗の如く銀色に光つて居たのである。

そして、これは後になってわかったことだが、この女性は「名前を酈小姐と云つて、上海のミツシヨン・スクールを卒業した今年十八になる少女」で、近頃「不幸にも肺結核に感染した」ので、保養かたがた肺病院へ入院するために、兄夫婦に連れられて杭州まで来たが、本人が不治の難病に罹ったものとあきらめて、自ら死を選んだという。

以上は、およそこの小説の大まかな展開であるが、このようにまとめてみると、一体作者がこの作品において何を書きたかったかは、もうきわめてはっきりとしているだろう。それは、発表当初の題名「青磁色の女」にも象徴されているように、初めからこの中国江南女性の「繊細」な指、「柔らか」い掌、「白繻子の靴を穿っている」両脚、それに顔が「穏やかに且生々しく輝いて居る」屍骸、つまり彼女の身体――女体が何よりも作者の表現しようとする「美」の対象となっているのにほかならない。この女体、またはその一部に対する格別なる関心は、たとえばこの作品とほぼ同時期に発表された『富美子の足』（『雄弁』、大正八年六～七月）の例を挙げるまでもなく、一貫して谷崎の主要な「資質」の一つと言えるが、ただ今までの作品と違い、この小説の場合は、「水」に浮かべる女の「屍骸」、いわば水と女体ないしは水と女の究極的な審美関係がここで追及されているのではないかと思えなくもない。前記の引用を読むと、おそらく誰もがミレーの「オフィーリア」の存在を想起するだろうが、一方、その背後には、これは作者自身も言及したように、同じ西湖に身を投げた中国六朝時代の名妓、蘇小々の面影が色濃く現れているのもけっして無視できない。創作と史実の違いこそあるものの、二人の女性はともに「薄命の佳人」という点で共通し、またどちらも「水」に浮かべる女、すなわち「水死」という形でそれぞれの「美」を全うした女性として記憶されている。その意味で、この作品の主人公である「青磁色の女」は、まさしくこうした東西二つの「伝説」を一身に引き受け、いわば作者一流の按配によって作り出された「西洋志向」と「支那趣味」の見事な「混血児」と認められよう。そして、繰り返すようだが、この珍しい「離れ業」を可能にしたのは、杭州という中国江南の「水郷」文化が凝縮された特殊な空間の存在であることはもう言うまでもあるまい。

さて、同じこの杭州を舞台にした次の「奇譚」とも称すべき作品は、『天鵞絨の夢』（『大阪朝日新聞』、大正八年十一月）というやや長い短篇小説であるが、ここでは、前作の『西湖の月』よりもさらに多くの「装置」が仕掛けられた形で、さまざまな視点から例の水と女ないしは水と女体の「関係」が徹底的に追及されているのである。この小説は、もともと「十人の奴隷の告白」という仮題が付けられているところからもわかるように、形式の上では、西湖のほとり、葛嶺という山の麓にある壮大な別荘で展開された中国人富豪温秀卿とその寵妾の歓楽的で、頽廃的な生活について、彼らの「余りに非人道的な惨酷な所行に堪へかねて」、一人の日本人奴隷が杭州日本領事館に訴えてきたのをきっかけに、数人の奴隷が証人として領事団による共同裁判の法廷で陳述し、告白するという形となっている。しかし、実際三人に絞られたその奴隷たちの「物語」をたどってみると、そこには温秀卿と彼の寵妾との「世にも不思議な歓楽に耽つて居た」生活そのものがほとんど間接的にしか語られず、それよりもやはり水中を泳ぐ女、または水に浮かべる女体が異様なまでに「話」の中心を占めている。
たとえば、第一の奴隷である十六歳の少年の「告白」によれば、本人は、その別荘の「中庭」にある「玉液池」という池の底に作られた「琅玕洞」と称される地下室に住み、そこで毎日阿片を吸いにやってくる「女王」のために、その支度をするのが主な「役目」としているが、ある日、彼はこの地下室の天井、つまりガラスでできた池の底のむこうで多くの美しい魚に交じって、一人の少女が泳いでいるのを発見したのである。以来、「殆んど毎日のやうに魚の集団を掻き乱しては其処へ姿を現はし」たこの少女に対して、少年はこれまでの「女王に対する崇拝の情とは全く異つた甘いなつかしい愛着」を抱きながら、その「青い琅玕の宝石の中に鏤められて居る彼女の肉体を眺める」ことに没頭するようになる。ところが、二人の「恋」がやがて「女王」に気付かれ、少女はとうとう「女王」に毒を飲まされて、池で泳ぐ間に体の様子が急変し、「屍骸」となってしまったのである。

暫くの間、彼女は目元と口元とに常にも増して晴れやかな微笑を浮かべて、左右の腕を伸ばしながら私を手招きするらしい様子でしたが、ものの一分と立たないうちに見る見る其の顔には苦渋の表情が現れて来て、手足をばたばたと藻掻き始めたかと思ふと、燥ぐ力を一度に失つてしまつたかの如く其の柔軟な肉体は綿のやうに円くなつて軽々と水中に浮かび漂ひ、やがてまた風に揉まれる木の葉のやうにくるくると二三遍ゆるやかな輪を描きつつ廻転するのでした。それと同時に彼女の鼻からも口からも夥しい血潮が際限もなくたらたらと流れ出して、翡翠を融かした水の色を鶏血石の斑点のやうに真紅に染めて行くのでした。さうして其れが段々と火炎の渦が舞ひ狂ふやうに大きく広く燃え上つて、彼女の姿を全く包んでしまひました。

こうして完全に死んだと思われた彼女が、実は好運にも人に助けられて、一命を取り留めたことは、後に本人の証言によって始めてわかることになる。「第二の奴隷の告白」と称されるその法廷陳述によれば、彼女はもともと「女王さま」の侍女で、「玉液池」の緋鯉や金魚に餌をやったり、夜間に池の底を掃除したりするのが主な「役目」だったが、ある日、好奇心のために「昼間は決してあの池の中へ這入つてはならない」という禁則を破って、池の底に潜ったところ、意外にもその下の「琅玕洞」で昼寝をしている「女王」に「いつも見るよりももつと美しい、不思議な夢」を見させることができたのをきっかけに、それから毎日時間が来ると決まってその池の底へ降りてくるように命令されたのである。そして、先の少年と同様、彼女の方も「いつの間にやら彼の少年に心を寄せ」始め、「わたしはあなたを恋して居ります」と声にならない言葉で告白したという。その結果、前記の引用にもあるように、危うく命を失いかけたが、幸いなことに、「玉液池」から流れ出た彼女の「屍骸」が、「女王さまのお邸の水門」を通り抜け、西湖の西冷橋の下に漂い着いた時、折よくそこを通りかかった画舫の船頭によって救助されたのである。

ところで、以上のこの結末だけを見ると、二つの「告白」からなる少年少女の「恋」の物語は不十分ながらもこれで一応完結したと思われても不思議ではない。しかし実際は、そうした二人の「恋」を語るそれぞれの「告白」があくまでこの小説の「導入部」にしか過ぎず、いわゆる「第三の奴隷の告白」こそが、どうやら作者がもっとも力を入れて書きたかった作品の中心部分ではないかと思わず推測したくなる。というのも、この「第三の奴隷の告白」は前両者に比べて、分量の上で圧倒的に多いのみならず、二人の「恋」の行方、とりわけ本人たちには知る由もない「屍骸」となった少女について、実に幻想的な「美」の極致を提示したからである。その意味で、およそ別荘への「鳥瞰」によって構成されたこの第三の奴隷の視点は、本来のいわゆる「温夫婦」の「世にも不思議な歓楽に耽つて居た」生活を暴くという目的よりも、ほとんど池に浮かべる少女の「身体」を観察するために用意されていたと言えなくもなく、現に「数珠の輪の如く」繋がり合う三つの「告白」の最大のクライマックスも、ほかならぬその「まなざし」によってはじめて導き出し、かつ作り上げられたのである。
第三の奴隷の「告白」によれば、本人は、二十歳前後のユダヤ人女性で、もともと上海四川路の某カフェーで「醜業」を営んでいたが、バイオリンが上手だということで、温氏の愛顧を受け、ついに欺かれて杭州の別荘へ身を委ねるまでに至った。そして別荘に連れられてくるやいなや、すぐさま例の「玉液池」の近くにある「橄欖閣」という「塔のやうに高い五層楼の頂辺の部屋」に監禁され、以後、時々温の命令に応じて、夜中にバイオリンを引くのが本人の唯一の役目となったという。彼女は、別荘のもっとも高いらしい「橄欖閣」に住みながら、それを見下ろす多くの窓が厳重に鎖されていたため、その部屋から「展望」できるのは、遠い西湖の景色と、塔の真下に近い「玉液池」とそれを囲む中庭や回廊、また「蘭桂堂」という殿堂からなる何重にも「四角な線を重なり合わせている」「立派な幾何学的の均整を保つ」た別荘の一部しかない。そしてまさにこの限られた「視点」から、彼女がある日、例の泳ぐ「少女」を発見したのである。

私が塔の上から瞰下して居た水中の人影は、恐らく飛行機の上から眺められる潜航艇よりも一層の美観であつたに違ひありません。その人の体は、人間の体と思ふのには余りに白く、且つその体を取り巻いて居る水は、水だと思ふのには余りに青く、晴れ渡つた紺碧の空に雲の塊がふわりと一つ浮かんで居るのが、何かの作用で塔の下へ映つて居るのではあるまいかと訝しまれる程でした。

「少女」の存在を知るようになった彼女は、以後、昼過ぎになるとかならずそこに現われる「その人間の影」を観察し続けていたが、そんな中、ある「月の美しい」、「空が隈なく冴え渡つた秋の夜」、ついに「少女」に関わる決定的な瞬間と出会ったのである。

……私は悲嘆のあまり殆んど半狂乱の体になつて未だに夢中でヴアイオリンを弾きながら、なほも執拗に池の面を眺めて居ると、その時其処に不思議な物の形が朦朧と現れて来たのです。

不思議な物の形?——それが何であらうかと云ふことは私には暫く分りませんでした。勿論それは私が待ちに待つて居る彼の人の姿であらう筈はなく、さうして又いかなる人間でもあらう筈はありませんでした。それは怪しくきらきらとした輝きを含んで居る光の塊のやうなものだったのです。月の光が其処へ凍えついたやうになつて、銀の延べ板の如く平らに澄み切つて居る四角な池の面へ、俄かに金色の漣を立てながら、その光の塊に似た物体は底の方からふうわりと浮き上つて来たのです。(中略)

暫くの間、夫は私のヴアイオリンの音に誘はれて此の世に迷ひ出たもののやうに、一つ所にどんよりと漂ひながら緩漫な渦を描いて蠢めいて居るやうでしたが、やがてのことに其れが人間の霊魂ではなく、一箇の屍骸であると云ふことが分つた時の私の驚きはどんなでしたらう。(中略)思ふに其の屍骸は、私が楽器を奏でて居る間に、次第次第に池の底から浮かび上つて来たものらしく、今や体を仰向けにして、恰も私の住んで居る塔の頂きを望んで居るやうな工合に、顔を曝して居る姿勢までがぼんやりと窺はれるやうになつたのです。それがあんなに美しくかがやいて居るのは、それでなくてさへ雪のやうに真白な屍骸の肌が、水に濡れて月の光を反射して居るせゐなのでせう。私は幾度も大空の月と水中の屍骸とを見比べましたが、孰方が光の本体であつて、孰方が其れを反射して居るのやら、分らなくなつて来るやうな気がしました。それほど其の屍骸は燦爛として私の瞳を射たのです。若し月と云ふものがまん円な形のものでなく、人間の姿を備へた女神であるとしたならば、その屍骸こそ月であると云ふことが出来ませう。私は先、自分を嫦娥に譬へましたが、その屍骸こそ嫦娥に違ひありません。それは人間の死んだ姿ではなくて、月世界から彼の池の面へ落ちた嫦娥の死せる姿なのです。（中略）

……もはや屍骸となつた其の人は、いつもは頭にくるくると巻着けて居た髪の毛を浮草のやうに水にただよはせてなよやかな身体と共にしなしなと揺めかせつつ浮いたり沈んだりして居るのでした。その毛の長さは、殆んど身の丈と同じくらゐもあらうかと思はれるほどゆらゆらと伸びて、数匹の海蛇のやうに、池の面へ黄金の波を作つてうねつて居るのです。柔かい毛がしつとりと水に浸つて居る為めに、何処までが毛で何処からが波だか分らなくなりながら、一面に細かい金色の線をふるはせて光つて居るのです。金色に光るものの中で、やや太い線を成して殊にねつとりと光つて居るのが毛であらうと、さう判断をするより外には毛と水との区別は附かないくらゐでした。ゆたかな、房々とした金の髪の毛を生した女！　それを私が月の女神の嫦娥だと云つたのに何の不思議があるでせう。人間だと思つたら寧ろ不思議ではないでせうか。さうして又、私は今こそ彼女の皮膚が如何に純白であるかと云ふ事を、しみじみと感ずることが出来たのです。私がたまたま彼女の屍骸を光の塊だと思ひ違へたのは、その純白の皮膚の上へ月の光が落ちて居た為めで、あれほどまで白い肌でなかつたら、どうしてあんなに燃えるやうにきらきらした輝きを反射するでせう。（中略）

彼女は既に死んだと云ふこと、それは彼女自身に取つても私に取つても悲しい事件には相違ありませんが、その時の私は、暫くの間悲しいことなど忘れてしまつて一心に屍骸の方を見守つて居ました。実際その屍骸は、「死」と云ふものの悲哀や苦痛を忘れさせるほどに美しかつたのです。こんな素晴らしい屍骸になるなら、「死」は「生」よりも遥かに望ましいことのやうにさへ感ぜられました。彼女の姿に現れて居る「死」は、暗い淋しい灰色のものではなく、金剛石よりも美しい「永遠の光」を持つた宝石なのです。

作品では、この後も少女の「屍骸」が西湖まで流れ出る過程についての描写が続くが、しかし、ここではその引用を断念せざるを得ないほど、それが長くて執拗である。そして、以上の文章をもってしても、われわれはもう十分作者の「意図」を汲み取ることができるだろう。それは前作の『西湖の月』を引き合いに出すまでもなく、まさにくだんの水と女体との「関係」の徹底的な追究であり、またその最大の「発揚」とも言えるに違いない。たとえば、かつての「青磁色の女」と比べれば、ここの「少女」とその「屍骸」が、さらに一段と幻想的で、神秘的に作り上げられているのみならず、また在来の「西洋憧憬」と「支那趣味」の「混血」についても、例の少女の「純白な皮膚」、月光に輝く「金の髪の毛」、それに中国伝説上の最高の美女――昇天の嫦娥に譬えられたその流れる「屍骸」などによって、いわばほとんど完璧なまでに、それぞれの要素と一体化された両者の姿を演出することができたのではないかと思われる。

おわりに

以上、われわれは、いわゆる中国表象の第三波、つまり明治維新から五十年経った大正半ば頃、国民の間でようやく一種の隣国に対する優越感の伴った「余裕」が生まれたのを受けて、一部の作家や詩人たちが新興するツーリズムに乗りながら訪中し、従来とやや異なったオリエンタリズムのまなざしで中国を観察し、また表現し始めたという大きな時代的言語空間の中で、谷崎の中国「表象」、とりわけ大正七年の訪中体験に関わるさまざまな「記録」や「小説」を紹介し、分析してきた。その個々の作品の「意味」、またそれにまつわる作者の「意図」については、不十分ながらも一応説明したつもりだったため、ここではこれ以上繰り返さない。ただ、最後に一つだけ強調したいのは、われわれが普段問題にしている「オリエンタリズム」にしろ、「世紀末的感性」にしろ、当たり前のことだが、そのどちらも決して西洋対日本という閉ざされた構造の中でのみ発生するものではなく、それはつねに日本対アジア、とりわけ「下位」と見なされやすい中韓などの近隣諸国との関係に波及してくることである。そして、もし前者の間で生まれた諸々の文学的営為をあえて「受容」という言葉で日本の立場を単純化してまとめるならば、後者、すなわち日本と中韓の間で発生したさまざまな文学的作為において、日本は明らかに「発信者」という地位に置かれている。その意味で、「支那趣味」というのは、ちょうど「オリエンタリズム」と「世紀末的感性」を同時に内面化した日本人作家の中国に対する独自の文学的関心で、それをもっとも巧みに「活用」し、かつその「活用」を通してますます自らの文学的「想像力」=「創造力」を増していったのは、まさに谷崎潤一郎を代表とする一連の大正作家にほかならない。

ちなみに、この一回目の訪中によって、以前より大いに強化された彼の「支那趣味」は、旅行中の「見聞」に題材を取った前記の作品の外に、たとえば東京を舞台にした『美食俱楽部』(『大阪朝日新聞』、大正八年一月)や『鮫人』(『中央公論』、大正九年一月)などの作品にも著しく露呈し、またそれぞれの形で大々的に「発揚」されているが、それらについては、いずれ別の機会に論じたいと思う。

(1) 松沢弘陽『近代日本の形成と西洋体験』(岩波書店、平成五年十月)参照。
(2) 野口武彦『谷崎潤一郎論』(中央公論社、昭和四十八年八月)参照。

海外における谷崎の翻訳と評価

――プレイヤッド版仏訳と谷崎文献目録について――

大島眞木

はじめに

日本文学が海外で評価されるためには、日本語の特殊性からしてまず外国語に翻訳されることが必須の条件となる。しかし四十一歳の谷崎潤一郎は、自分の作品の外国語訳について、日本人によるものでなく外国人の手によるものを強く希望し、はっきりとした意見を表明した。一九二七（昭和二）年、イタリアの大使館から自作「恐怖時代」の翻訳、上演について許可を求められた谷崎は、折しも雑誌『改造』に連載中であった「饒舌録」のなかでこう語るのである。(1)

成る程日本の文芸が西洋へ紹介されることは無論結構には違ひない、けれどもそれはわれ〳〵の中に優れた作品が沢山あつて、日本にはかう云ふ立派な小説や戯曲があると云ふ評判が自然と西洋へ迄聞え、そして遂には西洋人の方から進んで日本語や日本文学を研究し、彼等の手に依つてそれらのものが彼等自身の国土へ紹介されるのでなければならない。（中略）

向うから来るのを待つてゐた日には、いつ迄立つても来ないかも知れない。だから日本の文学に於いてはさう云ふ事情を考へて、特別の計らひも已むを得ないと。此れは一往尤ものやうに聞えるが、私はさう云ふ異論に対して答へるであらう、――いかに難解なものであらうと、それが真に価値ある芸術であるならば、いつかは人に知られずに終る筈がないと。

この言葉はただ単なる自信の表明ではない。谷崎は自分の作品が本当に理解されるかどうかについて強い警戒心を示しているのである。「文学の如きは理想を云へば実際日本の国へ来て、親しく風俗習慣を見、原語を読んで貰はなければ、到底完全には分からないのである。」という谷崎は、選ばれた作品が「恐怖時代」であることにも疑問を呈する。「あの戯曲の持つ南国的な強い色彩、残酷な血だらけな世界」がイタリア人に喜ばれたとしたところで、「それが結局何であらう。」結論として谷崎は、日本文学の紹介は外国人の手によるべきだと主張する。日本文学は西洋人には難解であるが、「それが価値のあるものである限り、私はきつと理解される時が来ることを信ずる。」「言葉の性質が餘りに違ふから翻訳してみせると云ふのは却つて誤つた考へで、違ひ過ぎてゐればこそ猶更うつかり翻訳なぞは出来なくなる。兎に角われ〳〵は当分落ち着いて、先方からさう云ふ特志家の出るのを待つてゐるがいゝ。」というのが谷崎の主張であった。この時点で出ていた谷崎作品の外国語訳は、別々の日本人による二種の英訳「刺青」（一九一七、一九二四年）のほかグレン・ショウの英訳「魚の李太白」（一九二一―二二年）、セルゲイ・エリセエフの仏訳「刺青」など六篇ほどである。この仏訳はのちに谷崎と親交を結ぶドナルド・キーンがニューヨークで初めて読んだ記念すべきものだが、それから一九五一年にいたる谷崎作品の外国語訳は延べ二十四篇、しかもそのうち七篇が「刺青」で、ほとんどが日本人の訳か、日本人の協力を得た翻訳であった。

谷崎が願ったようなかたち、すなわち外国人の手による谷崎作品の翻訳が本格化したのは、彼の死に先立つこと十年、一九五五年に出たサイデンステッカーの『蓼喰ふ蟲』（一九二九年）英訳からであり、すぐに重訳のスウェーデン語訳、独訳が続いた。一九五九年には仏訳が出て、現在十一カ国語の翻訳がある。一九五七年にはまたサイデンステッカーが同じニューヨークのクノップ社から『細雪』（一九四八年）英訳を出す。こちらは現在十言語十一種類の翻訳がある。大反響を巻き起こしたのは日本で一九五六年に出たばかりの『鍵』の英訳（一九六〇年）である。今度の訳者はハーバード大学教授ハワード・ヒベットで、一九六二年にペーパー・バックが出て、翌年四月までにハード・カバー一万五千部、ペーパー・バック二十五万部が売れたという。(2) 最後の傑作『瘋癲老人日記』（一九六二年）については、谷崎の没した一九六五年にはイタリア語訳（須賀敦子）、英訳（ヒベット）が出て、それに独訳（オスカー・ベンル、一九六六年）、仏訳（ガストン・ルノンドー、一九六七年）が続いた。

晩年の十年に翻訳の高まりを見せた谷崎作品は、その後も翻訳が続けられる一方、それまでの翻訳の序文や解説を超えて、独立した研究の対象となってくる。アメリカの一九七〇年代には翻訳より研究の充実が見られ、アントニー・チェンバースの博士論文『谷崎潤一郎の作品における伝統』（一九七四年）が出た。一方、イタリアのヴェネチア大学では一九六五年に日本語日本文学が正式の大学の課程に入ったが、それを待ちかねていた熱心な学生アドリアーナ・ボスカロは偶然サイデンステッカーの二つの谷崎追悼論文を読んで、それまで楽しみのために読んでいた谷崎作品を研究の対象とすることを考えたのである。一九七一年以降ヴェネチアで教鞭を取りはじめたのちのボスカロ教授を中心として、ここにも谷崎研究の一つの核が出来た。一九八一年に中央公論社から全集が出たことも世界の谷崎の研究と翻訳を促したのはいうまでもない。この流れが後述する一九九五年のヴェネチアにおける谷崎潤一郎国際シンポジウムにつながっていく。

イタリアの隣国、フランスでも谷崎研究にとって画期的な事件が起こった。一九八五年の秋、世界に名高いガリマール書店のプレイヤッド古典文学叢書に日本文学として初めて谷崎作品集を入れることが決定されたのである。この作品集二巻の完成は予定から大幅に遅れて起案から十二年を経た一九九七—九八年となるが、この大計画の経緯についてはすでに書いているのでそれに譲りたい(3)。本稿の目的の一つは、いままでふれていないこの本の内容の紹介であり、もう一つは一九九五年にヴェネチア大学で行なわれた谷崎潤一郎国際シンポジウムをきっかけとして準備され、二〇〇〇年に完成したボスカロ教授編の谷崎文献目録の紹介である。この二つを紹介することは日本の谷崎研究に不可欠であると思うからである。

一　プレイヤッド版仏訳

プレイヤッド版に入ることがなぜ「事件」なのか。それはこの叢書が一九三一年に起源をもち、一九九六年秋現在でフランス文学約三百冊、外国文学約百三十冊の既刊がありながら、日本文学が一冊も入っていなかった理由と関係がある。この叢書に入るためには、まず評価の定まった第一級の文学でなければならない。もちろん重訳ではなく、原語からの直接の翻訳、ただし注、解説はいくらつけてもよい、いやむしろ、正確で厳密な注、評釈はプレイヤッド版の誇りでもあり特徴でもある。その上、大作家の条件は量的にも満たされなければならない。この版は縦十七・五センチ、横十一センチと小型だが、薄手のインディア紙を使用して、一冊が一千ページから二千ページだから、一冊の容量は大きい。『レ・ミゼラブル』も『戦争と平和』も一冊で十分なのだ。仏訳されていなくても英訳されていればそれで読めるので、翻訳者の地位が日本に比べて格段にひくい中華思想の国フランスで、プレイヤッド版にふさわしい作家と翻訳者を見つけることはまず最初の問題であった。

一九八五年秋にガリマール書店から相談を受けたのがパリ第七大学日本科のジャクリーヌ・ピジョー教授であ

ったことは谷崎にとって幸運であった。ピジョー教授は中世文学の研究者であるが、谷崎の『陰翳礼讃』を仏訳刊行以前にフランスに紹介した人であり、しかも二年前から谷崎の短編にその名をとった「キリンの会」が近代日本文学の研究、翻訳を目的としてパリ第七大学を中心に組織されていたのである。このグループの主要メンバーがプレイヤッド版谷崎作品集の翻訳者の中核となって、結果的には十年を超えることとなったこの大計画は開始されたのであった。

翻訳家マルク・メクレアン、パリ第七大学のジャン＝ジャック・チューディン、セシル・坂井、その妹のアンヌ・バヤール＝坂井（現在は国立東洋言語文化研究所、略称ＩＮＡＬＣＯ＝東洋語学校）がピジョー教授とともに翻訳グループの中心となり、日本人としてフランスでは当時はＩＮＡＬＣＯに所属していた二宮正之（現在はジュネーヴ大学）、日本ではピジョー教授と当時すでに二十年以上の友人である私が協力することとなった。

一九九七年二月に完成した第一巻は、二宮正之教授の序文、ピジョー教授の緒言、翻訳テキストは「刺青」（一九一〇年）から「猫と庄造と二人のをんな」（一九三六年）にいたる三十五篇千五百九十二ページ、さらに解説、注、語彙索引、地図まで含めて約三百五十ページ、全体では二千ページを超える大冊となった。語彙索引は、日本固有の年齢の数え方、文字表記、衣服、住居、風俗習慣、地名、芸術など七十項目以上について十八ページにわたって詳しい解説を加えたもので、地図は明治時代の東京や関西、京都、吉野、戦国時代の日本の中心部など、いずれも谷崎文学理解のため不可欠なものである。

翌一九九八年十月に刊行された第二巻には、大作「細雪」（一九四三―四八年）の新訳を巻頭において、新訳の「少将滋幹の母」（一九五〇年）、手直しを加えた「幼少時代」（一九五五年）、新訳の「鍵」（一九五六年）、谷崎が中断した「残虐記」（一九五八年）、フランス語としては初訳の「夢の浮橋」（一九五九年）から最後の傑作「瘋癲老人日記」（一九六二年）の新訳まで、第二次世界大戦開戦後の七作品が収められた。第一巻の六作品、すなわち「憎念」、「独探」、「病蓐の幻想」、「ある少年の怯れ」、「AとBの話」、「一と房の髪」と第二巻の「残虐記」は、ヨーロッパの十七言語の翻訳を収めた後述するボスカロ編の文献目録では他に訳がなく、すくなくともヨーロッパでは初訳の可能性が強い。最高の翻訳を目指して、テキストの完全な理解に努めた翻訳者たちの努力は素晴らしかった。プレイヤッド版に谷崎が収録されたということは、ただ単に正確で上質の翻訳が生まれたという以上の意味を持っている。それはこの叢書が近年力を入れていてその特徴となっている解説、注などの部分と関係している。すなわち、翻訳者たちは、何を翻訳すべきかを決定するためにまず全集や研究書を入手してそれを読み、十分な検討を経て作品を選定したので、この版は単なる翻訳書である以上に、研究書の性格を持っているのである。

翻訳グループの中心人物の一人であるJ＝J・チューディンは、トゥルーズ＝ル・ミライユ大学日本語科の雑誌『ダルマ』に寄せて、プレイヤッド版出版にいたる「ウラバナシ」のかたちでさまざまの苦労を語っている(4)。「エッセイ、戯曲、印象記、思い出などを含めて谷崎作品の全ての豊かさと多様性を示そうと試みるか、あるいは小説家のみを前面に押し出すか？」逡巡の結果くだされた結論は、小説を中心としたものの、そのほかのものを全く除外しない、というものだった。すなわち、すでにヨーロッパで評判の高い「陰翳礼讃」をエッセイとしていれ、二十四ある戯曲のうち短いもの三つだけを見本としていれ、印象記、思い出などについては、第二巻の「幼少時代」で代表させたのである。この作品の選定の過程を見るだけでも翻訳者たちの苦労がうかがわれる。代表作の一つである「卍」が入っていないのは、あの作品の際立った特性ともいうべき粘り着くような関西の女ことばの故だったろうか。翻訳は「テキストに密着して、なにも付け加えず、なにも省略しないように」することとなった。つまり、外国人にわかりにくい文章や語句があった場合、それに説明的な語句を補ったり、あるいは省略してしまったりはしないということだが、これこそプレイヤッド版にしてはじめて可能なことなのだ。注の全くつけられない、あるいはつけられても数が少ない翻訳の場合には、谷崎のように教養があってよく脱線し、歴史や文学や昔の芝居などに言及する作家を完全に翻訳することなど出来ないのだ。そこで、この「注を両手を広げて歓迎する叢書（une collection accueillant les notes à bras ouverts）のために翻訳するのは初めての経験だったが、とても楽しかった」とチューディンは言う。この気持ちは他の翻訳者たちにも共通したものだったろう。東京にいて協力した私のもとには、日本人の読者ならおそらく気にもとめず読み飛ばしてしまいそうな質問が寄せられて、それは私にとっても谷崎文学の広がりと深さを認識するきっかけになったように思う。最後にチューディンは、谷崎を日本人で最初のプレイヤッドに選んだことの幸運について述べ、それは単に素晴らしい上質の文学である、ということばかりでなく、日本文学を明治の終わりから大正を経て、東京オリンピックの頃まで通観することの出来る唯一の機会だ、といっている。まさに正しい指摘であり、このような翻訳者たちに谷崎が訳されたことは日本文学にとってもなんと幸福なことだったろうか。その内容についていささか紹介してみたい。

二　二宮正之の序文と年譜

第一巻の冒頭には四十二ページにわたる序文と、十九ページの年譜、第二巻の冒頭には二十六ページの序文と七ページの年譜がおかれている。筆者の二宮正之は現在ジュネーヴ大学日本学科の主任教授で、小林秀雄研究で本年度の芸術選奨評論部門を受賞している。東大でフランス語フランス文学を学んだのち一九六五年に渡仏、この計画が始まった時点ですでに滞仏二十年で、当時はパリ第三大学（INALCO）に所属していた。フランス、日本の両方に通じた在仏の学者としてグループのメンバーとなった。

「饒舌録」で谷崎がはっきりと自分の意志を表明している通り、このプレイヤッド版では、既存の訳を採用した「蓼喰ふ蟲」に共訳者としての安斎和雄の名が残っているだけで、あとはすべて谷崎のいう「特志家」たるフランス人の訳であり、二宮はここで翻訳以外の分野で重要な役割を担った。すなわち、二宮がこの序文の中で語っているのは、他の多くの場合そうであるような谷崎個人の情報や谷崎作品についての解説を行なっているだけではない。いや、個別の作品やその作品を生んだ時代については、この版ではそれぞれの翻訳者が十分に研究の成果を述べている。そこで二宮は、谷崎の生い立ちや作家谷崎の誕生、その発展について明治の末から東京オリンピックにいたる長い歴史を語るのは勿論のことながら、日本人なら常識であるかも知れない日本社会の歴史や当時の文学的状況を語り、また日本人なら当然のこととしてあまり気にもしないこと——たとえば十九世紀末の漢文調の文、和文、擬古文の併存——などについて語る。こうしたことは谷崎文学理解のため不可欠の基本的知識なのだから、二宮は極めて有効にその役割を果たしたと言うべきであろう。詳しい年譜にも、日本人のみを対象とした日本の谷崎年譜とは違って、フランス人読者に対する配慮が見られる。たとえば谷崎の生まれた一八八六年には、後に日本近代詩の二つの潮流を代表することとなる石川啄木、萩原朔太郎も生まれていること、また翌一八八七年には東京に電灯が設置されたことを指摘するなどがそれである。これはフランスのリセなどでよく使われているラルース社のラルース古典文庫などのやり方に学んだものであろう。こうして読者は谷崎の世界にいざなわれるのである。

三　翻訳家マルク・メクレアン

三島由紀夫の『金閣寺』の翻訳者（一九六一年）としても知られるメクレアンは、フランス文学、ギリシャ・ラテン文学を専攻したが、東京大学教養学部教養学科フランス分科の初期の外国人教師であった。一九五八年に帰国してからは日本文学の翻訳を手がけ、谷崎作品でもすでに「刺青」（一九六三年訳）を皮切りに、『痴人の愛』

（一九八八年訳）、『柳湯の事件、ほか六篇の奇妙な物語』（一九九一年訳）、『幼少時代』（一九九三年訳）の実績のある大ベテランで、一九八五年にはすでに六十台のなかば、年齢から云っても長老である。プレイヤッド版では「柳湯の事件」を除く自らの既訳を見直して再録したほか、すでに翻訳のあった「細雪」、「武州公秘話」の改訳、「異端者の悲しみ」、「残虐記」の初訳という重要な役割を担った。「武州公秘話」では谷崎の漢文の序文をラテン語に訳して工夫を見せた。以上挙げた七作品に「秘密」、「ある少年の怯れ」、「無明と愛染」の三作品を加えた十篇を訳して、訳文の量は随一である。ただしもっぱら翻訳に興味の中心があるので、解説や注はほとんど他の翻訳者たちがかわって担当した。「痴人の愛」の解説はアンヌ・バヤール＝坂井が担当して鮮やかな作品論を展開している(7)し、「武州公秘話」はピジョー、幼かった日の芝居見物の記憶などで面倒なことの多い「幼少時代」の解説と注は、演劇の専門家であるチューディンが担当している。メクレアンの本領はなんといってもその巧みな翻訳である。「痴人の愛」や「武州公秘話」のユーモア、「幼少時代」の臨場感あふれる歌舞伎の舞台や劇評など、谷崎の多面性をよく伝えた翻訳であると思う。

『細雪』はすでに谷崎の生前、一九六四年に当のガリマール社からG・ルノンドーの仏訳が出ていた。ちょうど私が留学生としてパリにいたときのことで、長篇のためかなかなか書評が出ず、やっと出たらユーモア小説のような扱いだと不満を述べる日本人がいたのを記憶している。これを訳し直すとすると、一ページの容量の多いプレイヤッド版でも七百ページくらいになってしまうので、大変な仕事になる。東京の私にも相談があって最初の一章くらいを見たが、残念なことに明らかな誤訳も多く、ぜひ改訳をとの意見を述べた。改訳「細雪」はメクレアンが訳しバイリンガルのアンヌ・バヤール＝坂井が校閲するという慎重なかたちをとった。タイトルの「細雪」の既存の訳は、英訳（一九五七年）が *The Makioka Sisters*、伊訳（一九六一年）が *Neve sottile*、独訳（一九六四）が *Die Schwestern Makioka*、仏訳（一九六四年）が *Quatre sœurs* であった。英訳、独訳が「蒔岡姉妹」、伊訳が「細かい雪」、仏訳が「四姉妹」というわけであったが、メクレアンはどれもとらず、《*Bruine de neige*》とした。《bruine》というのはブルターニュなどで降る細かい雨のことで、普通雪には使わないので雪と結びつけたのはメクレアンの造語らしいが、フランス人の語感だと詩的な感じがするという。優れた文学的な感性を示すものであろう。

四　ジャクリーヌ・ピジョーの「吉野葛」

ピジョーは共訳の「騏驎」のほかは、「二人の稚児」、「母を恋ふる記」、「吉野葛」、「盲目物語」、「少将滋幹の母」といった、日本古典の知識を必要とするものを多く翻訳している。「盲目物語」や「少将滋幹の母」のように歴史に依拠した物語の場合は、歴史の解説や出典となった古典文学や戦記物にも目配りが必要になるし、そもそも地名や人名といった固有名詞の読み方だけでも不明のものがあったりして難しい。われわれ日本人なら黙読してなんの不自由もないのに、翻訳の際には音が必要になるのだ。ピジョーの仕事の例として、現代を舞台としているがさまざまの材源をもち複雑な構成となっているところが作品の魅力である「吉野葛」をとりあげてみよう。

まず翻訳者は題名の訳で立ち止まる。地名としての「吉野」、植物としての「葛」、どちらもわかりやすいし、「吉野葛」のお菓子は土地の名産で、日本人なら誰でも知っている。既存の訳を見ると、英訳者のチェンバースは、「吉野」という地名がアメリカ人にとってあまり意味がないので、「葛」に似た植物の名をとって *Arrowroot* と訳し、仏訳者のナカムラとセカッティは、地名吉野にフランス人のよく知っている植物、「つた」を繋げて、*Le Lierre de Yoshino* とした。しかし、谷崎自身が語っているように、この「葛」は地名の「国栖」（くず）と関わっているし、なによりも作者が最初に考えた題は植物の名としての「葛」ではなくて、人間に姿を変えた狐が子を産み、正体が知れて去っていくあの葛の葉伝説の「葛の葉」だったのだ。つまり、この作品の一つのテーマは、吉野巡りの形をとった、失われた母を求める母恋いの物語なのだ。こうしたさまざまな微妙なニュアンスをもった「葛」を外国語にすることは出来ないと考えるピジョーは、歴史的な重みを持つ地名「吉野」を題に選び、南朝の自天王の悲劇、義経と静の物語を語るのである。

さきにチューディンがいった「注を両手を広げて歓迎する叢書」の本領が発揮されるのはこれからである。ピジョーはこの作品研究の基本的な文献である平山城児『考証「吉野葛」』（研文出版、一九八三年）を援用して、歴史や文学と密接に結びついた吉野の描写がいかに正確であるか、そしてそれと津村の架空の物語のからみとがどのようにこの作品の魅力をかたちづくっているかを語っている。道行文の研究で博士論文を提出したピジョーは、『土佐日記』にはじまる日本文学における旅日記の伝統にも触れる。語り手の小説家と、津村はそれぞれ違った目的を持って旅をする。小説を書くという目的は失敗するが、ルーツを求めて旅に出た津村は最後に幸福を得る。この二人の関係を夢幻能のシテとワキにたとえる英訳者チェンバースの説を紹介したり、作家が翌年に書く「蘆刈」における水無瀬への愛着を指摘したりしながら、ピジョーはこの小説の複雑な魅力を解き明かす。

次は自天王についての長い歴史的な解説、そしてそれより熱心に語られるのは、静御前についてである。義経、頼朝の関係、『平家物語』、『義経記』、義経伝説、歌舞伎の『義経千本桜』、能の『二人静』、『吾妻鏡』、佐藤忠信から忠信狐、初音の鼓、観阿弥の『吉野静』、伏見稲荷、川連法眼館、近松の『天鼓』……解説が終わると既存の三つの外国語訳（英訳、仏訳、西訳）のデータ、参考文献が続き、注になるが、この注も実に詳しい。谷崎が引いている近松半二他の『妹背山女庭訓』や葛の葉狐の登場する竹田出雲の『蘆屋道満大内鑑』が出てくるのは言うまでもない。さらに竹田出雲他の『仮名手本忠臣蔵』の勘平腹切りの場や近松の『丹波与作待夜の小室節』

など、とにかく芝居好きの谷崎がほのめかすほどのものはみな、十分に解説されている。「吉野葛」の仏訳《*Yoshino*》の解説と注は、本文よりさらにポイントを落とした小さな文字で、一ページ五十二行、たっぷり二十六ページの量である。この訳の翌一九九八年に出た伊訳のタイトルも《*Yoshino*》である。訳者のボスカロもピジョーの説に同意したのだろう。

五　J゠J・チューディンと演劇

雑誌『ダルマ』で「ウラバナシ」を語ったチューディンは、ピジョーと共著のク・セ・ジュ文庫の『日本文学史』(Jacqueline Pigeot et Jean-Jacques Tschudin : *La Littérature Japonaise*, Presses Universitaire de France, 1983)で近代の部を担当していて、プロレタリア文学から明治期の歌舞伎にいたるまで守備範囲が広い。とりわけ演劇に詳しく、大正時代の文学状況にも通じていることから、このグループにはなくてはならない重要なメンバーとなった。第二巻の責任者である。

チューディンの仕事で特筆すべきは、第一巻の巻末につけられた十三ページにわたる「戯曲解説」(Notice sur l'œuvre théâtrale)であろう。「ウラバナシ」で残念そうに二十四ある戯曲のうち短いもの三つを見本として挙げるにとどまったと語っている彼は、その三戯曲の訳出(「お国と五平」、「白狐の湯」はチューディン、「無明と愛染」はメクレアン訳)だけでは不十分という認識から、日頃小説の輝きの陰に隠れて等閑に付されることが多いが無視することの出来ない谷崎戯曲の持つ意味を解説し、さらに訳出できなかった他の二十一戯曲全てを含む全戯曲について解説しているのである。ここでは当然明治の末から大正にいたる日本演劇界の事情、文芸協会や自由劇場についてふれてあり、谷崎の文学的出発の時期に書かれた「誕生」「象」「信西」にはじまり「法成寺物語」、「恐怖時代」などを経て最後の「顔世」（一九三三年）にいたる全てを紹介している。それらの戯曲の上演歴にもふれた懇切丁寧なものである。なぜ谷崎は戯曲の執筆をやめたか。それには後に作家自身が「或る日の問答」で語っているように、彼の才能が「戯曲よりも小説に向いている」という自覚だけではなく、実際の上演に満足できなかったことが大きな理由になっていることが指摘され、最後に谷崎の小説の劇化――繰り返して上演されている「お艶殺し」と「春琴抄」や近年の「少将滋幹の母」（宇野信夫脚色、坂東玉三郎、尾上菊五郎主演、一九九三年）と「盲目物語」（舟橋聖一脚色、中村勘九郎主演、一九九四年）にまでふれている。谷崎文学の全的な理解のために重要な仕事である。

チューディンは共訳の「麒麟」、二つの戯曲のほか、「お艶殺し」、「独探」、「人魚の嘆き」、「蘿洞先生」、「続蘿洞先生」、「春琴抄」、「春琴抄後語」、「夢の浮橋」の翻訳、メクレアン訳の「幼少時代」、「残虐記」の注を担当している。「春琴抄」の解説は、出版時の反響、劇化、映画化、作品誕生の事情、文章のリズム、この作品に影響を与えたかも知れない外国文学――スタンダールの「カストロの尼」、シュニッツラーの「盲目のジェロニモとその兄」、トマス・ハーディの「グリーブ家のバーバラ」――を紹介するにとどまらず、河野多恵子の論を一歩進めて、佐助を火傷を負わせた犯人だと断じた野坂昭如の論（一九七八年）まで紹介する。(5) 他言語の翻訳、劇化、映画化、文献のリストも詳しいが、ここで劇化以外のリストは、後述するボスカロ編の文献目録によるもので、ほかの翻訳者たちもそれを利用している。注も実に詳しい。

六　セシル・坂井の「猫と庄造と二人のをんな」、「瘋癲老人日記」

セシル・坂井は妹のアンヌ・バヤール＝坂井と共に、東京で生まれ、フランスで高等教育を受けたバイリンガルである。日本の大衆文学研究で論文（邦訳『日本の大衆文学』朝比奈弘治訳、平凡社　一九九七年＝第十一回大衆文学研究賞）を提出し、近年は川端康成を研究しているが、研究のかたわら日本近代文学の翻訳にも力をいれている。最近では妹のアンヌと共訳の円地文子『女坂』で小西財団日仏翻訳賞を受けている。プレイヤッド版ではいまあげた二作品のほか、「少年」、「金色の死」、「病蓐の幻想」、「小さな王国」を訳している。わざわざフランス語に翻訳されなくても英語、スペイン語、イタリヤ語、ドイツ語などに翻訳されていればそれを読めばよいし、これまではヨーロッパ語以外の文学にあまり価値をおいていなかった中華思想の国フランスでは、翻訳者の地位は日本に比べて格段に低い。「翻訳にはそれなりの創造性があると思いたいが、その作業はものすごく大変だし、孤独」だという、「猫と庄造と二人のをんな」翻訳中の彼女の談が朝日新聞夕刊に出たのは一九九一年夏のことで、私もこれを読んではるかにこのグループの苦労を思いやった。「関西弁に大変苦労」したというこの翻訳は、完成するとまず一九九四年に発表され、それからプレイヤッド版に再録された。この訳については、いろいろと議論のあった題名について述べよう。

「猫」はもちろん雌猫のリリーのことで、英語では無性の A Cat だが、イタリア語訳は La gatta、独訳では Eine Katze であり、どちらも雌猫になっているのに、フランス語では雄猫をしめす男性名詞の Le chat なのである。フランス語で雌猫をしめす chatte は女性の陰部をしめす数多い卑語の一つであり、翻訳者はどうしてもそれを拒否したのである。そうはいっても、フランス文学にはコレットの『雌猫』（原題は *La Chatte*）という有名な作品もある。この題名についての議論は翻訳グループのなかでも賛否両論、相半ばした。私もたまたまこの議論の場に居合わせたことがあったが、議論は全くの平行線であった。日本の折り紙で代表的な鶴はフランス語で言うと grue であるが、売春婦を表わす言葉でもあるため、かわってこうのとり（cigogne）が使われるが、それと似た語感なのであろうか。

「瘋癲老人日記」については、頻出する薬の名前に始まって、事実と虚構をまぜて書くこの老大家の作品をどう訳すべきかに苦労があったように思う。作中で颯子が見に行く東洋ジュニアフェザー級のタイトル戦を戦ったタイ人ボクサーの名の綴りなどは、事実なのだから正確に書かねばならないが、卯木老人が京都で颯子の足の拓本をとるために硯と拓本の道具を買う竹翠軒は実在したのか。このあたりについては、パリからの問い合わせリストを手に東京で知恵を絞った私の立場からすでに書いたのでそれを参照していただきたい。(6)「楽しみながら注を書いた」というチューディンと同様に、私も楽しみながら協力し、この大作家の創作の秘密に近づいたのである。

七　アンヌ・バヤール＝坂井の「鍵」その他

姉のセシルとともに翻訳活動も活発だが、谷崎についての論文発表でも活躍が目覚ましい。「鍵」のほか「恐怖」、「憎念」、「友田と松永の話」、「一と房の髪」を訳し、「富美子の足」、「痴人の愛」、「細雪」の解説と注を担当した。メクレアン訳の「痴人の愛」の解説で展開した彼女の「痴人の愛論」が、たとえばイタリア作家モラヴィアのステレオタイプな評論にくらべていかに鋭く深い谷崎理解を示しているかについてはすでにほかのところで述べたので、(7)ここでは「鍵」の解説を紹介しよう。

まず「鍵」の第二回が『中央公論』に掲載されたとき、『週刊朝日』を皮切りに国会でまで問題とされたいわゆる「猥褻」論議について、バヤール＝坂井は、当時中央公論社社長で、『中央公論』の編集部長を兼ねていた嶋中鵬二の、後述するヴェネチア谷崎シンポジウムにおける証言を引用する。棟方志功の大胆な挿絵もあって論議が高まったため原案を変更せざるを得なかった谷崎はそのためこの作品をあまり気に入らなかったのである。

さて、生涯を通じてさまざまな語りの技法を追求した谷崎は、この作品で対置される夫と妻の日記を表記するのに、夫の日記はカタカナと漢字、妻の日記は平仮名と漢字としているが、フランス語では男の日記はイタリック体、女の日記はローマン体を使用している。

この奇妙な作品の謎めいた構造については、バヤール＝坂井自身が日本語で日本の雑誌に書いた論文「谷崎潤一郎論――『鍵』の不透明性と叙述装置」（『国文学解釈と教材の研究』学燈社、一九九八年五月）を参照していただきたい。ここではこのいったい何を本当に信用してよいのか分からない作品が、日記体の文学というよりむしろ書簡体文学、更にいうなら十八世紀フランス文学の傑作、ラクロの「危険な関係」に近く、日本文学なら芥川の「藪の中」を思わせる、という適切な指摘があることを述べるにとどめよう。

最後に筆者はこの作品と谷崎のほかの作品との関係を述べる。「この悪魔的テクスト」（ce texte sulfureux＝この硫黄の匂いのするテクスト）を書いたとき作家は七十歳であったこと、そして自分の病気の体験をも作品の中で使っていることが「高血圧症の思ひ出」（一九五九年）で分かること、ポロライド写真機、クルヴォワジエのコニャック、イヤリングといった小道具の巧みな使用、「痴人の愛」との関係……隅々まで十分に配慮の行き届いた、しかも面白い作品解説であり、また作品論である。

『国文学』の論文の注として、作中、主役の一人でありながら「夫」、「先生」、「パパ」としか呼ばれていない男にかんして、「フランス語では固有名詞なしにある人物を一定の長さ以上の文章に取り入れることは難しい。」と翻訳の難しさを垣間見させている訳者の苦労もまた大変なものであったろう。

八　新訳の協力者たち

「AとBの話」（一九二一年）と「蘆刈」（一九三二年）については、新しく二人の若手の研究者が協力して翻訳と解説、注を担当した。「AとBの話」はパトリック・ド・ヴォスの担当で、ボスカロ編の文献目録にはこの訳しかない。少なくとも欧米語では初訳の可能性が強い。

「蘆刈」は早く一九六〇年にキク・山田の仏訳があり、同じ訳者の「春琴抄」と一緒に『二つの残酷な愛』（*Deux amours cruelles*）の題でストック社から出ていて、一九六三年に出た『鍵』の仏訳である『淫らな告白』（*La Confession impudique*、ルノンドー訳、ガリマール）、一九六六年に出た『瘋癲老人日記』（*Journal d'un vieux fou*、同訳者、同書店）とともに、長く谷崎の小説を代表していた。しかしこの本はすでに絶版である上に省略も多かったので、ストック社から許可を得て「春琴抄」とともに改訳されたのである。「蘆刈」の翻訳と懇切な解説、注は、日本古典文学、主に西鶴の研究者であるダニエル・ストリューヴが担当した。

すでに翻訳が存在した場合、その翻訳がプレイヤッドにふさわしいものかどうかという検討がなされるのはもちろんだが、こうした著作権にからむ問題も面倒であり、外国に紹介されている（あるいは紹介されるに足る）いわゆる「日本近代文学御三家」（谷崎、川端、三島）のうちで、谷崎が一番その点で問題が少なかった、という事情もあったようで、それが冒頭で紹介した谷崎の希望――「われ〳〵は当分落ち着いて、先方からさう云ふ特志家の出るのを待つてゐるがいゝ」が守られていた結果だったとすると、泉下の谷崎もって瞑すべし、という気もしてくる。

九　再録された既存の翻訳

結果的に、再録された既訳はわずかに三点である。冒頭にあげられるべきは、谷崎の随筆の代表となった「陰翳礼讃」(一九三三年)であろう。これはサイデンステッカーの英訳と同じ一九七七年に出た、長くパリ東洋語学校、パリ第三大学で日本語、日本文学の教授であったルネ・シフェールの訳である。世阿弥の『花伝書』をはじめ多くの翻訳を出しているシフェールのこの訳は、多くのフランスのインテリに読み継がれ、一九八一年には再版も出ている。プレイヤッド版グループのピジョー、二宮、バヤール=坂井もこの作品について論文を書いているが、一九九二年に自作の音楽映画『めぐり逢う朝』(一九九一年)の宣伝のために来日した監督、アラン・コルノーは青年期に読んだこの谷崎の随筆に対する偏愛を繰り返して語っている(8)し、一九九七年秋にはこのテキストを使った前衛劇さえ上演されている。フランスの知識層にとって、谷崎はまずなによりもこの『陰翳礼讃』の著者であった。解説、注は、シフェール訳の出る六年前にこの作品をフランスに紹介したピジョーが担当した。私もこの注のためにいくつかの質問に答えたが、例えば初めのあたり、暖房の話のところで出てくる「雪の降る日は寒くこそあれ」の出典が西行らしいということは調べてみて初めて分かったのである(9)。この訳は更に読者を増やしていくことだろう。

「富美子の足」(一九一九年)はマドレーヌ・レヴィ=フェーヴル・ダルシェの一九八六年の訳にバヤール=坂井が解説をつけた。「蓼喰ふ蟲」(一九二九年)はシルヴィー・ルニョー=ガティエと安斎和雄が一九五九年に共訳したもので、それまでは雑誌などに出ることが多かった日本文学を単行本の形で出した先駆的業績である。省略部分を補い、ピジョーが解説を書いた。こうしてみると、ほとんどが改訳あるいは新訳である。

結論として、このプレイヤッド日本文学第一号の成功の第一の原因は、最初のグループづくりにあったように思える。自由に意見を言い合うことの出来た翻訳グループ「キリン」を母体とした研究者たちは翻訳のベテラン、メクレアンとともに十年をこえる困難な仕事をやり遂げたのである。

最初に予想された「五年か七年」の期間が延びたために、結果としてより豊かな解説、注をつけることが可能となった場合もあった。たとえば谷崎晩年の秘書であった伊吹和子の『われよりほかに―谷崎潤一郎最後の十二年』（講談社、一九九四年）の刊行はその一つで、この本のおかげで、「残虐記」や「瘋癲老人日記」の理解はより深まったと言えるだろう。

しかしプレイヤッドグループにとっておそらく何よりもありがたかったのは、お隣の国イタリアの谷崎学者、アドリアーナ・ボスカロの活躍である。

十　谷崎潤一郎国際シンポジウム

プレイヤッド版仏訳について語る前に、イタリアのヴェネチア大学と、ボスカロを中心とした谷崎研究についていささか触れた。谷崎の死後三十年にあたる一九九五年は、まさにヴェネチア大学日本学研究所の三十周年にあたり、前ヨーロッパ日本学協会会長でもあったボスカロは、その二つの記念を世界大の規模で結びつけることを考えたのである。こうして実現したのが一九九五年四月五日から四日間にわたって美しい水の都で開催された谷崎潤一郎国際シンポジウムである。「谷崎自身と直接会ったことのある日本人以外の研究者を全員ヴェネチアに呼ぶ」というのがボスカロの計画であったが、健康の理由でサイデンステッカーが欠席してそれは実現しなかった。しかしアメリカからのドナルド・キーン、ハワード・ヒベット、アントニー・チェンバースをはじめとする世界各国からの研究者が集まり、二十二の発表に充実したときを過ごした。フランスからはプレイヤッド版を準備中のピジョー、チューディン、バヤール＝坂井の三人が参加して、質の高い発表をして好評であった。日本からは研究者のほかにスポンサーとなった中央公論社の嶋中鵬二会長、作家の河野多恵子、谷崎晩年の口述筆記者伊吹和子なども出席した。この会議のありさまについてはすでにいくつもの報告が出ているし、(10)その際なされた発表の日本語版は、『谷崎潤一郎国際シンポジウム』（アドリアーナ・ボスカロ編、中央公論社　一九九七年）として読むことが出来る。私はこの会議のあとパリに寄って、グループのほかのメンバーと会った。「吉野葛」で出来たお菓子、「幼少時代」に出てくるかりんとう、そういったおみやげの代わりに持ち帰ったのはさまざまの質問であった。

十一　谷崎文献目録

このシンポジウムの際に、主催者から小さな仮綴じの六十ページほどの冊子が配られた。"TANIZAKI IN WESTERN LANGUAGES, a bibliography by Adriana Boscaro, with A LIST OF FILMS FROM TANIZAKI'S WORKS by Maria Roberta Novielli" と題するこの小冊子は、谷崎の翻訳、研究論文の文献目録に映画化された谷崎作品のリストを加えたものであった。これはいわば "work-in-progress" なので、情報の提供をぜひお願いしたい、というのが主催者の言葉であった。アルファベット順に、六十四作品の十五カ国語による翻訳二百十点、欧米語による論文九十三点、さらに日本で映画化された谷崎原作、（あるいは原作ではないが深く関わった）映画四十三点、外国で映画化されたもの二点、映画の場合は原作、監督、脚本、撮影、出演、製作会社、色（白黒かカラーか）、音声（無声かトーキーか）にいたるまで、ローマ字と漢字の併記のリストであった。この冊子が作業の追い込みの段階に入っていたプレイヤッドの解説や注に大いに役立ったのである。(11)

帰国してからそれを開いてみて、気のついた漢字の読みや表記の誤りの表をお礼状に添えて送ったことから、私もこの映画リストに深く関わることになってしまった。一体どうやって一九二〇年頃から始まる映画の資料を集めたのか。驚きながらも正確な資料リスト作成に協力するのは楽しかった。固有名詞の読み方は日本人にも難しい。例えば一九八三年だけ見ても、『卍』の脚本を書いた馬場当の名はなんと読むのか（マサル）。市川崑の『細雪』に出演している辻万長の名は？（カズナガ）。一見簡単に見える名前にしても、有名なカメラマン宮川一夫の姓は、「ミヤカワ」か、「ミヤガワ」か？（ミヤガワ）。ミスプリントや簡単な誤記ばかりでなくいろいろな問題も出てきた。「完全な文献目録を！」というボスカロの熱意もプレイヤッド・グループの「完全な翻訳、完全な注を！」の熱意に劣るものではなかった。この映画の長さはどれだけだったのか。アメリカのリストにあるこの映画はこちらのリストの映画と同じものか？等々、私は日本にいるという地の利を利して調査した。方々の図書館で調べ、どうしても分からないときは映画会社へ直接問い合わせることもあったが、ほとんどの疑問に答えることが出来たのは喜びであった。思いがけず埋もれていた映画が発見されたことなどもあって、日本にも存在しないこのリストが完成した。もうすぐ出る、と聞きながらなかなか完成の知らせがなく、少し気になり始めていた昨年春、待ちかねた便りがあった。文献目録は遂に完成、アメリカから直接送らせる、というのだ。最初予定していたミラノの書店ではなく、ミシガン大学の日本研究センターから出ることになったのである。届いた本を見て私は目を見張った。あの小さな冊子の二倍の大きさ、黒い立派な表紙には、金色で表題が入り、その下にはあのヴェネチアの学会のロゴマークになっていた棟方志功の「瘋癲老人日記」の挿絵となった仏足石が金色に輝いている。“*Tanizaki in Western Languages, A Bibliography of Translations and Studies by Adriana Boscaro, With a List of Films Based on Tanizaki's Works Compiled by Maria Roberta Novielli*”（Center for Japanese Studies, The University of Michigan, Ann Arbor, 2000）がそれである。内容は堂々八十二ページ、見違えるほどの充実ぶりである。

主要な言語はフランス語、イタリア語、英語、ドイツ語であるが、スペイン語、チェコ語、フィンランド語、オランダ語、ハンガリー語、ポーランド語も含まれる。ロシア語、トルコ語はないが、エスペラントはある。利用者の便を考えたさまざまの配慮もなされている。英語、日本語の序文に続いて、1 Translations は七十六作品の十七カ国語による翻訳二百六十三点をアルファベット順に並べ、2 Translations of Titles by Language（based on this bibliograpy）は、一番翻訳の多いフランス語（五十四）を筆頭に、イタリア語（四十六）、英語（三十五）と続く、国語別のタイトルの分類、3 Translations in Chronological Order は一九一七年の「刺青」英訳に始まり、一九九九年の「二人の稚児」、「母を恋ふる記」、「異端者の悲しみ」三作品のイタリア語訳まで、作品を年代順に並べて全体の流れが分かるようになっている。4 Contents of Collections は、選集の表題で内容が分かるようになっていて、一冊に三十五作品を入れたプレイヤッド谷崎作品集第一巻が他を圧している。5 Index of Translated Titles は、外国語の訳題を引けば原題がわかるようになっている。6 Writings on Tanizaki は、二百二十三点の谷崎にかんする論文、解説を収める。7 Index of Translators は翻訳者の名前から翻訳した作品が引けるもの、8 Selected Bibliography は基本的な他の文献目録五種で、日本のものでは日本ペンクラブのものなどが挙がっている。最後の二十ページくらいは、A List of Films Based on Tanizaki's Works Compiled by Maria Roberta Novielli で、私も協力した映画リストである。こちらも映画の題名から、原作の題名から、といったように調べやすい工夫がなされている。

この立派な文献目録は、二〇〇〇年という世紀の切れ目に、それまでの欧米における谷崎を客観的に示した貴重な資料である。序文でボスカロはこの目録が出来るに至った経緯をのべ、その内容と使い方を説明するが、皮肉なコメントも忘れていない。「これによって谷崎の名声が世界的であり、時と空間を超えたものであることが分かるが、その人気の原因は何だろうか」と彼女は問いかける。「人気の原因の第一は、多くの外国人たちが読みたいと思っている異国的でエロチックな日本の描写、読者の弄び方、すばらしい語りの技術などにある。しかし、この文献目録を見ると疑問も沸いてくる。例えば、初期の短編「刺青」はなぜ二十六回も翻訳されているのか？フランス語で三回、イタリア語で二回、英語で五回、ドイツ語で五回、ハンガリー語で二回、映画化も二回とは？」そしてその答えとして出版社の営業戦略にも触れている。私はこのくだりを読んで、去年訪れた芦屋の谷崎記念館で見たドイツ語訳『鍵』の扇情的な表紙を思い浮かべた。

しかし、谷崎という大きな作家を理解するために、フランスやイタリアの学者たちが世界の谷崎学者たちを巻き込みながら確実に歩を進めていることは疑いない事実である。

（1）「饒舌録」『谷崎潤一郎全集』第二〇巻、中央公論社、一九六八年、一三一―一三八頁。
（2）村松定孝、武田勝彦『海外における日本近代文学研究』早稲田大学出版部、一九六八年、八八頁。
（3）大島眞木「プレイヤッド叢書に入った谷崎潤一郎」『中央公論』一九九七年八月。
（4）Jean–Jacques Tschudin :《Traduire Tanizaki ou un Japonais à la Pléiade》in "Daruma" n°2 automne 1997 éd. Philippe Picquier　この雑誌の出版を引き受けているフィリップ・ピキエ社は、近年日本文学の翻訳出版に力を入れている。
（5）河野多恵子『谷崎文学と肯定の欲望』文芸春秋社、一九七六年、および、野坂昭如「春琴抄」『国文学解釈と教材の研究』一九七八年八月、学燈社参照。
（6）大島眞木「谷崎潤一郎の虚と実――仏訳谷崎に協力して――」東京女子大学比較文化研究所『比較文化』44‐2一九九八年三月。
（7）大島眞木「外国人の読んだ『痴人の愛』」『国文学解釈と鑑賞』二〇〇一年六月、至文堂。
（8）アラン・コルノー、須賀敦子　対談「ゆらめく伝統の陰翳――映画『めぐり逢う朝』を通して」『中央公論』文芸特集冬季号、一九九二年十二月、一〇九頁。
大島眞木「フランスに蘇った蝉丸――映画『めぐり逢う朝』と日本文化――」『比較文学研究』第六五号、東大比較文学会、一九九四年。
（9）西行作と伝える和歌に、「すてはてて身はなきものとおもへども雪のふる日はさぶくこそあれ」がある。世を捨てた身であっても雪の降る日（夜）はやはり寒い。煩悩はなかなか断ち切れないということ。（『故事俗信ことわざ辞典』小学館、一九八二年、による）

(10) ポール・マッカーシー「美と幻想　ヴェニスの『国際シンポジウム・谷崎潤一郎』に出席して」『中央公論』一九九五年七月。

千葉俊二「海の向こうの谷崎研究」『学鐙』一九九五年九月、丸善。

鈴木貞美「ヴェネツィアで谷崎」『文学界』一九九五年六月。

伊吹和子「ヴェネツィアの『谷崎潤一郎』」『新潮45』一九九五年八月。

武谷なおみ「倚松庵の不思議な物語」『SPAZIO』51、一九九五年。

大島眞木「谷崎潤一郎国際シンポジウム報告」『比較文学』第三八巻、日本比較文学会、一九九六年三月。

(11) 一九二〇年に谷崎がシナリオを書いた『アマチュア倶楽部』、泉鏡花原作の『葛飾砂子』、一九二一年に谷崎がシナリオを書いた『雛祭りの夜』、上田秋成原作の『蛇性の婬』(いずれも大正活映作品)の四作品と、一九五一年の大映作品、吉村公三郎監督で谷崎が監修した『源氏物語』。

文体の「国際性」

――『細雪』『雪国』英仏訳からの照射と書との関わり――

稲垣直樹

一　なぜ二十世紀末に谷崎か

フランス・ガリマール社のプレイヤッド叢書は周知のように古今の古典を集めた叢書で、この叢書に選集あるいは全集が収められること自体が、その作家が「世界文学」において古典としての評価を与えられたことを意味するとまで言われている。むろん、これは西欧中心主義の視点に立ってのことであるが、先ごろ、まさに二十世紀末になって、このプレイヤッド叢書に谷崎潤一郎選集が収められた。日本人の作家として初めてのプレイヤッド叢書入りであり、前人未踏の快挙とされる。全二巻の選集で、第一巻は一九九七年に、第二巻は一九九八年にそれぞれ刊行された。第一巻が約千九百ページ、第二巻が約千六百ページを数えるから、総計で三千五百ページを超える浩瀚な選集として、谷崎の主要作品すべてをフランス語に翻訳・刊行しているわけだ。(1)

英語、フランス語、ドイツ語など主要印欧語で翻訳が刊行されている日本人作家はいまや枚挙にいとまがない。なぜ川端ではないのか。なぜ三島ではないのか。なぜ漱石ではないのか。なぜ谷崎なのか。誰しも疑問に思うところである。実はこれには楽屋話があって、かつてほぼ同時期に谷崎と漱石のプレイヤッド叢書入りが決まり、翻訳チームが組織されて仕事が開始された。たまたま谷崎の翻訳チームのほうが早く仕事を終えたので、漱石の先を越して、谷崎がプレイヤッド叢書入り日本人作家第一号の栄誉に浴したとのことである。

それにしても、基本的にはやはり谷崎が「世界文学」の第一線にいち早く位置づけられたことに変わりはない。なぜ最初に谷崎か、この現象をどのように捉えたらよいかというと、おそらく谷崎の作家としての資質の面から捉えるのがもっとも妥当であろうと思われる。

まず、作品の内容の面から、つぎのようなことが言えよう。フロイトの精神分析、クラフト＝エービングの『変態性欲心理』(2)（一八八六年）、ロンブローゾの犯罪心理学などにみられる人間観を谷崎は積極的に導入している。人間には無意識というブラックボックスがあり、そこには、性的なさまざまな異常・倒錯が横たわっている。人間の調和的なみかけの奥には、こうした暗い不協和音がひしめきあい、人間心理の本質を形成して、人間の行動を規定している。このような、いわば最先端の人間観に谷崎は同調し、それを人間性の表現の深いレベルで作品化することに成功している。これは十九世紀末に登場しながら、基本的には二十世紀全体を、ホロコーストを始めとするさまざまな倒錯的な歴史的事象となって貫き、幸か不幸か、二十世紀末に直結する人間観となっている。そのことから谷崎は西欧の人間観からしても、期せずしてもっとも二十世紀末的な作家ともなっているのである。

これと同時に、谷崎が二十世紀末の「世界文学」の中で重要な地位を獲得するもう一つの理由は、二十世紀末が抱える大きな変革、一言で言ってしまえば、はやりの言葉ではあるが、グローバル社会と谷崎の文学が奇妙にも反りが合うことである。グローバル社会というものは、もとを正せば、西欧近代のヘゲモニーを基礎としていて、西欧近代から発したさまざまな価値観がこれを支えている。その中で基本的なことはつぎの点である。世界全体のさまざまな文化・価値観が共存する、すなわち、多様な価値の共存的環境が成立するためには、異なる民族性、異なる習慣、異なる歴史、異なる風土を持った人間たちがコミュニケーションを成り立たせる必要がある。

そのためには――以前からある多民族国家内部での事情に近いが――言葉を信頼する以外にない。つまり、パトスではなくロゴスが中心である、ロゴス中心主義が支配せざるをえないということだ。文化的な均質性・共通性から何か人が推し量ったりする、以心伝心は困難なので、言葉で言ったことのみが存在して、言葉だけがすべてであるという世界となっている。

本論考では、まずもって、谷崎がいかにして、この、すべてを言葉で言う作家であるかに着目し、川端との比較において検証してみる。そのために英仏語訳の一部分とその原典とを文体の特徴を中心にして比較する。いうなれば、英仏語訳の側から、原典の文体上の特徴を逆照射してみようというのである。ここで、この逆照射の対象とするのは、大まかに言えば同じ時期に完結を見た『細雪』と『雪国』という作品である。

二　『細雪』と『雪国』の文体上の共通点

『細雪』は一九四二（昭和十七）年から一九四八（昭和二十三）年にかけて執筆された。当初、雑誌『中央公論』一九四三（昭和十八）年一月号と三月号に発表されたが、戦時の風潮にそぐわないものとして、軍部の圧力で発表停止となった。上巻を私家版の形で一九四四（昭和十九）年七月に刊行するが、これも警察当局の忌諱するところとなった。谷崎は飽くことなく執筆を続けるが、発表はままならず、やっと、終戦後、一九四七（昭和二十二）年三月から一九四八（昭和二十三）年十月にかけて雑誌『婦人公論』に下巻が発表され、完成された。これに先立つ一九四六（昭和二十一）年三月に上巻が、一九四七（昭和二十二）年二月に中巻が、そして、その後、一九四八（昭和二十三）年十二月に下巻がそれぞれ中央公論社から単行本出版された。

一方、『雪国』は一九三五（昭和十）年から一九三七（昭和十二）年にかけてまず執筆され、十一年の歳月を置いて、戦後、一九四八（昭和二十三年）に続編が執筆された。一九三五（昭和十）年一月に雑誌『文芸春秋』に「夕景色の鏡」と題して発表されて以来、一九三七（昭和十二）年五月まで、種々の雑誌に発表され、連作の形を取っている。これが一九三七（昭和十二）年六月に『雪国』という総題を冠して創元社から出版された。終戦後、結末部分が書き加えられて、一九四八（昭和二十三）年、創元社より完結版として刊行された。さらに、一九七一（昭和四十六）年、牧羊社より定本版が上梓された。

『細雪』も『雪国』もいずれも雪というもの、雪のイメージを含む作品であるという共通点も、単純にタイトルの漢字から窺い知れる。

この二つの作品の文体上の特徴から共通点を挙げると三つある。これを明らかにするには、むろん、原典にあたらなければならない。それに、英仏語訳との対照の際にも必要となるので、少し長めではあるが、『細雪』と『雪国』の冒頭をそれぞれ引用しておこう。まず、『細雪』の冒頭である。

「こいさん、頼むわ。——」

鏡の中で、廊下からうしろへ這入って来た妙子を見ると、自分で襟を塗りかけていた刷毛を渡して、其方は見ずに、眼の前に映っている長襦袢姿の、抜き衣紋の顔を他人の顔のように見据えながら、

「雪子ちゃん下で何してる」

と、幸子《さち》はきいた。

「悦ちゃんのピアノ見てたげてるらしい」

——なるほど、階下で練習曲の音がしているのは、雪子が先に身支度をしてしまったところで悦子に掴まって、稽古を見てやっているのであろう。悦子は母が外出する時でも雪子さえ家にいてくれれば大人しく留守

番をする児であるのに、今日は母と雪子と妙子と、三人が揃って出かけると云うので少し機嫌が悪いのであるが、二時に始まる演奏会が済みさえしたら雪子だけ一と足先に、夕飯までには帰って来て上げると云うことでどうやら納得しているのであった。(3)

つぎに『雪国』の冒頭を引用しておこう。


国境の長いトンネルを抜けると雪国であった。夜の底が白くなった。信号所に汽車が止まった。

向側の座席から娘が立って来て、島村の前のガラス窓を落した。雪の冷気が流れこんだ。娘は窓いっぱいに乗り出して、遠くへ叫ぶように、

「駅長さあん、駅長さあん。」

明りをさげてゆっくり雪を踏んで来た男は、襟巻で鼻の上まで包み、耳に帽子の毛皮を垂れていた。

もうそんな寒さかと島村は外を眺めると、鉄道の官舎らしいバラックが山裾に寒々と散らばっているだけで、雪の色はそこまで行かぬうちに闇に呑まれていた。

「駅長さん、私です、御機嫌よろしゅうございます。」

「ああ、葉子ちゃんじゃないか。お帰りかい。また寒くなったよ。(4)」


通常、小説で叙述を行うときに、sommaire（要約）によって話す場合と、台詞や空間の描写によってその場をscène（場面）として再現しながら、三次元空間と時間経過の模倣を最大限、現実に近づける場合がある。この二つの叙述を混ぜて用いるのが通例であるが、『細雪』も『雪国』もいずれもsommaireを極力抑えて、scèneによ

る叙述を主体にナレーションを形成している。これが第一の共通点である。

第二の共通点はと言えば、そのような scène によるプレゼンテーションから因ってくることであるが、作品の冒頭部分も要約による説明から始めることはまったくせずに、唐突に読者を物語の時間・空間に参画させることによって始めていることである。引用したばかりの両作品の冒頭を読めば、この点は一目瞭然と言えよう。

第三の共通点であるが、これには少し説明を要する。いまや、やや古典的ともいえる語りの理論、ナラトロジーにジェラール・ジュネットの『物語のディスクール』（一九七二年）がある。ジュネットは話者が自らが語る物語に登場する場合を「均質の話者」、登場しない場合を「異質の話者」と名づけ、さらに、話者の物語る行為が物語り中に登場する場合を「物語内の話者」、登場しない場合を「物語外の話者」としている。(5) この分類に従えば、『細雪』の話者も『雪国』の話者もいずれも物語の中には登場しない話者であり、さらに話者が物語る行為が物語の中に描かれていない、つまり物語の完全に外に位置する話者である。「物語外の話者」かつ「異質の話者」である。これは十九世紀西欧（とくに、フランス）のリアリズム小説および自然主義小説の話者のステータス、すなわち、いわゆる「全知の話者」（何事も知っている話者）のステータスに近い。つぎに述べる「焦点合わせ」にしても同様のことが言えるが、「日本美の極致」などと一般読者レベルではもてはやす向きのある『細雪』も『雪国』もナレーションの技法からすれば十九世紀「西欧小説」のカノンに驚くほど忠実であり、この点「西欧小説」と選ぶところがない。

また、ジュネットは話者が登場人物に視点を合わせる（focaliser）合わせ方（focalisation）として三種類あるとする。第一の「焦点合わせゼロ」は話者がいかなる登場人物にも焦点を合わせず、いわば、全焦点カメラで風景を捉えたように何でも知っていて、話者が登場人物よりも情報が多い状態である。第二の「内部焦点合わせ」は話者が特定の登場人物の内部に焦点を合わせ、その登場人物と情報が同じ状態である。第三の「外部焦点合わせ」

は話者が特定の登場人物の外部に焦点を合わせ、その登場人物よりも情報が少ない状態である。(6) とくに冒頭部分がそうであるが、話者が行う三つの焦点合わせのうち、この点についても、『細雪』『雪国』のいずれも「全知の話者」タイプの性質を示している。このような話者が往々にして行う視点の操作はつぎのようなものである。普通はすべてに焦点を合わせておき、すべてのことを知っているとして物語る。時に応じて、それぞれの登場人物に内部焦点合わせをして、すなわち、登場人物の視点に話者の視点を同一化して叙述を行う。あるいは、登場人物に外部焦点合わせをして、登場人物を知らないかのように描く。この視点の移行を自由自在に全知の話者タイプのナレーターは行う。

『細雪』の冒頭部分においては、「――なるほど」というところからやや移行し始めるが、その前のところは、幸子という登場人物の視点にナレーターは視点を同一化させて叙述を行っている。一方、『雪国』では、冒頭の引用部分だけでなく、このあともかなり長い間、島村に視点を合わせて話者は叙述を行っている。

三　英仏語訳に見る視点の同一化

このような登場人物への視点の同一化を各英仏語訳はどのように処理しているのか。後述の両作品の比較も視野に入れて、最小限を引用してみよう。『細雪』と『雪国』の冒頭のほぼ同量に当たる、『細雪』では「……ピアノ見たげてるらしい」まで、『雪国』では「……駅長さあん、駅長さあん」までに相当する部分である。

まず、三種類の『細雪』の訳である。一応、刊行年順に並べておく。

①"Would you do this please, Koi-san?"

Seeing in the mirror that Taeko had come up behind her, Sachiko stopped powdering her back and held out the puff to her sister. Her eyes were still on the mirror, appraising the face as if it belonged to someone else. The long under-kimono, pulled high at the throat, stood out stiffly behind to reveal her back and shoulders.

"And where is Yukiko?"

"She is watching Etsuko practice," said Taeko.

(*The Makioka Sisters,* translated by Edward G. Seidensticker, Charles E. Tuttle Company, 1958, p. 3 .)

②—Koi san, veux-tu m'aider?

Ayant aperçu dans le miroir Tae ko qui était entrée et se tenait derrière elle, Satchi ko lui tendit sans se retourner le pinceau à maquiller avec lequel elle avait commencé à se farder elle-même la nuque. Ses yeux restaient fixés sur la figure, qui se reflétait devant elle, d'une femme en sous-vêtement au col largement descendu par-derrière; elle la regardait comme s'il s'était agi d'une autre personne.

– Que fait Youki ko en bas? demanda-t-elle.

– Je crois qu'elle surveille le piano d'Etsu ko.

(*Quatre sœurs,* traduit par G. Renondeau, Gallimard, 1964, p. 9 .)

③《S'il te plaît, "Koisan"?》

Sachiko, en train d'étaler le fard blanc sur sa nuque, venait d'apercevoir dans la glace l'image de Taeko entrant derrière elle par la véranda. Sans se retourner, elle lui tendit le pinceau et, tout en fixant son propre reflet de jeune femme

en parure de dessous, aux épaules largement dégagées, comme elle eût dévisagé une étrangère, demanda :
《Que fait Yuki en bas?
– je pense qu'elle fait étudier son piano à Etsu.》

（*Bruine de neige,* traduction par Marc Mécréant, révisée par Anne Bayard–Sakai, *Œuvres de Tanizaki Junichiro,* t.II, Bibliothèque de la Pléiade, Gallimard, 1998, p. 9 .）

つぎに二種類の『雪国』の訳である。これも一応、刊行年順に並べておく。

④The train came out of the long tunnel into the snow country. The earth lay white under the night sky. The train pulled up at a signal stop.

A girl who had been sitting on the other side of the car came over and opened the window in front of Shimamura. The snowy cold poured in. Leaning far out the window, the girl called to the station master as though he were a great distance away.

（*Snow Country,* translated by Edward G. Seidensticker, Charles E. Tuttle Company, 1957, p. 3 .）

⑤Un long tunnel entre les deux régions, et voici qu'on était dans le pays de neige. L'horizon avait blanchi sous la ténèbre de la nuit. Le train ralentit et s'arrêta au poste d'aiguillage.

La jeune personne, qui se trouvait assise de l'autre côté du couloir central, se leva et vint ouvrir la fenêtre devant Shimamura. Le froid de la neige s'engouffra dans la voiture. Penchée à l'extérieur autant qu'elle le pouvait, la jeune personne appela l'homme du poste à pleine voix, criant au loin.

（*Pays de neige*, traduit par Bunkichi Fujimori, texte français par Armel Guerne, Albin Michel, 1960, p.15.）

『細雪』冒頭の幸子への、そして『雪国』冒頭の島村への視点の同一化を正確に再現しているのが、『細雪』の訳では③のMécréant訳（あるいは、完璧なバイリンガルのAnne Bayard-Sakaiが日本文の微妙なニュアンスを汲んで、フランス語訳を微調整していることからすれば、この二人の訳と言うべきかもしれない）*Bruine de neige*であり、『雪国』の訳では⑤のFujimori訳（あるいは、*Bruine de neige*同様、Armel Guerneがフランス語をかなり直しているようであるから、この二人の訳と言うべきかもしれない）である。これに対して登場人物への視点の同一化を無視して訳しているのが、『細雪』の訳では①のSeidensticker訳*The Makioka Sisters*と②のRenondeau訳*Quatre sœurs*である。さらに『雪国』の④のSeidensticker訳*Snow Country*もこの点に関して無視している。

このことが明確に表れた語を一言だけ『細雪』の場合で指し示しておく。Seidensticker訳①ではHer eyes were still on the mirror（幸子の目はずっと鏡に向けられていた）とある。Renondeau訳②ではSes yeux restaient fixés（彼女の目がじっと［鏡の中の自分の姿に］向けられていた）とある。このようにSeidensticker訳①もRenondeau訳②もいずれもher eyes（幸子の目）、ses yeux（幸子の目）と言っているのであって、her eyesあるいはses yeuxと言うことによって目を客体化してしまっている。目を客体化してしまえば、その目と同化しえないという単純なことから、Seidensticker訳①についてもRenondeau訳②についても、登場人物への視点の同一化が無視されていることが容易に見てとれる。

四　『細雪』の文体の時間性と論理性

両作品の冒頭部分の英仏語訳をこれからさらに詳細に比較してみよう。①から⑤までの英仏語訳において、翻訳の過程で新しく付け加えられた語には実線のアンダーラインが引いてあり、大幅に書きかえられた部分には破線のアンダーラインが引いてある。

まず『細雪』の英仏語訳を見ていくが、『細雪』の「鏡の中で……」から「幸子はきいた。」までは一つの文章であって、これをどのように切っていくかで訳し方が違ってくる。どの述語動詞をもとに文章を組み立てながら切っていくかということだが、Seidensticker 英訳①と Renondeau 仏訳②はほぼもとの述語動詞をそのまま使って切っている。つまり、「刷毛を渡す」というところと「見据える」というところを使ってこの文章を区切りながら訳文を構成している。③の Mécréant 訳 *Bruine de neige* については、最初のところで、その前の「妙子を見る」を、venait d'apercevoir というように「見たばかりであった」という半過去の近接過去を使って述語動詞化し、ここまでの部分を文章として独立させている。こうした工夫とも大いに関わりがあるが、この③の Mécréant 訳は、最初の「……幸子はきいた。」までの推移をかなり正確に時間経過の中に位置づけている。そして、それが実にみごとな（フランス語という国語が要求する）論理的な構築にもなっているのである。

もう少し説明すると、Seidensticker 英訳①では、Taeko had come up（妙子がやってきていた）というように過去完了が用いられ、妙子がもうすでに後ろに来ていて、それをある程度時間が経過してから幸子は見るという、時間差を設けた訳文になっている。Renondeau 仏訳②では、Taeko qui était entrée et se tenait derrière elle（妙子は入ってきていて、幸子の後ろにいた）となり、qui était entrée という大過去によって、妙子がもうすでに入ってきていることが示されている。そして、後ろにいる状態がある程度続いている、ということがse tenait derrière elleのse tenaitという半過去によって表されている。これも、妙子が入ってきたことと幸子がそれに気づくこととのあいだに時間差を設ける訳文となっている。

これら二つの訳に対して、Mécréant仏訳③は、より以上に正確にこの場を捉えようとしている。つまり、刷毛で襟を塗りかけている幸子は鏡の中で自分の姿を見、その後ろを見ているはずだから、妙子が入ってきたならば、入ってきたとたんに気づくのが当然であろう、というのである。妙子のimage（姿）という論理的に正確を期した言い方をして、それを主語にentrant derrière elle（幸子の後ろに入ってきている）というふうにentrantという現在分詞を使って、今まさに妙子が入ってきて、その入ってきている妙子に幸子が気づくというように時間差をまったくなくしている。おそらく、これこそがこの場のもっとも自然で、もっとも説得力のある、しがたってもっとも実際に近い物事の継起と、それを捉える論理であろう。

この最新のフランス語訳は題名にも、物語の内容に着目した *The Makioka Sisters*（蒔岡姉妹）あるいは *Quatre sœurs*（四姉妹）というこれまでの英仏語訳からまったくかけ離れた *Bruine de neige*（直訳すれば「雪の霧雨」）という題名を採用している。自然の風物・イメージを人間生活と重ね合わせるという、この小説の趣をかなり忠実に再現した絶妙のタイトルといわなければならない。まさに、「細雪」という語そのものの訳である。

こうしたタイトルの選定に対する繊細にして鋭敏な感性と深い洞察力がMécréant仏訳③の場合は、徹底して細部にまで行き届いている。引用部分のvérandaという訳も、日本家屋の二階の廊下の訳としては比類ないものである。もしかりに、これに、洋館の廊下をさすcouloirという訳語を当てたとすれば、これほど無神経な翻訳はないということになるだろう。なぜならば、couloirは建物内部の廊下であり、光はほとんど差さないからである。日本家屋の二階の廊下は建物の外周にあり、光に満ちあふれている。そのような外光の降りそそぐところだからこそ、女性が化粧できるのである。幸子が見いる鏡には穏やかな光が溢れ、そのただ中に妙子が現れたのである。建物の外周にしつらえられた、光の遍満する移動空間をさす véranda という語でなければ、ここは理解できない、あるいはイメージが湧かないことこの上ないのである。

さらに、この Mécréant 仏訳③については、reflet de jeune femme（若い娘のような面差し）の de jeune femme（若い娘のような）が日本語原文にはなく、翻訳者が補っている語である。やや論理性が勝ちすぎるかもしれないが、幸子が自分の姿を他人の顔であるかのように見るためには、おそらくそこに何か理由があるはずだという思考がこの訳語の補足の背景となっている。幸子が非常に若々しい肌を持っている、若々しく見えるということが当該引用部分の少し後に出てくるが、このことをおそらく念頭に置いて reflet de jeune femme すなわち、若い女性のような自分自身の鏡に映った姿という言い方をしている。今の自分からかけ離れた（と幸子には感じられる）姿が鏡の中に見えたからこそ、幸子はまるで他人の顔のように見据えているのである。こうした論理を Mécréant 仏訳③はわざわざ付け加えているわけだ。これを付け加える必要があったかどうかは多少疑問でなくもないが。

引用部分において、日本語原文への補足は Mécréant 仏訳③ではこの（reflet）de jeune femme のみであり、また、Renondeau 仏訳②についても et se tenait（そして［幸子の後ろに］いた）のみである。この Renondeau 仏訳②の付加については、もともと不必要な時間経過をわざわざ付け加えたにすぎないことは前述のとおりである。Seidensticker 英訳①に至っては、構文等の変更はあっても、まったく付け加えはない。三種類の英仏訳の引用部分で明らかなのは、冒頭部分を翻訳するのに『細雪』においては（ほとんど）何も付け加える必要がなく、それは谷崎の文章が必要な情報をすべて備えていることを意味する。

五　『雪国』の文体の飛躍する論理

こうした谷崎の言葉の充足性に対して、川端の場合はいったいどうであろうか。『雪国』の Fujimori（あるいは Fujimori と Guerne）仏訳⑤と Seidensticker 英訳④の冒頭部分を見てみると、翻訳に際して、種々の語と種々の情報を付け加える必要があったことが分かる。実線のアンダーラインがその付け加え部分である。これだけ英訳も仏訳も付け加えてある。

まず「国境の長いトンネルを抜けると雪国であった」という文章には主語がないから、フランス語訳⑤では、主語を明示しない機能のある人称代名詞 on を主語として補い、さらに状況の変化を強調する voici que という表現も付け加えている。英訳④では、主語がない点を The train という語を主語として付け加えることで補っている。The train を主語にしてしまうと、前述した話者の島村への視点の同一化が妨げられてしまうので非常に不適切な訳になるが、これを意に介さずあえて付け加えている。

つぎの文章の「夜の底が白くなった」は、訳しようがないとみえて、フランス語訳⑤では L'horizon（地平線）という言葉と la ténèbre de la nuit（夜の闇）の la ténèbre（闇）という言葉をわざわざ付け加えている。それによって L'horizon avait blanchi sous la ténèbre de la nuit（夜の闇の下で地平線が白くなっていた）として、なんとか切り抜けている。ちなみに ténèbre という単語はごく稀に単数形でも用いられるが、les ténèbres と複数形で使われるのが通例である。それをあえて単数形にしたのは、翻訳者の文体上の工夫と言えよう。英訳④では the earth lay white under the night sky（夜空の下で大地が白く横たわっていた）となっていて、the earth lay と sky を付け加えることでなんとか切り抜けている。

つぎの「信号所に汽車が止まった」というところだが、フランス語訳⑤では、le train ralentit et（スピードを緩め、そして）を付け加えて初めて「汽車が止まった」が導き出せる形になっている。そのつぎの「向側の座席から娘が立って来て」の部分であるが、立って来たと言うためには、その前に、座っていたということをどうしても言わなければならない。そう英訳④の翻訳者も仏訳⑤の翻訳者も考えたと思われる。Seidensticker も who had been sitting（それまで座っていた）という進行形過去完了の関係節をわざわざ付け加え、Fujimori も qui se trouvait assise（そこに座っていた）というふうに半過去の関係節によって、それまでの状況の説明をわざわざ付け加えている。そのうえ、「向側の座席」（仏訳は de l'autre côté で、英訳は on the other side）にも、フランス語訳⑤では du couloir central（真ん中の通路の）という言葉を付け加えているし、英訳④も of the car（その車両の）という語を付け加えている。これには日本とヨーロッパの列車の構造の違いも背景としてある。日本の車両は通路が中央にあるが、（かつての）ヨーロッパの車両はコンパートメント構造なので通路は窓際にあった。

さらに、フランス語訳⑤では、「雪の冷気が流れこんだ」（Le froid de la neige s'engouffra）にわざわざ dans la voiture（車両の中に）という語を付け加えないと、文章として意味が出てこなくなっている。また、冴えわたった冷たい雪の空気に「駅長さあん、駅長さあん」と、葉子の鋭い声が響きわたる非常に印象的な箇所は訳しえないとみえて、葉子の駅長を呼ぶ声は訳さないで、その代わり、日本語原文にない「呼びかける」（仏訳では appeler 英訳では call to）という動詞を付け加えて切り抜けている。このようにして見てくると、川端康成の日本語文は一つ一つの文章に欠落が多い、かなり無駄を省いた——あるいは無駄どころか必要なところも削りとってしまった——研ぎ澄まされた文体であることがよく分かる。

川端の一文一文に着目してみよう。「国境の長いトンネルを抜けると雪国であった」とあるが、「抜けると雪国であった」というまさにその瞬間にこの文章全体の意味が収斂している。また「夜の底が白くなった」も、突然、夜の底が白くなったと島村に感じられる、その一瞬にすべてが集約されている。それに、「汽車が止まった」も一瞬にすべてが集中しているし、「冷気が流れこんだ」も突然なにか新しいことが起こったことを叙述している。それぞれの瞬間瞬間にその文章のすべての他の要素が流れこむようにして成り立っている文章が川端の文章である。(7) これを理解しこれを感じ取るためには感性を極度に研ぎ澄ます必要があるかのような文体だということがよく分かる。これに対して、谷崎の文体は非常にゆったりとした律動を持つと同時に、まさに『細雪』の登場人物たちがかわす大阪弁の美しさにも似て、旋律を奏でているかのような音楽的な要素も持ち、連綿と続く音と意味の連なりになっている。

これが谷崎、川端という二人の作家の、人間としての資質に関係があるとすれば、「文は人なり」という言葉と「書は人なり」という言葉を重ねあわせるまでもなく、書を見てみようという発想が湧いてくる。

六　谷崎の書、川端の書

私見によれば、現代（あるいは戦後）の日本人作家が失ってしまった重要な資質に、古美術（より広く言って、芸術作品）についての審美眼がある。かつては耽美派作家を中心としてではあるが、作家の多くは書画骨董に造詣が深く、優れた収集家でもあった。谷崎しかり、川端しかり、三島しかり、小林秀雄しかり、志賀直哉しかり（大正年間に贅を尽くして志賀が限定出版した『座右宝』(8) なる日本美術写真集は志賀の鑑識眼の鋭さと造本全般にわたる空前絶後の質の高さを誇る）、武者小路実篤しかり……である。戦後、第三の新人あたりから、そして、大江健三郎、石原慎太郎、江藤淳世代になると如実に古美術ばなれを起こす（もっとも、戦前といえども、純然たる自然主義、私小説系の作家はこの方面では無趣味に近かったが）。さらに文学研究者についても、戦後（とくに最近）は古美術鑑賞の基本的な素養をもたない研究者があまりにも多く、文学創造と古美術、作家の文体と書といった、対象とする作家によっては研究に不可欠の側面が看過されるきらいがある。

図版①と②は、いずれも作家自身が小説の原稿を毛筆で書いたものである。①は『細雪』の原稿そのものであり、②は『雪国』の既刊のテキストを毛筆で原稿用紙に川端康成自身が書き写したものである。この違いは『細雪』の原稿には墨で塗りつぶした訂正の跡があり、『雪国』の原稿にはそれがないことからも見てとれる。

谷崎は原稿を執筆するのに毛筆を使った。川端は原稿執筆には万年筆を用いた。この違いが両者の文体の違いとそのまま一致しているのは当然といえば当然ながら、興味深い。谷崎はワンセンテンスがきわめて長い。といっても、欧文の複文に相当する構文はあたうかぎり避けて、重文によって長いのである。一つの想念がつぎの想念を生みだし、つぎの想念がそのつぎの想念を生みだす……といった、途切れることのない想念の連鎖によって、文章が数珠繋ぎになっている。行書、草書、そして、とくに仮名文字が縦に文字を続けて書くための、下に続く形体から派生していることは周知のとおりである。毛筆は万年筆などと比べると筆圧を加えないに等しい書き方となる。ほとんど力を入れないのに近い力の入れ方で筆先を移動させるだけで文字の連なりが生まれ、テキストが生まれる。行書、草書も仮名文字もそうした毛筆という筆記用具と分かちがたく結びついた書体であると同時に、谷崎の文体も毛筆という筆記用具に分かちがたく結びついた文体であるといえる（むろん、原稿用紙の升目を文字で埋めるという制約を谷崎の原稿が受けていることは考慮する必要がある）。

一方、川端は単文が多く、叙述内容も前述のように瞬間に凝縮したものとなっている。瞬間にこめられた気迫によって文体が成りたっており、意味の上での行間の空白も大きい。行間の空白の白さを雪の白さになぞらえて味わうのが『雪国』の文体の正しい鑑賞法だともいえるくらいである。瞬間瞬間の強い気迫に耐えうる筆記用具としては、強い筆圧を受けとめる万年筆以上のものはほかにはあるまい。堅い筆致にもっとも適した筆記用具であろう。

谷崎、川端両作家の書作品に話を移すことにしよう。

図版③は「ほと、ぎす潺湲亭に来啼くなり／源氏の十巻成らんとするころ　潤一郎」であり、『新訳源氏物語』の完成を間近に控えて、一九五四（昭和二十九）年六月に詠った歌とされる。④は「我といふ人の心はた、ひとりわれより外に知る人ハなし　潤一郎」という歌である。『雪後庵夜話』は一九六三（昭和三十八）年六月より「中央公論」に連載され、一九六七（昭和四十二）年十二月に単行本出版されたが、その巻頭を飾った歌である。ただし、巻頭に写真版などの形で書作品として掲げられたのではなく、あくまでも活字による印刷の形を取っていた。この本の函のデザインに、谷崎の筆になる、この書作品が使われているのである。

谷崎の③と④を見てみよう。かなり柔らかめの筆――おそらく羊の毛の筆であり、さらに羊の腹の毛の柔らかい部分のみを集めて筆を作るということをすることがあるが、それだと思われるくらい非常に柔らかい筆――を谷崎は用い、それに墨をたっぷりと含ませている。かな

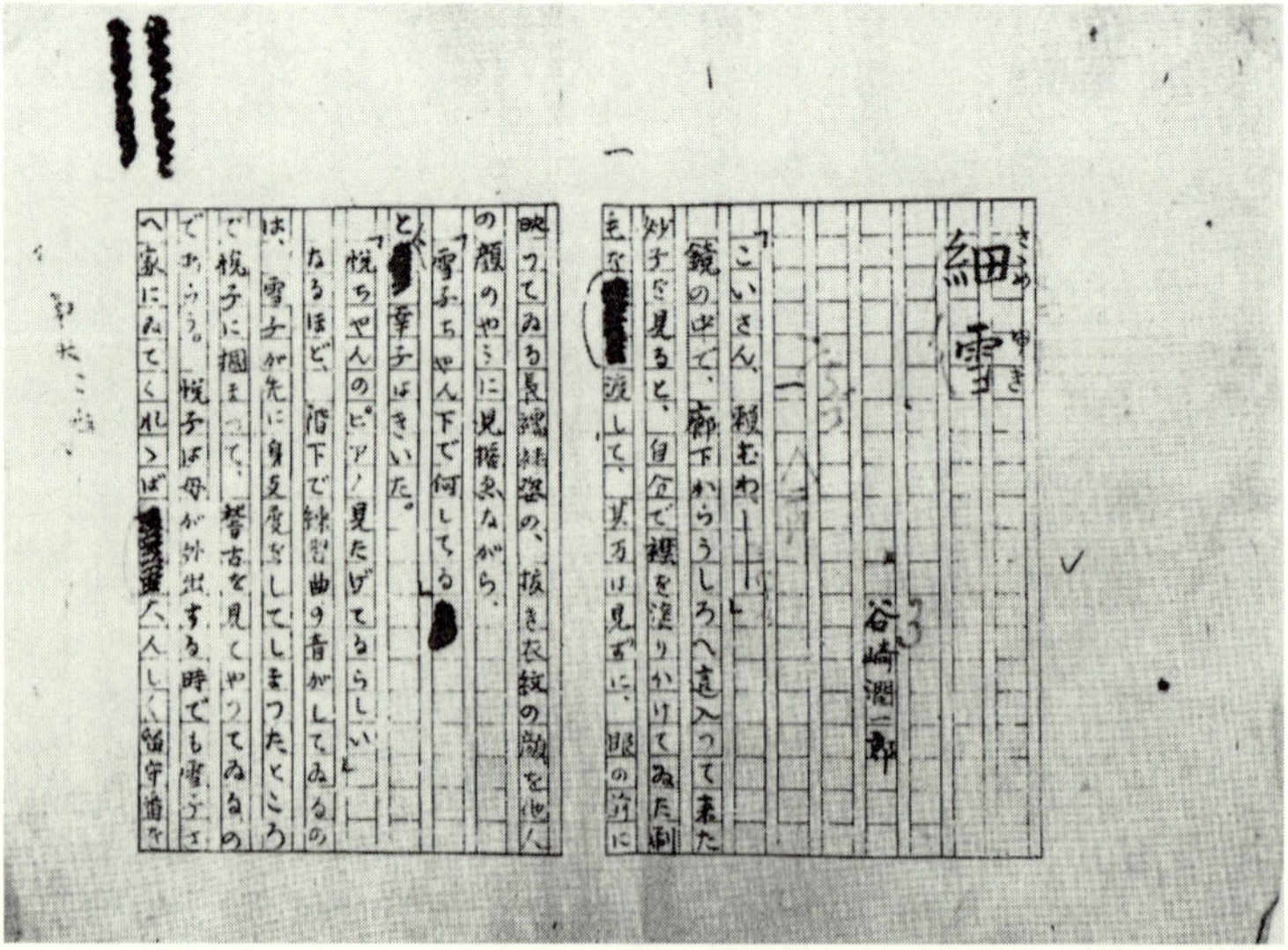

図版①

り均等なリズムで筆に墨を付けている。少しばかり太くにじんでいるところは墨を補ったところであるが、それがかなりリズミカルに出てきている。全体として一文字一文字にそれほど力を入れることなく、淡々と、流れに沿って書いているという感じが伝わってくる。墨の含み具合は違っても、④についてもほぼ同じことがいえる。

　これと比べると、川端の書⑤と⑥はきわめて異質なものである。⑤は一休禅師の言葉で、川端康成がたいそう好んだとされ、『たんぽぽ』や『舞姫』でも引用される「仏界入り易く魔界入り難し」である。⑤の毛筆は極度に硬い毛であり、狸の毛、あるいは、場合によってはさらに硬い馬の毛かもしれない。もしかしたらもっと硬い竹を使っているかもしれない。竹はほとんどありえないにしても、少なくとも狸くらいの非常に硬い毛を使っていることは容易に想像できる。したがって、筆はそれほど墨を含まない。墨も非常に濃く擦ってあるから、なおのことである。筆の勢いというか、かすれというか、書家・石川九楊の言葉でいえば、「筆触」がそのまま紙の上に現れることになる。さらに、川端は筆先からあたう

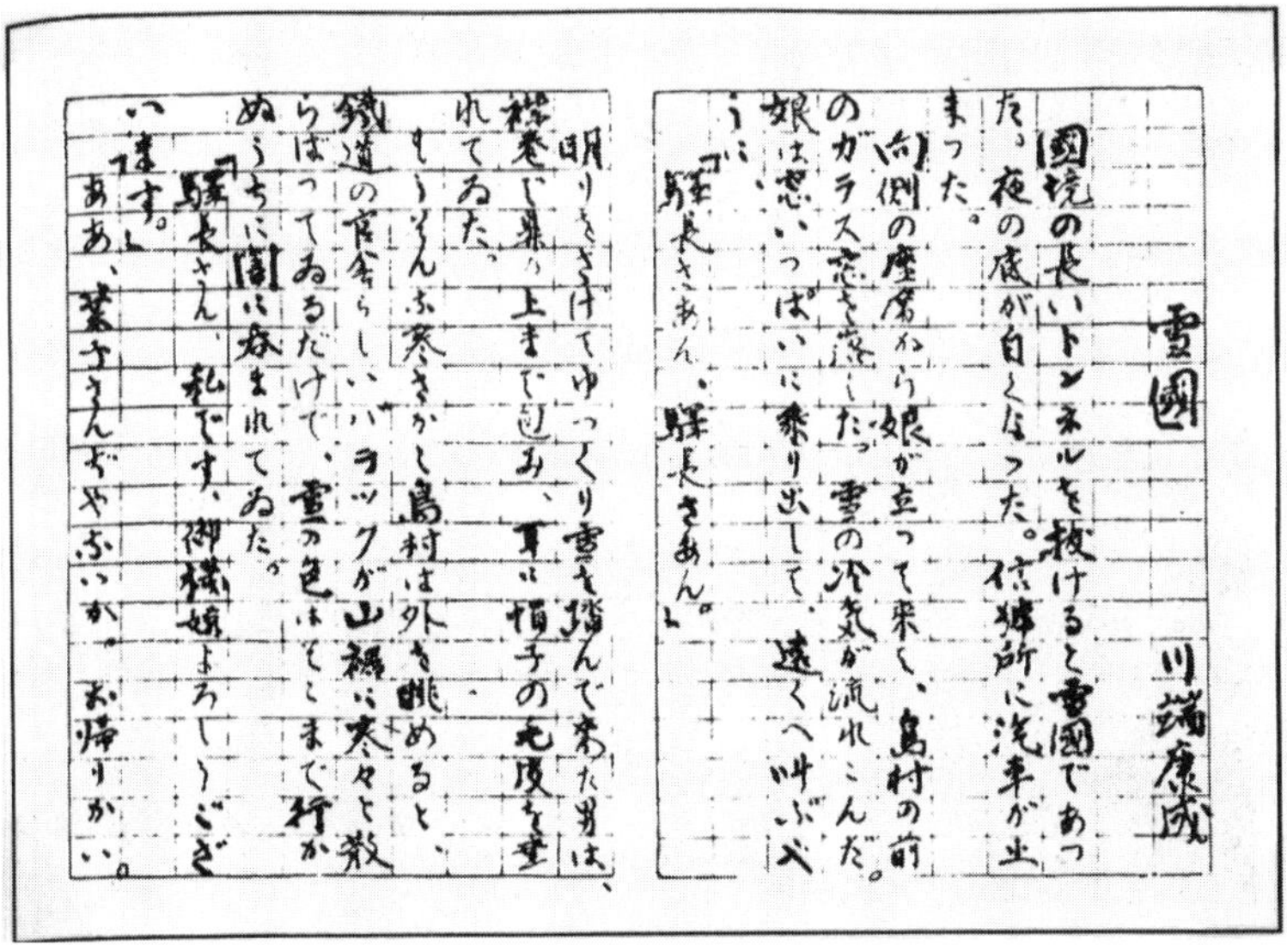

図版②

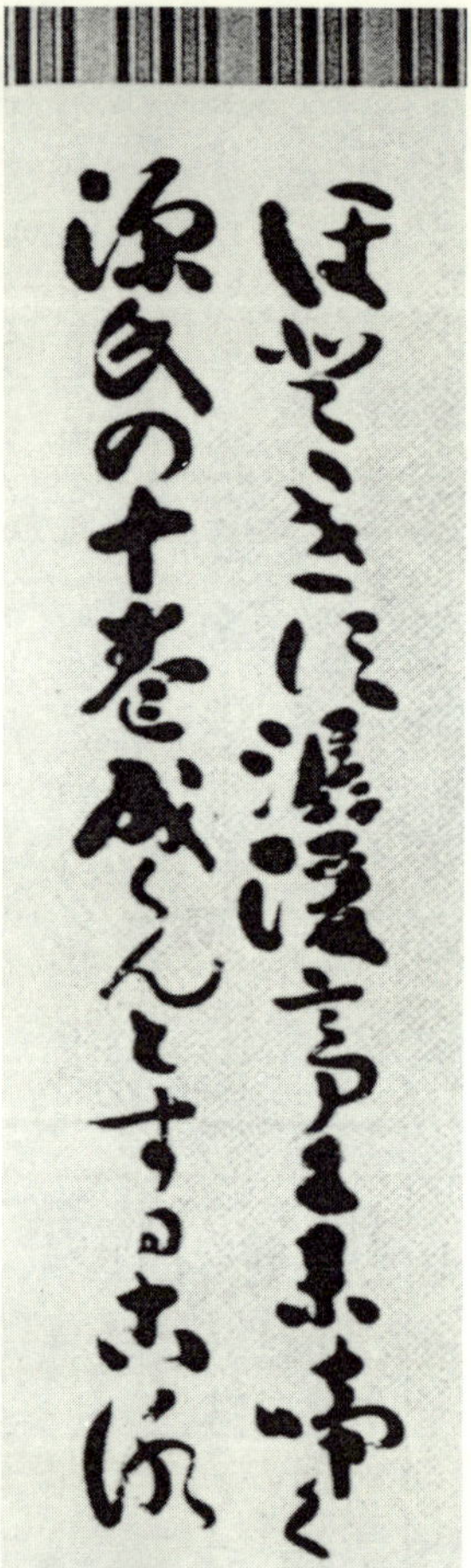

図版③

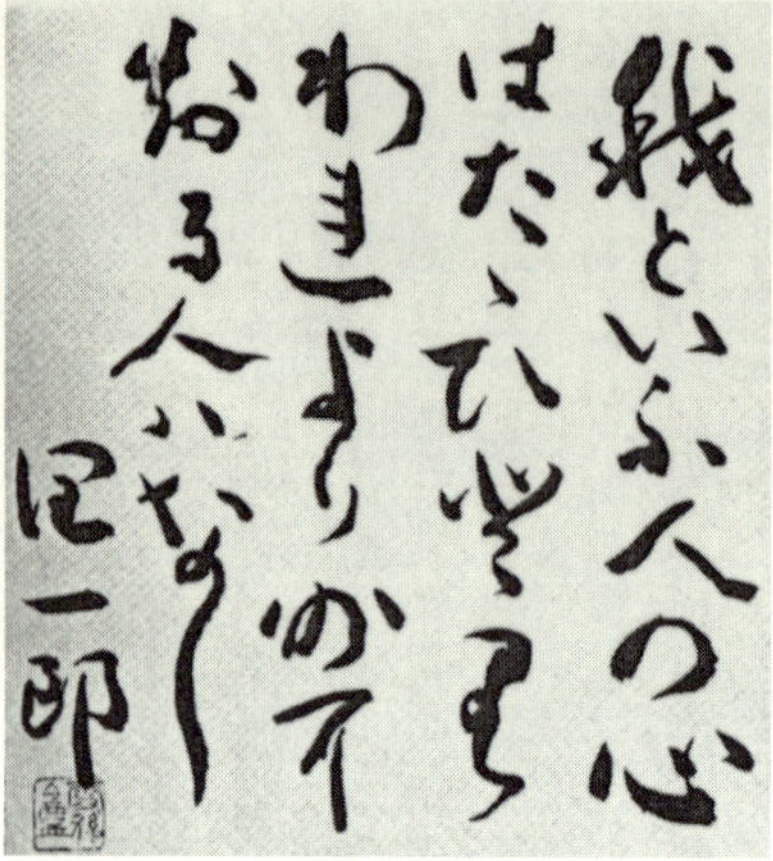

図版④

かぎり遠い上方を持って書いている。そのために、手のほんのささいな動きまでもが増幅されて筆先に伝わり、かつ、筆先に近い根もとを持つよりも垂直方向の力がはるかに強く筆先にこめられるのである。このような条件を整えた上で、一文字一文字が分けて書かれ、一つの文字が書かれる間、強い気迫が持続していることが分かる。一つ一つの文字を気迫をこめて書き、おそらく一文字書くごとに筆を硯に戻しながら、もう一度精神を整えなおして、次の文字に気迫を集中して書いている、そういう文字である。これは三文字の⑥「火中蓮」についても同じことが言え、完全に文字を分けて書きながら一つ一つに気迫をこめている。

こうした両作家の書における運筆法の違いが前述の『細雪』と『雪国』の文体の違いと、ほとんど完全ともいえる対応関係を持つことが分かる。

七　谷崎の資質

書は人なりという言葉と、文は人なりという言葉に従って、このような書における運筆法、文学作品における文体を作家の資質にダイレクトに結びつけるとすれば、ここで中心テーマとしている谷崎について、その資質を掘り起こしてみる必要が生じる。

谷崎の資質を考えるうえで重要な要素は、谷崎が非常に早くから、すべてを言う習慣を身に付けさせる英語の勉強をしていたという、よく引き合いに出される事実である。

谷崎は十三歳のときから英語を勉強していた。築地の居留地にあるサンマーという英国人一家の塾に通って、英語をある程度話すことをしていたと言われている。『幼少時

図版⑥

図版⑤

代』と題する谷崎自身の回想録から引用しよう。

その頃、日本人の教師を交えず、純粋のイギリス婦人だけで教えている英語の学校が、築地の居留地にあった。［……］日本人離れのした、異国趣味の西洋館ばかりが並んでいる一区域であったが、そこにサンマーと云う英国人の一家が英語の塾を開いていた。正しくは「欧文正鴻学館」と云う名で、ペンキ塗りの南京下見の門の入り口に、漢字で記した木の看板が掲げてあったが、誰もそんな呼び名をする者はなく、普通にサンマーと云う名で通っていた。［……］私が入門した時に午後の初等科を受け持っていたのは一番若いアリスと云う娘で、生徒は三十人くらいであった。［……］そんなことでいやいやながらも、私はアリスが受け持っていた初等のクラスから一級上のクラスへ編入される迄は通っていた。(9)

谷崎はまた自分自身の文体について一九二九（昭和四）年の「現代国語の欠点について」という文章で、つぎのように言っている。

これを要するにわれわれの書く口語体なるものは、名は創作でも実は翻訳の延長と認めていい。故有島武郎氏は小説を書く時しばしば最初に英文で書いて、しかる後にそれを日本文に直したと聞いているが、われわれは皆、出来たらそのくらいのことをしかねなかったし、出来ない迄もその心組みで筆を執った者が多かったに違いない。それは努めて表現を清新にするための手段であったけれども、正直のところ、美しい文章、ひびきのいい文章、――と云うことよりも、まず第一に西洋臭い文章を書くことがわれわれの願いであった。かく云う私なぞ今から思うと何とも恥ずかしい次第であるが、かなり熱心にそう心がけた一人であって、有島氏のような器用な真似は出来なかったから、その反対に自分の文章が英語に訳しやすいかどうかを始終考慮に入れて書いた。西洋人はこういう云い回しをするだろうか、西洋人が読んだらどう思うだろうか、と、それがいつも念頭にあった。(10)

もちろん、このあと、源氏物語の現代語訳によって文体を別の意味で彫琢することをしたとはいえ、十三歳のときからかもしれないし、あるいは他の要素がさまざまに介入してきて身に付いたものかもしれないが、多くのこと、すべてのことを言い、それを非常に律動的なセンテンスの流れの中で連綿と語るという資質が、谷崎の中の深いところでかなり早くから形成されていたと考えられる。そしてそれがおそらく二十世紀末において「世界文学」にリンクするうえでたまたま有効だったのではないかと考えられるのである。

以上、言語上の越境と芸術ジャンル上の越境という二重の越境を試みたしだいである。

（1）*Œuvres de Tanizaki Junichiro,* Bibliothèque de la Pléiade, Gallimard, 2 vol., 1997－1998. なお、谷崎作品の外国語翻訳についてその歴史が *A Tanizaki Feast, the International Symposium in Venice,* edited by Adriana Boscaro and Anthony Hood Chambers, Center for Japanese Studies, the University of Michigan,1998, p.vii–viii に簡潔にまとめられている。

（2）この書名の訳語は本書全体の統一による。詳しくは四七頁の注（5）を参照。

（3）『細雪』上巻、『谷崎潤一郎全集』第二十四巻、中央公論社、一九五八年、三頁。旧字体・旧仮名遣いを新字体・新仮名遣いに改めた（以下同様）。

（4）『雪国』、『川端康成作品選』、中央公論社、一九六八年、七頁。

（5）Gérard Genette, *Discours du récit, Figures III,* Seuil, 1972, pp.254－259.

（6）*Ibid.,* pp.206－211.

（7）川端の文体と俳句との類似が一般読者レベルではよく人口に膾炙するが、こうした瞬間への凝縮もその重要な一つの要素である。芭蕉のあまりにも有名な「古池や蛙飛びこむ水の音」、あるいは、蕪村の「涼しさや鐘をはなるるかねの声」、さらに、近現代俳句でいえば、山口誓子の「夏草に汽罐車の車輪来て止る」が代表例として挙げられよう。

（8）志賀直哉編『座右宝』全二巻（和装帙入り）、大塚工藝社印刷、座右宝刊行会刊行、一九二六（大正十五）年。

（9）『幼少時代』（一九五七年）、『谷崎潤一郎全集』第二十四巻、中央公論社、一九五九年、一八一―一八六頁。

（10）「現代国語の欠点について」（一九二九年）、『谷崎潤一郎全集』第二十一巻、中央公論社、一九五八年、一七三―一七四頁。

＊ 谷崎潤一郎の自筆原稿および書作品の写真掲載に関しては観世恵美子様に、また、川端康成の自稿原稿および書作品の写真掲載に関しては川端香男里先生に許可をいただいた。ここに記して、深甚なる謝意を表するしだいである。

Ⅱ

マックス・ノルダウ　「世紀末《ファン・ド・シエクル》」──『変質論』第一編

森　道子訳

第一章　国々の黄昏

「世紀末《ファン・ド・シエクル》」とは近ごろの諸現象の特徴をなすものとその現象の底流である風潮との双方に当てはめられる通称である。通常、概念はそれが最初に形成された国家の言語から名称を得ることは、長年例証されてきた。実に、これは風俗・慣習の歴史家が、ある概念の獲得のために、ある語根の起源をたどって、その最も早期の発祥地と様々な諸民族内での発展経路とを尊重しながら、言語調査をする際の、不変の通則である。「世紀末」という言葉はフランス語に由来する。というのは、フランスにおいて、その呼称を付された精神状態が初めて自覚されたからである。この語は地球の一方の半球から他の半球へと駆け巡り、全文明語に入り込んだ。その必要性があったことの証拠である。「世紀末」的精神状態には、今日至る所で出会う。とは言え、多くの場合、外国の一時的大流行の単なる模倣にすぎなく、有機的進化ではない。それが最も純粋な形で現れるのは、その出生地であり、パリこそその多様な表現を観察するのに最適の地である。

この用語の愚かしさを証明する必要はない。子供か野蛮人の頭脳だけが思いつく稚拙な着想で、あたかも世紀が生き物であるかのごとく、動物か人間のように誕生し、生存の全段階を経て、花盛りの幼児期、喜びに満ちた青春、逞しい壮年期の後、徐々に老い衰え、百年たつと、最後の十年間を悲しい老年期の衰弱に侵されて死ぬと考えたのだ。そのような拙劣な擬人観や擬獣観は、停止せず経過し続ける専断的な時の区分が、全文明人の間で、同一でないことを考えず、また、このキリスト教世界の十九世紀が悲惨な疲弊状態でよろよろと死に向かう生物とすれば、マホメット教世界の十四世紀はその最初の十年という赤ん坊靴をはいてよちよち歩いており、ユダヤ人の五十世紀は五十二年目という壮年期を勇ましく闊歩していることになるのも考慮しようとしない。毎日、この地球上では十三万の人間が生まれ、その人々にとって世界はこの同じ日に始まる。世界中の新市民たちは、一九〇〇年の断末魔のさなかに生を受けようと、二十世紀の誕生の日に生を受けようと、そのため一層虚弱でも元気でもない。しかし、人間精神の習性として、自らの主観的状態を外部に投影するのである。そして、この無邪気な利己的性向にしたがって、フランス人は自分の老化を世紀のせいにし、正確には「民族の終焉《ファン・ド・ラース》」というべきところを、「世紀末」と言ったのである。[1]

しかし、「世紀末」という用語がいかにばかげていても、その語によって示される精神構造は現に、影響力をもつ階層に存在している。時代の気質は奇妙に混乱していて、熱っぽい興奮と鈍った意気阻喪との混合物、予感への脅えとみじめな断念との混合物である。広く蔓延している感情は切迫した破滅と消滅である。「世紀末」とは告白であり、告訴でもある。古代北欧信仰には神々の黄昏という恐るべき教義がある。我々の時代では、より高度に発達した精神に、いわば、国々の黄昏という漠然とした不安が沸き起こっている。その中で、太陽も星も全て徐々に欠け、人類はその諸制度、諸産物もろとも、瀕死の世界のただ中で滅んで行く。

人間精神が世界滅亡の恐怖に襲われたのは、歴史の流れの中で、これが初めてではない。一〇〇〇年の近づいたとき、類似の感情がキリスト教徒たちに取り憑いた。だが、千年至福説（キリストの再臨）パニックと「世紀末」騒乱との間には本質的な違いがある。キリスト教年表の初ミレニアムの幕開けに対する絶望は、生の充満と生の喜びから生じた。人々は鼓動する脈拍を自覚し、享楽力の衰えていないことを承知していたので、世界とともに滅亡するなどとはあまりに恐ろしく、受け入れられなかった。空けたい酒ビンも、口づけしたい唇もまだまだあり、愛もワインも楽しむ力に満ちあふれていたのだ。「世紀末」感情には、こういったものは何一つない。また、老いたファウストの感動的な黄昏の憂鬱と相通じるものも一切ない。彼は、生涯の仕事を見わたし、達成したものを誇らしく思い、着手したが未完成であるものを考えて、仕事を完了したい熱望に駆られ、付きまとう不安に眠りも浅く、「考えていることを急いで仕上げよう」と叫んで跳び起きるのだ。

「世紀末」的気分は全く反対である。それは病人の無力な絶望である。彼は、横柄にも永遠の花盛りのままで永久に生き続ける自然のさなかで、自らが一寸刻みに死んで行くのを感じている。それは、富める老放蕩者の羨望である。若い二人の恋人が人目を避けて森の奥に向かうのをじっと見送っている。それは、フィレンツェのペストから逃れてきて、疲労困憊と無気力に陥った者の無念である。彼は魔法の庭にデカメロンのような快楽を求め、当てにならない時間から今一度感覚の喜びを奪い取ろうと、無駄な努力をする。ツルゲーネフの『貴族の巣』を読んだ者はあの美しい作品の結末を覚えているであろう。主人公のラヴレツキーは若き日の恋の想い出の家を、年とって訪れる。全ては元のままだ。庭は花の香りに満ちている。そびえ立つ樹々には小鳥たちが楽しく囀り、みずみずしい芝生を子供たちが大声ではしゃぎ回っている。ラヴレツキーだけが老いているのだ。彼は、最愛のリーザが消え失せていても、自然は気にもとめず喜々とし続けている場面を、独りもの悲しく、考え込んでいる。ラヴレツキーは人生に疲れ、打ちひしがれた男である。永遠に若く、永遠に花盛りの自然のさなかで、自分にだけ明日が来ないという、ラヴレツキーの認識、イプセンの『幽霊』の中の、「太陽――太陽！」を求めるアルヴィングの瀕死の叫び――これらはまさしく、今日の「世紀末」的態度を表現している。

この流行語には、当世の諸概念の生半可で、不明瞭な風潮を伝えるのにふさわしい、避けがたいあいまいさがある。「自由」、「理想」、「進歩」などの言葉が観念を表現しているようでいて、実は音声にすぎないように、「世紀末」そのものには何の意味もなく、これを使用する人々のさまざまな精神的視野にしたがって、異なった意味を帯びる。

「世紀末」の意味内容を確実に知るには、この語の適用されている、一連の特殊な実例を考えるとよい。次に引証するのは、ここ二年間に出版されたフランスの本と定期刊行物からである。(2)

ある王が退位し、国外に出て、パリに住居を定めるが、若干の政治的権利を留保している。ある日彼は賭博で金をなくし、窮地に陥る。したがって、故国の政府と協定を結び、百万フランと交換に、あらゆる称号、公的地位、特権など残されていたものを永遠に放棄する。これが「世紀末」的王である。

ある司教が礼拝式の聖職者を侮辱したかどで告訴される。訴訟が終了すると、お付きの参事会員は、法廷の記録係に、予め準備していた弁明書を渡す。罰金の支払いを宣告され、一般から献金を募ると全罰金額の十倍が集まる。彼は寄せられた支援の言葉を全て収録した弁明の書を出版する。国中を巡り、あらゆる大聖堂で、時の名士に押しかける群衆に身をさらし、抜け目なく献金盆を回すチャンスをつかむ。これが「世紀末」的司教。

殺人犯プランツィニの死体が、処刑後、検死解剖される。秘密警察の長官が皮膚の一部を切除し、鞣させ、その皮でタバコ入れや名刺入れを自分と友人たちのために造らせる。「世紀末」的高官。

あるアメリカ人が花嫁とガス工場で結婚し、準備の整った気球に乗り込み、雲の中のハネムーンを始める。「世紀末」的結婚。

ある中国大使館の大使館員が本名で、一流の作品をフランス語で出版する。彼は自国政府への高額貸付について銀行と交渉し、契約成立前に大金を自分用に引き落とす。後にその著書は彼のフランス人秘書が作成したもので、彼は銀行詐欺をしていたことが判明する。「世紀末」的外交官だ。

あるパブリック・スクールの生徒が、親友と歩いていて、監獄にさしかかる。そこは、富裕な銀行家である彼の父親が詐欺破産、横領などの有利な軽犯罪で度々拘留されたところである。その建物を指さして、にっこりしながら彼は友達に言う。「ほら、あれはおやじの学校なんだ」と。「世紀末」的息子だ。

学友でもある、良家の娘が二人おしゃべりしている。一人がため息をつく。「どうしたの?」と相手が尋ねる。「あたし、ラウールに恋してるの、彼もあたしによ。」「あら、すてき!彼ってハンサムで、若くて、洗練されててよ。なのに、あなた悲しいの?」「ええ。だって彼には財産はないし、身分も低いのよ。両親はあたしを男爵と結婚させたがっているの。ふとっちょで、禿げてて、みっともない人なのよ。でも、莫大な資産家なの。」「じゃ、さっさと男爵と結婚なさい。そしてラウールを彼と仲良くさせるのよ。おばかさんね。」「世紀末」的お嬢さんたち。

以上のようなテストケースで、例の言葉がその発祥地でどう理解されているかはっきりしよう。パリの流行を猿まねして、「世紀末」をもっぱら野卑、俗悪の意味に取っているドイツ人は、お粗末な無知からその語を誤用しているのだ。まさに、前世代に、「ドミ・モンド」(3)という表現の正確な意味を誤解し、「売春婦《フィユ・ド・ジョア》」の意味を与えて、その表現を俗悪にした場合と同様である。実は、造語者デューマの意図は、過去に暗部を持つため、出生、教育、職業によって所属している社交界から締め出されているのに、立居振舞だけでは、その特権階級の一員として認められていないことを、少なくとも未熟者には容易に尻尾をつかませない人々をあらわすことであった。

一見したところ、君主としての諸権利を大金の小切手と引き換えに売り渡す国王は、気球で新婚旅行に出かける新婚夫婦と何ら共通点はないようだし、バーナム(4)のような司教と、友人に「扈従の騎士《シシスビオ》」付き財産目当ての結婚を勧める育ちのよい娘との間に、すぐに識別できる関連はない。にもかかわらず、ここにあげた「世紀末」的事例には、共通点がある。すなわち、伝統的慣習や道徳への軽蔑である。

以上が、「世紀末」という語に潜む概念である。それは、理論上はまだ効力を持つ伝統的規律（秩序）からの実質的解放を意味する。放蕩者にとっては、拘束のない淫蕩であり、人性に潜む獣性の鎖を解くことである。心の萎えたエゴイストにとっては、同胞への配慮を蔑視することであり、金銭欲と快楽欲を封じる障壁を踏み倒すことである。世間を軽蔑する者には、たとえ美徳で抑制されなくとも、偽善的には隠蔽されるはずの卑しい衝動や動機を破廉恥にも優先させること、信仰者の場合は、教義の拒絶、超感覚的世界の否定、完全な現象論への堕落である。審美的戦慄を切望する感受性の鋭い者の場合は、芸術における理想の消失であり、既成の芸術形式には感情の刺激を感じないことである。そして、すべての者にとっては、何千年もの間、論理を納得させ、邪悪を拘束し、あらゆる芸術に何らかの美を完成させてきた既成の秩序の終焉を意味するのだ。

歴史上のある時期が衰退の道をたどっており、別の時期の接近が告知されているのは、紛れもない事実である。あらゆる伝統が音を立てて崩れ、明日は今日と繋がらないかのようだ。現状はよろめき、つんのめり、めまいを起こして、倒れようとする。なぜなら、人間は疲れ果てており、現状は支えるに値しないものと信じているから。これまで人々の精神を支配してきた考えは、死滅したか廃位された王さながら追放されてしまったかだが、その継承をめぐる、称号保持者たちと王位簒奪者たちは闘争中で身動きできない。とかくするうちに、君主不在期間につきもののあらゆる恐怖が広がる。権力者間には混乱が生じ、指導者を奪われた民衆はどこを向けばよいか分からない。強者が思いどおりにし、偽予言者が立ち、主権は、時が短いために罰の重い者たちの間で分けられる。人々は手近にある新しい物に手当たり次第、どこから来るのか何なのか知りもしないで、憧憬の目を向ける。彼らは混沌とした思いの中で、もつれた網の上を歩く秩序の啓示を、芸術に仰ぐ。詩人、音楽家は文明の今後の進化を、予告か予言か、少なくとも暗示するはずなのだ。明日は何が評価され——何が美とされるのか、明日何を知り――何を信じるのか、何に霊感を得、どう楽しむのか、そういった問を何千ともしれない声が発し、市場商人が屋台を出して答えをやろうとわめくところや、ばかやならず者が突然、韻文か散文で、音か色で、予言し始めたり、先人やライバルとは違う芸術の実践を提言したりするところには、大群衆が集まり、周囲に群がり、彼の作品が、ピュティア(5)の神託のように、予言し解釈する意味を探し求める。それが不明瞭で、無意味であればあるほど、啓示を渇望する哀れな魂に未来を伝え、貪欲に、熱烈に解釈される。

このような奇観が国々の黄昏の赤光の中にある人々の行為によって呈示される。雲は大空に重なり合って、不気味に美しい輝きの中で燃えている。クラカタウ(6)の噴火後何年間か観測された輝きである。地球上を影が這い、深まる闇で覆い、全てを不可解な薄暗がりで包み込む。その中で、確実性は破壊され、どんな推量ももっともらしく聞こえる。形は輪郭を失い、漂う靄の中に溶けてしまう。昼は終わり、夜が迫る。老人たちは夜の接近を不安げに見つめ、生きてその終わりを見届けることはないのだと恐れる。若く強い数人だけが全血管と全神経に生命の活力をみなぎらせ、日の出の到来に歓声を上げる。新しい日が明けるまでの暗闇の時間を埋める夢は、前者にはわびしい思い出を、後者には高潔な希望をもたらす。そして、その夢が感覚で捉えられる形となったものを現代の芸術作品の中に求める。

ここで、誤解の生じないよう予め断っておきたい。中流、下層階級の大多数は当然、「世紀末」的ではない。確かに、時代の精神は国々を根底から揺るがして、最も未熟で未発達な人間にさえ、動揺と激変という瞠目すべき感情を目覚めさせている。しかし、このやや軽い心的船酔いのようなものは、その人々に、陣痛にある女の願望を喚び起こすことはなく、新しい審美的要求を表現することもない。ペリシテ人(7)や無産者階級《プロレタリア》が、なじみのある古くからの芸術や詩に見いだす満足はまだ弱まっていない。ただし、熱烈な流行の信奉者の嘲笑的視線に会わず、気楽に自分自身の好みにまかせうる場合に限るのだが。彼はオーネの小説を象徴派のどの詩人や画家よりも好み、マスカーニの『カヴァレリア・ルスティカーナ』をワーグナーの信奉者より、ワーグナーその人より愛好する。ぞんざいな茶番劇や演芸場《ミュージック・ホール》のメロディを忠実に楽しみ、イプセンに欠伸をしたり、腹を立てたりする。ミュンヘンのビール酒場や田舎の居酒屋を描いた多色石板刷り絵《クロモリトグラフ》を満足げに鑑賞し、戸外の画家には一瞥もくれない。本気で新傾向を楽しみ、それのみが健全であり、確実な未来への案内者であり、喜びと精神的利益のしるしであると、純粋な確信をもって公言する者は非常に少数である。しかし、この少数派が、まるで少量の油が広い海面に延び広がるように、社会の目に見える全表面を覆う天賦の才を持っているのだ。その構成員は主として教育のある富者か、狂信者である。前者は、俗物や愚者や間抜けに最新流行を与え、後者は、意志薄弱で自立できない者に影響を及ぼし、神経質な者を威圧する。俗物共は、かつて美と考えられた全てを、深い軽蔑を込めて無視し、えり抜きの高級少数派と同じ趣味を持っているふりをする。こうして、全文明人が国々の黄昏の美学に改宗したかのようである。

第二章　諸徴候

ヨーロッパの各首都の宮殿を頻繁に往訪する列車や、上流の人々の集まる海水浴場の当世風の本通りや、富豪のパーティについて行ってみよう。そして、そこの構成者たちを観察しよう。

婦人の中の一人は頭髪を、フィレンツェのウフィツィ所蔵のラファエル作「マダレナ・ドニ」のように、滑らかに背中に垂らしている。別の女性は、ルーヴルの胸像のティトゥスの娘ユリアか、トラヤヌス帝妃プロティナのように、こめかみの上高く上げている。三人目は十五世紀の流行にならい、額で前髪を短く、えり首で長く切り、ウエーブをつけて軽くふくらませている。ジェンティーレ・ベルリーニ(1)やボッティチェリやマンテーニャ(2)の小姓や若い騎士に見られるようなものだ。髪を染めている者は多いが、その方法はぎょっとするほど有機的調和の法則に反逆し、作意的な不調和の効果を上げていて、全体として、高度な多声音楽のような化粧に変容するのである。こちらの浅黒い、黒目の女性は、自然を無視して、褐色の顔を赤銅色や黄金色で縁取っている。あちらの乳色と薔薇色肌の碧眼の美女は輝く頬の色を人工的な青黒い巻き毛の中にはめ込んでいる。ここには、巨大な重いフェルト帽で頭を覆っている女がいる。後ろでつばを折り返し、大きなフラシ天《ビロード》の玉飾りから見ると、明らかにスペインの闘牛士のかぶるソンブレロの模倣だ。一八八九年のパリ博覧会でその技を披露した闘牛士たちは、婦人服飾品業者にあらゆる種類のモチーフを提供したのだ。あそこにいる女は、髪に中世の研修学生のかぶったビレタのエメラルド・グリーン色やルビーのような紅色を乗せている。衣装の方も突飛な髪型やかぶりものと調子が合っている。こっちには、腰まで届き、片方にスリットの入った、胸にカーテンのような襞のある、裾にぐるっと絹の鈴飾りが付いたマントがある。感じやすい者ならその鈴の絶え間ないチリチリ音に即刻催眠状態に陥るか半狂乱で逃げ出してしまうだろう。そっちには、仕立て屋が立派な言語学者のようにぺらぺら講釈するペプロスがある。メディチ家のカテリーナの威風堂々とした堅苦しい装いや、スコットランドの女王メアリのひだえり《ラフ》のとなりに、メムリンク(3)の絵画の受胎告知の天使の流れるような白衣と、その対照に、広く開いた折り返し襟のぴちっとした布地のコートに、ベスト、のりでぱりぱりのシャツフロント、小さな立ち襟とネクタイという漫画のような男装が並んでいる。大多数は想像力の乏しい凡庸さが目立たないように、主として、ぎごちないロココ・スタイルを取り入れているようだ。まごつくばかりねじれたラインや、理解できない突起やふくらみ、のびちみ、無理に始まり無用に終わるひだ、など、人間らしい輪郭はすっかりなくなり、女体は「黙示録」の獣に似ているかと思うと、安楽椅子や祭壇画などの礼拝用装飾品にそっくりなのだ。

このように飾りたてた母親について歩く子供たちは、独身女の想像力というものがかつて陥った非常にはた迷惑な過ちの具現である。つまり、子供らはケイト・グリーナウェイの絵に生き写しなのだ。子供たちに対する彼女の愛は、自然の流れを逸脱し、非常に気取った画風に満足を求めた。神聖な幼児期を愚かな変装で冒涜している。ここに、頭から足まで中世の死刑執行人の着た血のように赤い衣装をまとった悪童がいれば、あちらにいる四歳の女児は曾祖母の時代の幌型ボンネットをかぶり、色のけばけばしいビロードの宮中マントを引きずっている。やっとよちよち歩きのできるちび嬢ちゃんが、第一帝政[4]の貴婦人のように、パフ・スリーブにハイ・ウエストのロングドレスで盛装している。

絵を完成するのは男たちだ。彼らはペリシテ人の嘲笑を恐れてか、わずかに残る健全な趣味からか、奇異に過ぎてはいない。茶番劇役者と張り合って、片めがねとクチナシの花を付けて、金属ボタン付き赤モーニングや半ズボンに絹靴下といったたぐいは別として、当代の男装束の規範からはほとんど逸脱していない。だが、頭髪に関しては、気まぐれが自由自在にふるまっている。ルキウス・ウェルス[5]風の短い巻き毛と、先が二つに分かれたウェーブのある顎髭を見せびらかしている者や、日本の掛け軸に見られる頬髭猫にそっくりの者もいる。その隣の男はアンリ四世風の山羊髭を生やし、もう一人はF・ブルン描く傭兵の猛々しい口ひげを、あるいは、レンブラントの『夜警』の市警備員のもじゃもじゃ顎髭だ。

以上、男の見本に共通する特徴は、真の特性を表現せず、自分でないものを披露しようとしていることである。彼らはありのままの姿を示したり、近いタイプに調和するよう正統なアクセサリーで補ったりに満足せず、自身の本性とは似ても似つかず、それどころか正反対とさえ言える、ある芸術のパターンに自分を合わせようとするのだ。さらに、通常、一つの型に限定しないで、互いに調和しない数種類を同時にまねる。そのため、肩には、別の肩から取った頭を乗せ、衣装はまるで夢の世界のように支離滅裂な構成で、色彩は暗闇で組み合わせたかのようである。頭部も役柄に合わせて、誰も彼もが仮装している、仮装舞踏会のような印象を受ける。その事例はいくつかある。例えば、パリ・シャン・ド・マルス・サロンでのワニスの日(6)や、ロンドンのロイヤル・アカデミー展覧会のオープニングであるが、仮装祭りも行き過ぎの印象を受ける。神話の死体置場で、胴体、頭、胸、手足など部分部分を、手当たり次第継ぎ合わせた人形に、デザイナーが大慌てのため不注意に、あらゆる時代と国の衣類をいきあたりばったりに着せたものの間を動き回っているような気になる。明らかに、一人のこらず、輪郭、一式、裁断、色彩に特異性を出して、ぎょっとするほど荒々しく人目を引き、そのまま引き留めようと懸命である。各自、好ましかろうとなかろうと、神経の強烈な刺激を生み出したいと願う。どんな犠牲を払っても効果を上げる、が固執観念である。

この仮装し、頭部も役柄に合わせた輩たちの跡をつけて、住まいまで行ってみよう。劇場用小道具類とがらくた部屋、古着屋に博物館だ。屋敷の主人の書斎は、壁に胴鎧、楯、十字軍の軍旗を掲げた、中世の騎士の広間か、または、クルドの絨毯、ベドウィンの櫃、チェルケスの水ギセル、インドの漆塗りの小箱などを並べる東洋の市場の店である。炉だなの上の鏡の横には、日本の面の恐ろしいのやおかしいのが置いてある。窓と窓の間の壁では、剣、短剣、こん棒、旧式の回転引き金のピストルなどの戦利品がにらんでいる。昼光が、痩せた聖人たちの恍惚と跪いているステンド・グラスを通して入ってくる。応接間の壁には、二世紀間の太陽で（もしかすると、秘伝の化学調合液で）色褪せ、虫の食ったゴブラン織が吊ってあるか、モリスの掛け布が垂れている。モリスの掛け布では、突拍子もなく伸びる枝の間を奇妙な鳥が羽ばたき、見えっ張りな蝶々と下品に赤い花がいちゃついている。当世のなまった身体が慣れ親しんでいる安楽椅子やふんわりした座部に混じって、ルネッサンスのスツールがあるが、そのハート型または貝殻型の座部に引きつけられるのは、せいぜい馬上試合場の荒っぽい英雄の堅くなった皮膚ぐらいだろう。ぎょっとするほど効果的なのは、象眼《ブール》細工の飾り棚と中国製テーブルとの間に置かれた金箔張りの長椅子で、その隣りには、優雅なロココの象眼模様の書き物机がある。台という台、棚という棚には、大小の古代の遺物や骨董品が陳列してあるが、大体において、本物という保証はない。壊れた翡翠のかぎたばこ入れの近くにタナグラ(7)小像、ペルシアの首の長い真鍮製水差しの側のリモージュの皿、彫刻入りの象牙で装丁した祈祷書と彫刻した銅製のローソクの芯切りとの間のボンボン入れ。絵画はビロードで襞をよせたイーゼルに立ててあり、額は蜘蛛の巣の中の蜘蛛とか、金属のアザミの花束といった奇異をてらったものである。部屋の一隅には、座像か立像の仏陀のために、寺院のようなものが建っている。館の奥方の私室は礼拝堂とハレムの性質を共に備えている。化粧台はデザインも装飾も祭壇のようで、祈祷台は部屋の主の信心のしるしであるが、クッションに飲めや歌えの放縦ぶりが漂う広い寝椅子は、事態はそう悪くもないと請け合っている。ダイニング・ルームでは、壁に磁器店一軒分の在庫品が掛けてあり、高価な銀製品が古い農家の食器棚に陳列され、テーブルに貴族的な蘭が花咲き、見事な銀器が素朴な石陶皿と水差しとの間で輝きを放っている。夜になると、人の背丈もあるランプが、赤、黄、緑色のぶざまに幅広のシェードで和らげられ、ぼかされ、さらに、黒レースで覆われて、この部屋部屋を照明する。そのため、住人たちの登場は、多彩な色模様の透明な霞に包まれていたり、色とりどりのきらめきに満ちていたりする。一方、部屋の隅や奥は、人工的効果のほの明かりに深く覆い隠されていて、家具や骨董品は非現実的な色の調和に染まっている。非現実といえば、わざとらしい気取ったポーズもそうだ。そういうポーズを取ることで、この館の住人たちはレンブラントやスハールケンの光の効果を自分たちの顔面に再現できる。このような館にあるものは何もかも神経を興奮させ、感覚を眩惑することを狙っている。配置の支離滅裂で対照的な効果、形と目的の間の不変的矛盾、多くの品の突飛さ加減はうろたえさせることが狙いである。意図がたやすく理解できる構成から感じられる安堵感があってはならないし、自らの環境の隅々が即理解できる快感もあってはならない。ここに入る者はまどろむのではなく、戦慄しなくてはならない。もし館の主がバルザックの例に倣って、白い修道士頭巾をかぶったり、リーシュパン風にオペレッタの盗賊の首領の赤い外套で部屋部屋を放浪するとすれば、この喜劇劇場のような場所に道化もちゃんと揃っている、と自認していることになる。すべてはつじつまの合わない、でたらめな寄せ集めである。ある一定の歴史上のスタイルに従う統一は時代遅れで、野暮で、無教養と見なされるが、今の時代はまだ独自のスタイルを生み出してはいない。多分、シャン・ド・マルスのサロンに展示された、カラバンの家具に始まるだろう。しかし、裸身の狂女や悪魔憑きが狂乱状態で駆け下りるてすり、ギロチンで切られた頭を積んでできた本箱の底と片蓋柱、小鬼たちがかついでいる巨大な開いた本を象るテーブルは、熱に浮かされた、地獄のようなスタイルを作り上げている。こういった家具はダンテの「地獄編」の総監督用の謁見室にさぞぴったりであろう。カラバンの創作家具は普通家屋用であろうが、どれも悪夢のようだ。

　これまで、社交界の人々の装束と住居を観てきた。これから、彼らの楽しみ方と刺激と気晴らしを求める場を観察しよう。美術展で、彼らが品のよい歓声をあげて群がるのは、若草色の髪の毛、硫黄のように黄色いか火のように赤い顔、菫色やピンクでまだらになった腕に、どこか夜着に似た輝く青雲をまとった、ベナール[8]の女たちのまわりだ。つまり、彼らは大胆で、革命的なほど放蕩な色彩を好む。いや、専らそれだけでもない。ベナールの次に同じくらい、いや、よりうっとりと崇拝するのは、蒼白で、半透明の水しっくいで消したかのような、ピュヴィス・ド・シャヴァンヌ[9]の作品であり、とらえどころのない蒸気に包まれて、もうもうと立ち込める香で燻しているような、カリエール[10]の作品、あるいは、いぶし銀のような光沢で揺らめく、ロル[11]の作品である。目に映る作品全体を魅惑的な青色に浸すマネ派の赤紫や、ある古代の墳墓から、色褪せ、茫漠と蘇ったような、「擬古主義者」の中間色、いやむしろ、幻想色や、「枯葉」、「古象牙」、黄色い蒸気、くすぶった赤紫などの絵の具は、官能的な「管弦楽法」的ベナール部門より、概して熱狂的な視線を浴びる。このえり抜きの観衆は絵画の主題には見向きもしない。「物語」の余韻にひたるのは、お針子か田舎者だけで、リトグラフを有り難がる常連だ。しかし、後者は好んでアンリ・マルタン[12]の『万人とその怪獣キメラ』の前で立ち止まる。黄色いスープのような雰囲気の中で、むくんだ人物たちが、詳しい説明の要る、不可解なことをしている絵だ。または、ジャン・ベローの『キリストと姦通の女』の前で。これは、あるパリっ子のダイニング・ルームで、礼服を着た社交界の人々の真ん中で、舞踏服の女を前に、東洋の正装を身にまとい正統な光輪をつけたキリストが、福音書の一場面を演じているものだ。または、デッサンは高浮彫だが、溝の汚水とどろどろの粘土で色付けした、ラファエリ[13]のパリ界隈の飲んだくれや人殺しの前で。画廊の中を練り歩く、「上流社会」の跡を追っていると、庶民ならどっと吹き出すか馬鹿にされたと顔をしかめるような絵の前で、彼らが目をあげたり手を組んだりすること、また、庶民が喜び楽しんで立ち止まるような絵には、肩をそびやかし、冷笑的な視線を交わして急ぎ立ち去ることが確認できるであろう。

オペラやコンサートでは、洗練された古代の曲は冷淡に聞き流される。クラシックの巨匠たちの清澄な主題の扱い方、良心的な対位法遵守は間が抜けて退屈だと見なされる。カデンツの優雅な、「消えゆく終止」の静かな終結部、正確な和音の保続音は欠伸を誘発する。喝采と花輪を受けるのはワーグナーの『トリスタンとイゾルデ』、特に、霊妙な『パーシファル』、ブリュノーの『夢』の宗教音楽、セザール・フランク[14]の交響曲だ。音楽は聴衆を喜ばせるために、敬虔な信心を装うか、形式で精神をかき乱さねばならない。聴衆は楽曲のどのモチーフも心の中で無意識に展開する習性がある。したがって、作曲者が自分のモチーフを成就する施法は、この聴衆の展開とは全く異なる義務がある。推量を許してはならないのだ。協和音の音程が予期されるところでは、不協和音の音程が演奏されねばならない。もし聴き手が、明白な最終カデンツの中で、ある楽句が自然な終焉へ展開することを願うなら、その楽句は小節のさなかで鋭く中断されねばならない。主調音と音の高さとは突然異変しなければならない。オーケストラでは、活気のある多声音楽が同時に数方向で注意を喚起しなければならない。個々の楽器、あるいは、数個の楽器群がたがいを気にせず、同時に聴き手に訴えねばならない。その結果、聴き手は騒がしい多数の声で言われたことを理解しようと無駄骨を折る人のように神経が興奮することになる。たとえ手始めに明瞭な輪郭を持っていても、テーマは絶えず不明瞭に、霧の中に消えていくようでなければならない。その霧中で、想像力は飛翔する夜の雲のように、好みの形を見る事ができる。音の潮流は境界線も終点も無視して流れ続け、果てしない三連音符の半音階楽節の中で激しくうねらなければならない。もし時折、聴き手がそれに惑わされ、押し流され、陸を求めて凝らした目に遠い岸がちらりとでも入れば、それははかない蜃気楼だと分かる。音楽は絶えず約束し続けねばならないが、決してその約束を果たしてはならないし、ある偉大な秘密を告げるかにみせて、待ち兼ねる言葉を高鳴る胸に告げる前に、押し黙るか、途絶えてしまうのだ。聴衆はタンタロスの気分を求めてコンサート・ホールにやって来るが、夜毎の逢い引きで門のかかった窓越しに何時間も愛撫を交わした若い恋人同士のように、神経を疲労させ切って帰って行く。

ここに描かれた公衆が楽しみ、啓発を受ける書物は、奇妙な匂いを放っている。香、オー・ド・リュバン、老廃物と嗅ぎ分けうる匂いであって、かわるがわるにどれかが強くなる。汚水の発散する臭気は流行遅れになった。ゾラの芸術と彼の弟子たちの汚物は文学の運河浚渫で除去されてしまったので、水面下の人々と下層社会に向くほかないのだ。文明の先駆者は、生《きい》のままの自然主義の穴に向かって鼻をつまみ、巧みな工事で婦人の寝室や聖具室からの排水がそこに流れ込んだときのみ、同情と好奇心から目を向ける。単なる好色は平凡だ、と無視され、何か不自然や退廃の変装をすれば認められる。男女関係を扱う書物は、わずかでも保留があれば、道徳臭くて退屈になる。洗練された快い刺激は正常な性的関係が止むところにのみ始まるのだ。プリアポス(15)が美徳の象徴となっている。悪徳の具現は、ソドムとレスボス、青髯の城と「神聖な」サド侯爵の『ジュスティーヌ』の召使部屋に見られる。

流行になってもてはやされるために、書物は、何より、不明瞭でなければならない。明解なものは大衆向けの安物である。さらに、説教壇調で論じなければならない——控えめに口達者で、だが押しつけすぎずに。きわどい場面には、卑賤な人々や苦しんでいる人々用に、涙をさそう愛のほとばしりか恍惚たる信心の補足が必要である。幽霊の話はとても人気があるが、催眠術やテレパシーや夢遊症などの科学的偽装で持ち出さねばならない。マリオネット劇も人気がある。うぶなふりをした抜け目のない悪者が、くたびれた古いバラッドの人形に幼児か白痴のような詰まらぬおしゃべりをさせる。密教小説も人気がある。著者は魔法、カバラ(16)、イスラム教・ヒンズー教苦行主義、天文術、その他白黒を問わず魔術について何でも知っていると言わんばかりだ。読者は、象徴的な詩の朦朧とした言葉の連続に夢中になる。イプセンがゲーテを王座から追放し、メーテルリンクがシェイクスピアと同列に並ぶ。ニーチェがドイツの批評家ばかりかフランスの批評家からも当代随一のドイツ人作家と宣言される。『クロイッツェル・ソナタ』は、恋愛には素人で、恋人を失った婦人たちの聖書《バイブル》である。優雅な紳士たちはジュール・ジューイ、ブリュアン、マックナブ、ザンロフらの街頭歌謡や囚人歌曲が、いわゆる「その歌謡歌曲に脈打つ暖かい思いやり」ゆえに、非常にしゃれていると思う。そして、信条と言えばバカラ(17)と金融市場だけの社交界人がオベルアンメルガウの受難劇に巡礼し、ポール・ヴェルレーヌの聖母マリアへの祈りに涙を拭うのだ。

しかし、美術展覧会、コンサート、演劇、書物は、いかに非凡であろうとも、上流社会の美的要求には十分応じえない。新奇な感覚だけが満足を与えうる。より強烈な刺激を要求し、しかも華々しい刺激を望む。つまり、さまざまな芸術が一緒に新しい組合せを試みて、全感覚を同時に動かすようなことだ。詩人と芸術家は絶えず全神経を緊張させて、この熱望を満足させようとする。新しい印象より古い誇張に従事する画家は、『レクイエム』作曲中の瀕死のモーツァルトをなかなかうまく描き、ある夕、暗くした部屋に展示する。まばゆい電灯の光線が巧みにその絵に当てられ、隠れたオーケストラが静かに『レクイエム』を演奏する。ある音楽家はさらに一歩進む。バイロイト(18)の伝統を極力発展させ、真っ暗なホールでコンサートを準備し、音楽的感動を高めるために、別種のうまく隠し並べた感動を与えることによって、聴衆を喜ばせる。詩人のアロウクールは福音書を言い換え、きびきびした韻文に書き変えて、舞台でサラ・ベルナールに朗読させ、その間、流行遅れのメロドラマのように、いつ終わるとも知れぬ旋律で静かな音楽を伴奏に流す。これまで美術によって下品と決めつけられていた鼻さえ、先端を行く者たちを魅了し、美的喜びへの参加を求められる。劇場にホースが備えられ、観客は香水を噴霧される。舞台では、ほぼドラマ形式の詩が朗読される。呼び方は何であれ、章節、幕、場面毎に、別々の母音が優位を占める。劇場は別々のライトで照明され、オーケストラは別々の主調音で音楽を奏で、ホースの口からは別々の香水が噴射される。詩に香りを添えるというこの着想は何年も前に、エルネスト・エクシュタインが冗談半分に思いついたのだった。パリはそれを神聖な真面目さ《アーネスト》で実行してきた。この新派は子供部屋から人形芝居を取ってきて、大人のために何本か上演する。その芝居は、わざとらしい純真さで、深遠な意味を隠したり、あらわにしたりするふりをして、実に巧みに器用に、すばらしい照明を背景に、きれいに描いて塗った人形たちの幻灯機を動かす。この活人画は、同時に朗読される詩の作者の心に浮ぶ思いを目に訴えるものにする。ピアノが感情の主題を表現しようと奏でられる。そして、このような公演会を楽しみに、社交界は郊外の円形広場《サーカス》、裏長屋の屋根裏、古着屋、異様な美術家のレストランになだれ込む。そこでは、ビール酒宴に献げられた部屋で、脂ぎった常連客と上品な貴族の青二才とが一緒に興行を楽しむのだ。

第三章　診　断

前章で描写した諸徴候は、いかに狭量な俗物の目にも明白であるにちがいない。しかしながら、俗物はそれを一過性の流行にすぎないと見なす。彼には、気まぐれ、奇行、きざな斬新、模倣、本能、などの流行語で十分説明が足りる。純粋に文学的な精神の持主は、審美的な教養だけでは事物の関連を理解したり真意を把握したりできないので、自らの無知について、おおげさな語句で自他を欺き、「現代精神による新理想のたゆまぬ探求」、「今日の洗練された神経組織の震動」、「えり抜きの精神に未知の感動」等と高尚げに語る。しかし、医者は、特に、神経や精神疾患の研究に専念してきた者は、「世紀末」気質に、また現代美術・詩の傾向や、神秘主義的、象徴的、「退廃的《デカダン》」作家の生活や素行に、そして、その崇拝者たちが上流社会嗜好や審美的本能に従って取る態度に、定義の明確なおなじみの二疾病、すなわち、変質とヒステリーの合流を、一目で見抜くのである。軽症のヒステリーは神経衰弱と呼ばれる。この二つの器質状態は互いに異なるものの、共通の特徴が多く、頻繁に併発する。そのため、混成した状態で観察する方が、別個に観察するよりたやすい。

変質の概念は今日、精神医学界で通用しているが、初めて明解に把握し、系統立てたのは、モレル(1)であった。彼の主著――引用されることは多いが、あいにく十分に読まれていない――に、この精神病理学の碩学は「変質」という語に託した定義を、次のように表現している。彼はドイツで、短期間だが、専門外の分野でも著名であった。(2)

「変質の明確な概念とは、『原始型からの病的逸脱』ということになる。この逸脱は、たとえ、最初は非常にわずかであっても、その萌芽を持つ者は、しだいに世間における役割の遂行ができなくなるという性質の遺伝的要素を含む。また、その人自身において精神発達が阻まれると、彼の子孫にも同じ危険が生じるのだ。」

どんな種類でも有害な影響を受けて、有機体が衰弱すると、その後継者は、発展能力をもつ、健全な正常種には似ず、新亜種を形成する。それは、他の亜種と同様、絶えず度合を増して、その異常性、すなわち、正常な形からの病的逸脱――発達障害、奇形、虚弱――を子孫に伝える力を持つ。変質と新種の形成(系統発生)との区別は、病的変異は健全種のように存続したり、繁殖し続けたりしないで、幸い、すぐに不毛になり、最下位の有機体に退行し、数世代たつと死滅することである。(3)

変質が人々のうちに本性をあらわにするとき、身体的特徴を伴う。それは「スティグマ(変質徴候)」、すなわち、烙印と命名される。あたかも変質が、当然、罪の結果であり、その徴候は罰であるかのごとく、誤った考えから生まれた不幸な用語である。そのようなスティグマとは、奇形、非対称の第一段階の多重増殖と発育不全、顔と頭蓋骨の左右の不揃いな発達である。また、外耳の不完全発達、つまり、目立って巨大で、把手のように頭から突出し、耳たぶは欠落しているか頭にくっついていて、耳輪が内巻きになっていないものだ。さらに、斜視、兎唇、不揃いな歯並びと形であり、尖った口蓋や平たい口蓋、指間に皮膜のある指や余分の指(合指症と多指症)等々。先に引用した書物で、モレルは変質の解剖学的現象のリストを挙げているが、後世の観察者たちはそれに大幅な追加をした。特に、ロンブローゾ(4)はスティグマの知識を著しく拡大したが、実は、スティグマを「生まれながらの犯罪者たち」に振り当てただけである。彼の言う「生まれながらの犯罪者」(5)とは、変質者の細別にすぎず、正当化できない。非常に科学的なロンブローゾの見地の限界である。フェレはこれを強調して、「社会的偏見によって、悪徳、犯罪、狂気の区別が生じる」と言う。

「変質者」という用語を美術と文学における「世紀末」運動の全創始者に適用しても専断的ではないこと、それが根拠のない思いつきではなく事実であること、を証明する確実な方法があるはずだ。それには関係者を綿密に身体検査し、血統調査すればよい。大抵の場合、疑いの余地なく変質の親戚に出くわすし、「変質」の診断を確実に下すことのできるスティグマを一つ以上発見することになる。もちろん、人道的配慮からそのような調査の結果は公表すべきでなく、調査を手掛ける者のみが納得すればよいのだ。

しかしながら、科学は　この身体的スティグマと共に、精神的スティグマを見いだした。これは前者と同じくらい明瞭に、変質を示す。それは生活表現から、特に、変質者の全作品から、たやすく例証できるので、変質者の部類に所属する事実を認定するために、作家の頭蓋骨を測ったり、画家の耳たぶを見たりする必要はない。

この人々には、多数のさまざまな名称が与えられた。モーズリとボール(6)は「境界地の住人」――すなわち、理性と明白な狂気との境界地に住む人――と呼ぶ。マニャン(7)は「優秀変質者」と名付け、ロンブローゾは「マトイド（狂人に類似の精神異常者）」（狂人の意のイタリア語「マットー」から）とも「書字狂患者」とも言う。後者の下に、著述への強い衝動を感じる半精神異常者を分類している。しかしながら、呼称はさまざまだが、問題となるのはただ一種の人々にすぎない。彼らは、精神的面相の類似によって、同類であることを暴露する。

変質者の精神的発展には、身体的発育の場合と同じ不揃いが見られる。いわば、顔面と頭蓋骨の非対称は、対の片割れを精神機能に見いだすと言える。前者には完全に発育不全であるものや、病的に肥大しているものがある。ほぼ全ての変質者に欠落するのは、倫理観と善悪の観念である。彼らには法も品位も慎みも存在しない。つかの間の衝動、好み、気まぐれを満足させるために、犯罪や違反を平然と自己満足をもって犯し、相手がそれに立腹してもおかまいなしだ。この現象が度を越すと、モーズリの言う「精神異常(8)」に当てはまる。しかし、初期の段階では、変質者は刑法にふれる行為は犯さない。犯罪の理論上の合法性を唱え、哲学的な誇張表現で、「善」と「悪」、美徳と悪徳、の区別は専断的だと証明する。悪人とその行為に酔い、低級で胸の悪くなる事物に美を発見すると言う。そして、獣性に対する興味や「理解」を起こそうとする。精神異常の発展を測る心理学的原因は二つある。第一は、抑制できないエゴイズム、[9]第二は、衝動性、[10]——すなわち、どんな行為でも突然の衝動に抵抗できないことである。また、この二特徴は変質者の知的スティグマの主なものである。本書の後半で、変質者が利己的で衝動的である器質的根拠を、つまり、脳と神経組織の異常の結果であることを、説明しようと思う。この序論部分では、スティグマそのものを指摘するにとどめたい。

変質者のもう一つの精神的スティグマは、感激性である。モレルはこの特異性を主要特徴とさえ考えたが、間違いである。というのは、これはヒステリー患者にも同程度に存在し、それどころか、病気や極度の疲労や精神的ショックなど暫定的理由から、一時的衰弱に陥った、全く健全な人々の中にも見いだされるからである。にもかかわらず、変質者には不可欠の現象である。彼は涙が出るほど笑い、理由もないのに大量の涙を流す。詩や散文の陳腐な一行で背筋に戦慄が走るほど感動する。取るに足りない絵画や彫像の前で陶然とし、特に、音楽には、退屈きわまる称賛に値しないものにも、激しく感情を揺さぶられる。彼は自分が共振する楽器であることを非常に誇りとし、俗物連が冷え切ったままなのに、自分の内面は混乱し、内奥は破壊され、美の至福が指の先まで占めるのを感じると自慢する。興奮し易さは彼にとって、優越のしるしなのだ。他の人間に欠落している特殊な洞察力を自分は所有していると信じ、通俗の輩を精神が鈍く狭いと言って軽蔑したがる。彼は不幸にもうぬぼれが病気であり、自慢が精神錯乱であることに気づきもしない。そして、愚かな批評家は、理解力の欠如と判決されるのを恐れ、まずいばかげた作品について変質者の感情を共有しようと必死の努力をし、変質者が発見したと主張する美を大袈裟に褒めて、無意識に半狂気のスティグマを模倣しているのである。

精神異常と感情本位に加えて、変質者には精神虚弱と落胆性が観察される。それは生活環境によって、悲観主義、人間や宇宙の現象への漠然たる恐怖、自己嫌悪となる。モレルによると、「この患者たちはたえず追い立てられるように、……自己憐憫、すすり泣き、一本調子で同じ質問と言葉を繰り返す。譫妄状態で廃墟や永劫の罰、あらゆる種類のありもしない不安を見る」。この患者は、「倦怠から解放されることがない」のだ。ルビノヴィッチ(11)はこの症例を「自己への倦怠」と述べる。同氏は「道徳上のスティグマの中には、変質者が、何かを見、嗅ぎ、触るときに示す、名状しがたい不安があることも明記しておかねばならない」と言う。さらに、彼は「あらゆる物と人に対する無意識の恐れ」に注意を促す。このメランコリー人の描写に、つまり、意気消沈し、陰気で、自分と世界に絶望し、未知なるものへの不安に苦悩し、漠然とした恐ろしい危険に脅かされている、という点に、第一章で説明した、「国々の黄昏」人と「世紀末」的精神構造が認められる。

この意気消沈という変質者の特徴に、通例、行動への嫌悪が結びついて、活動忌避と意志喪失(意志欠如)に至ることになる。さて、因果律が人間の思考を支配する限り、人間が自分のどの決心も理性的根拠に基づくと考えるのは、心理学者の認める人間精神の特性である。これをスピノザが適切に言い表している。「もし人間の投げた石が考えることができたら、きっと自分が望んだから飛んだのだと想うだろう」。我々が意識する精神状態・作用の大部分は意識に上らない原因の結果である。この場合、我々はその原因を「帰納的に」でっち上げ、明白な因果関係を要求する自分の精神を満足させ、正しい説明であると納得するのだ。行動を避け、意志力に欠ける変質者は自分の行動無能が先天的脳欠陥のせいだとは全く感づいていない。彼は自主的に行動を軽蔑し、無為を楽しんでいるのだと信じ込んでいる。そして、自己弁護のために、断念の哲学、世界・人類軽蔑の哲学を打ち建て、静寂主義《モリニズム》の美点を理解したと主張し、自意識過剰をもって、仏教徒と称し、雄弁な詩的語句で涅槃こそ人間精神の最高、最上の理想であると賛美する。変質者と狂人とは、宿命的に、ショーペンハウエルとハルトマンの弟子なのであって、仏教に改宗するためには、知識さえ習得すればすむ。

行動無能と関連して、異常なばかりの夢想偏好がある。変質者はどんな対象にも、長く、あるいは、全く、注意を集中できる状態にない。同様に、不完全な感覚作用によって注意散漫な意識に伝達された外界の印象を正確に把握し、整理して、考えや判断を形成する能力もない。彼にとって容易で便利なのは、半透明で、雲のように茫漠たる考えや芽生えたばかりの萌芽のような思考を脳中枢が生み出すままにまかせて、限界も、あても、際涯もない、とらえがたい川のような永遠の混乱に身を委ねることである。彼は気まぐれな、ごく機械的な連想や心象連鎖を意図的に阻止、妨害することも、自分の変わりやすい表象の無秩序な騒乱を制する努力もめったにしない。それどころか、ペリシテ人たちの無味と比べて、自分の想像力に酔い、勝手気ままに放浪する精神が許すありとあらゆる放逸な娯楽にうつつを抜かす。そのため、現実への注意と留意を絶えず要求する、秩序正しい、市民的職業には耐えられない。彼はこれを「理想家気質」と呼び、抵抗しがたい審美的素質を持っていると言い、得意げに芸術家と自称する。(12)

変質者が頻繁に示すいくつかの特異性について簡潔に触れておこう。彼は疑惑に苦しみ、全現象の基礎、特に、その第一原因が不詳の現象の基礎を探索し、その調査も熟考も、当然の結果だが、期待外れに終わると惨めになる。(13)彼は、体系屋の形而上学者、宇宙の謎の深遠な解説者、哲学者の石や円の面積や永久運動の探求者らの軍隊に、絶えず新兵を送っている。(14)特に、最後の三項は彼の興味を引いたため、ワシントンの特許局は、印刷済みの返事を手近に準備して、この奇想天外な問題解決に対するひっきりなしの特許要求の請願書に送り続けねばならない。ロンブローゾの研究(15)のおかげで、革命家やアナキストの著述も行為も変質のせいであることが、ほぼ疑う余地なく判明している。変質者は現状に適応できないのだ。実に、この不適応性こそあらゆる生物種における、病的変種のしるしであり、恐らく、その突然の消滅の主要因であろう。その結果、自制を要求されるゆえに、苦痛を覚える物事の在り方や考えに反逆する。自制できないのは器質的意志虚弱のためである。こうして、彼は世界の改革者となって人類を幸福にする計画を次々立てるが、それらは例外なく衆目を集める。なぜなら、現実の状況に関しては不条理で無知蒙昧であるだけではなく、熱烈な人類愛と感動的な誠意に基づいたものであるからだ。

最後に、変質者の主要なしるしは神秘主義であることを述べて締めくくりとしよう。コリン[16]の言では、「遺伝性患者に特有の譫妄表現のうちで、神秘的譫妄ほど、または、病がそこまで進んでいないときは仰々しい信心、神秘的・宗教的問題に絶えず専念していること、ほど、この状態を明瞭に表示するものはない、と思う」。これ以上証拠や引用を上げるのはやめておこう。現代美術や詩を扱う後の巻で、この傾向と、変質者・遺伝的精神障害者に観察される宗教的狂信との間には、何ら相違の認められないことを読者に説明する機会があろう。

これまで変質者の精神状態を特色づける重要な特徴を列挙してきた。読者はもう「変質」の診断が新審美的風潮の創始者たちに当てはまるか否か、自ら判断できるであろう。ついでながら、変質は才能欠如と同義ではない。変質者を観察してきた研究者のほぼ全員がそれを明白に立証している。ルグラン[17]は「変質者は天才かもしれない。不均衡の精神は最高級の構想を練りうるが、他方、その同じ精神が卑賤と狭量を宿していて、優れた資質と共存しているため一層驚愕する」と言う。この保留は変質者の沿革に貢献した全著述家がしている。「彼らの知性に関して言えば」とルビノヴィッチ[18]は言う、「高度に発展できるが、道徳的見解から見ると、その生活は完全に錯乱状態である……変質者はそのすばらしい能力を偉大な目的のためばかりでなく、下賤を好む性質の満足のために用いるであろう」と。ロンブローゾは紛れもないマトイド、書字狂患者、明らかな狂人でありながら、正真正銘天才である人々を多数引用している。フランスの大学者ゲランサンの発言「天才は神経の病である」は「翼ある言葉[19]」となった。この表現は軽率だった。というのは、そのため無知なおしゃべり連に尾鰭をつけてふれ回る自由と、神経・精神病の専門家を軽蔑する口実、いや明らかに、権利を、与えてしまったから。連中は、普通で無個性で平均的なのを少しでも越える者をみな狂人扱いするからである。科学は、天才はみな狂人だ、とは言わない。幸運にもいくつかの非凡な発達を遂げた能力を所有しつつ、しかも他の能力も標準以下でない、あり余る力に恵まれた、天才がいる。同様に、当然狂人はみな天才ではない。その大半は、たとえ様々な等級の白痴を無視しても、哀れなほど愚鈍で無能である。しかし、多くの、いや、大多数の症例において、マニャンの言う「優秀変質者」は、全体的あるいは部分的に萎縮した他の能力を犠牲にして、例外的に発展した精神的才能を持っているが、[20]時折巨大な体躯や特定の部分の不均衡な成長を呈示している。これによって、熟練者は一目で、健全な天才と優秀な才能をもつ変質者とを識別できる。前者から天才とされる特別能力を取り除いて見るがよい。それでもなお、彼は有能で、際立って理知的で、利口で、道徳的で、判断力があり、社会機構の中で適切な地歩を保つであろう。変質者の場合を試して見よう。残るのはただ、犯罪者か狂人で、健全な人類は見向きもしない。たとえゲーテが詩を一行も書かなかったとしても、やはり彼は世慣れた、高潔な人、美術鑑識家、賢明な収集家、鋭い自然観察家であったであろう。これに反して、世間をぎょっとさせる書を著さなかったショーペンハウエルを想像しよう。我々の前にいるのは、ただ胸の悪くなる「異形」にすぎない。その品行のため堅実な社会から締め出され、迫害の犠牲者という固執観念を抱いているため精神病院におあつらえ向きと名指されるだろう。調和の欠落や平衡の欠如、天分豊かな変質者がその天分を運用できない無能ぶりは、健全な検閲者をぞっとさせる。彼は変質批評家のうるさい賞賛に先入観を持たないよう注意している、そして、マトイドと、人類に新しい道を開発し、人類をさらなる進歩へ導く非凡の人とを取り違えることは決してない。私は、天分豊かな変質者は人類の進歩に有用である、というロンブローゾの意見に賛成ではない。彼らは堕落させ、幻惑させる。ああ、彼らの与える影響は強いが、常に有害だ。すぐには感づかれないが、後で正体を暴露する。同時代人には見抜かれなくても、精神の歴史家が「後験的に」指摘するだろう。同様に、変質者は自分の見つけた、新しいゴールへの道を先導するが、そのゴールとは奈落か荒地である。彼らは鬼火のように沼地へか、[21]ハンメリンのネズミ捕りのように破滅への案内者である。観察者は彼らの不自然な不毛を強調する。タラボードは「彼らは変人。判断の誤った、心の平衡を失った、無能者だ。彼らの属する階級は、精神がないとは言えないが、非生産精神の人々で構成されている」と言い、ルグラン[22]は「彼らには共通の類型がある——判断力の弱さと知能の不均等な発達。……彼らの考えは決して優秀ではない。彼らには偉大な思想や実り豊かな観念を生む能力はない。この事実は彼らの想像力過剰と奇妙な対照をなす」と言う。ロンブローゾ[23]には、「彼らが画家の場合、主な特質は色彩感覚であろう。彼らは装飾的であろう。詩人なら、脚韻は豊かで、文体は華麗であろうが、詩想はからっぽであろう。ときに『デカダン』である」との記述がある。

以上が、新しい道を発見し、熱狂的な支持者から未来の約束の地への案内者と称えられる天分豊かな人々の特質である。彼らの中で優勢なのは、変質者とマトイドである。これに反して、前述の第二の診断が当てはまるのは大部分庶民で、彼らを賛美し、盲信し、彼らのデザインした流行を模倣し、前章に描写した放縦を楽しんでいる。この連中の場合には、主に、ヒステリーか神経衰弱の治療をせねばならない。

次章でその理由を解明するが、これまでヒステリーの研究はドイツよりフランスで盛んであった。どこよりもフランスが、真剣な調査の対象として取り上げていた。ヒステリーに関する知識はもっぱらフランスの研究者のおかげである。アクサンフェルト[24]、リーシェイ[25]、特にジル・ド・ラ・トゥレット[26]の多数の論文がこの病に関する今日の知識を形成している。主としてヒステリー特有の症候を挙げる際に、彼らの論文に言及したい。ヒステリー症の症状——女性専用とか、女性優勢と考えてはならない。男性にも同程度に、いや、より頻繁に見られるのだ[27]——のうちで、何より際立っているのは、変質症の場合同様、途方もない感激性である。「ヒステリー患者の主な特徴は精神中枢の不釣り合いな感動しやすさである。……彼らは、とりわけ、感動しやすい」とコリンは言う[28]。この第一特性から、同じくらい顕著で重要な第二特性——実に容易に暗示に負けてしまうこと——が生じる。初期の観察者はヒステリー患者の止まるところを知らぬ嘘について常に言及している。そればかりか、嘘にひどく憤慨し、嘘をその患者の精神状態の際立った徴候としたが、それは間違いであった。ヒステリー被験者は意識して嘘を吐くのではない。彼は自分の正気の沙汰とは思えぬ作りごとを真実だと信じ込んでいる。病的に移り気な精神、激しやすい想像力、は彼の意識にありとあらゆる奇妙で無分別な考えを伝達する。彼は、その考えが真に知覚されたと自分を暗示にかけて、新しい暗示――彼自身のでも、他人のでも――に追い出されるまで、ばかげた作りごとを真実だと信じ込む。ヒステリー患者は暗示にかかり易い結果、模倣に抵抗できず、作家や美術家の暗示にさっさと屈してしまう。絵画を見ると、姿勢も服装もそっくりになりたいと思い、本を読むとその意見を盲目的に採り入れる。目下読書中の小説の主人公をモデルにしたり、目前の舞台で動く登場人物に自己移入したりする。

この感情本位と被暗示性に、健常者には見られない高度の自己愛が加わる。ヒステリー症者の「私」はその内面の目の前にそびえ立ち、精神の視界を完全にふさぐので、残りの宇宙を隠蔽してしまう。彼は他人に無視されることが我慢できない。彼は自分にとってと同様、同胞にとっても重要人物でありたいと願う。「ヒステリー症者を絶えず追い詰め、支配する要求は――周囲の人々が自分にかかりっきりになること」(29)である。この要求を満たすために、彼は作り話をして他人の注意を引こうとする。ここから、警察と日刊新聞を賑わす危険な事件が発生する。繁華街で、ヒステリー症者は襲われ、身ぐるみ剥がれ、傷を負い、遠くへ引きずられ、放置されて死ぬところだった。命からがら這い戻り、警察に知らせる。体の傷も見せて、一部始終を話す。だが、その話には、真実のかけらもない。全くの夢想、空想である。衆目の中心となるために、我とわが身を傷つけたのだ。ヒステリーの初期段階では、センセーションを巻き起こしたいという要求はこれほど有害ではない。常軌を逸した服装や振舞を誇示するだけだ。「けばけばしい色や突飛な形に熱中するヒステリー被験者もいる。彼らは人目を引き、うわさの種になりたいのだ。」(30)

このヒステリーの臨床像と「世紀末」的大衆の特性との完全な符合に、また、現代の諸現象の考察からなじみ深いものとなった特徴を前者に認める事実に、読者の注意を促す必要は全くない。新旧の絵画の人物の外見——服装、態度、流行の頭髪とあごひげ——を模倣する情熱と、風変りに凝ってうわさの種になろうとの熱い努力とは際立っている。医療を要する状態にある、変質とヒステリーの症例を観察すると、今日の流行に付随する細部を理解する手がかりが得られる。現代の過熱収集癖、「骨董品」といとしげに呼ばれても、価値や美が増すわけではない、目的のない古物を室内に積載することは、マニャンの立証した、変質者のがらくた蓄積欲求を知ると、全く新しい光を帯びてくる。その欲求は非常に強く刻印され、非常に独特なので、マニャンは変質者のスティグマと断言し、「異常購買欲」つまり、「買物狂」という名称を考案した。これを麻痺性痴呆の第一段階にある者にとりつく買物欲と混同してはならない。後者の買物は自分たちの偉大さに関する妄想のせいである。彼らは百万長者だとの幻想を抱いていて、大量に買い込む。その反対に、異常購買欲者は同一品をどっさり買うことはないし、価格にも麻痺性痴呆者と違って無関心なわけではない。彼はただ古道具の側を通ると必ず獲得したい衝動に駆られるだけなのだ。

最近の画家たち——「印象派」、「点描派」または「モザイク派」、「きらめき派」または「ゆらめき派」、「騒々しい」色彩派、灰色と褪色に染める人々——の奇妙なスタイルは、変質とヒステリーの視覚障害に関するシャルコ派の研究を考慮すると、すぐさま理解できる。自分たちは誠実に、自然を見たまま再生すると請け合う画家は真実を語っている。「眼震症」つまり、眼球の震え、を患っている変質画家は、実際、自然現象が震え、じっとしていず、輪郭が明確でないものとして感知する。もし良心的な画家であれば、濡れ犬が激しく身を振るわせるのを描く『フリーゲンデ・ブレッター』(31)のデッサンの巧い画家の様式を思い出させる絵画を描くであろう。彼の絵画が喜劇的効果を生み出さないとすれば、その理由は単に、熱心な観衆が、視覚正常者の考案した画法では十分再生不可能な印象を再生しようとする、必死の努力をそこに読み取るからだ。

網膜が部分的に無感応でないヒステリー患者はほとんどいない(32)。普通、無感応部分はつながり合って、網膜の外側半分を含む。このような場合、視野はいくぶん狭められ、正常者に見えるように、――円として――ではなく、気まぐれなジグザグの線で縁取られた像として映る。しかしながら、無感応部分がつながらず、網膜全体に孤立した点々で散らばっていることが多い。すると、患者の視野には多くの空所ができ、奇妙な効果を生じる。もし彼が見たままを描けば、完全にあるいは部分的に分離した大小の点々を並置したくなるであろう。全部が無感応とは限らない。一色だけの場合もあるし、全色かもしれない。もし感応性が完全に失われたら、彼は全てを灰色一色に見るが、光沢度の差は感知する。このため、自然の絵は銅版刷りか鉛筆画のような様相を呈し、色彩の不在の代わりに光の強度の差、白黒部分の濃淡と強弱が効果的になる。色彩に感応しない画家は当然、くすんだ灰色の絵画を偏好する。同病にかかっている観衆は偽りの彩色を施した絵画に全然異議を申し立てない。しかし、色を全て等しく消すピュヴィス・ド・シャヴァンヌのような水しっくいのほかに、ベナールのようなけばけばしい黄、青、赤への熱狂的愛好者がいるとすれば、その理由も臨床学があらわにしている。ジル・ド・ラ・トゥレット(33)の教えでは、「黄色と青は周辺的な色」（つまり、網膜の最も外側で見る色）、「したがって、最後に感知される色」（残りの色への感応性が破壊された場合）。「この二色こそ、ヒステリー性弱視（視覚の鈍さ）で最も長く感覚が持ちこたえる色である。しかし、多くの場合は、青ではなく赤が最後まで残る。」

また、赤はヒステリー患者の偏好を説明する特徴である。ビネ(34)の実験によって、感覚神経が脳に伝達する印象は、脳が運動神経に与える刺激の種類と強さに重要な影響を与えることが立証された。感覚印象の多くは活動の気力を削ぎ、抑制するように作用する。その逆に、活動をより力強く、迅速に、意欲的にするものもある。すなわち、「動力発生的(35)」、つまり、「力を産み出す」ものである。喜びの感情は常に動力発生、つまり、力の生産とつながるので、あらゆる生き物は本能的に動力発生的感覚印象を求め、気力を削ぎ、抑制するものを避ける。さて、赤は特に動力発生的である。半身麻痺の女性ヒステリー患者への実験報告書で、ビネは「アメリー・クレの麻痺した右手に握力計を乗せると、その手の圧力は十二キログラムまで上る。もし同時に赤いディスクを見せると、圧力計の圧力の数字は直ちに二倍になる」と言う。ヒステリー症画家が赤にふけること、ヒステリー症観衆が動力発生的で、喜びの感情を産み出す絵画を歓迎することの、よい説明である。赤が動力発生的であるとすれば、青紫は、逆に、力を削ぎ、抑制的である。[36] 多くの国々で、青紫が喪服の色に選ばれ、わが国でも半喪服に選ばれたのは偶然ではないのだ。この色を見ると意気消沈してしまうし、この色が呼び起こす不快感は悲嘆気質の心を滅入らせる。したがって、ヒステリーや神経衰弱にかかっている画家は、倦怠と疲労という状態にふさわしい色彩で、一面に絵画を覆ってしまおうとする。こうして、マネとその派の青紫色の絵画が生れるのだ。それは自然を現実に観察したものではなく、神経状態に左右された主観的見方から生じたものである。当時の美術ギャラリーや美術展覧会場の壁面全体が一様に半喪色のベールで覆われているかのような、青紫色への偏好は、画家の神経衰弱を表現しているにすぎないのだ。

もう一つ、変質の症例とヒステリーの症例において大いに特徴となる現象がある。それは、今日の文学と美術に見られる、極端に非開放的で排他的なグループや流派の形成である。精神が整然と均衡状態にある健全な芸術家や作家は、集会を結成しようなどとは考えもしない。それは団とか派とか随意の呼称を持つが、教理問答書《カテキズム》を考案し、一定の美学教義で束縛し、スペインの宗教裁判官のような狂信的不寛容で名簿登録をする。人間の活動に独立個人的なものがあるとすれば、芸術家の活動にほかならない。真の才能は常に個人的である。真の才能はその作品に自分自身と自らの見解と感情とを再現するのであって、美の唱導者などから学んだ信仰箇条をではない。真の才能は自らの創造的衝動に従うのであって、芸術・文学の新教祖の説く理論的教義にではない。それは自らに有機的に必要な形で作品を構成するのであって、時代の流行が要求する指導者の公言する形でではない。芸術家や作家が何かの「イズム」の党スローガンを宣誓して入党するという事実、旗印とトルコ音楽の背後で、歓呼の声を上げて歩き回るという事実だけでも、彼の個性——すなわち、才能——の欠落の完璧な証拠である。もし時代の精神動静が——健全で豊かなものでさえも——個別の名称を持つ諸主潮に加わるとすれば、それは文明や文学の歴史家の仕事である。後世になって彼らは一つの時代の総合図を概観し、多種多様な現象を正確に把握するために、便宜上分割や分類をする。しかし、これらはほとんど常に恣意的で不自然である。優れた批評家が分類した、自立した精神（ここでは、単なる模倣者は除外する）は確かに、互いに一定の類似点を持つが、概して、この類似点は現実の内的類縁の結果ではなく、外的影響の結果である。時代の影響の感化を受けずにすむ者はいない。そして、ある時代に普及している科学的見解や、同時代人全員に同様に影響する事物の印象のため、ある特色がある時期の全作品の中に展開され、同時代の刻印を押す。しかし、後に、歴史書の中ではごく自然に似通ってみえるので、一族を形成しているように思える人々は、生前は大いに隔絶した生き方をしていて、いつか共通の名称で括られることになろうなどとは夢にも考えなかったのである。作家や芸術家が、合資銀行の設立のように、法の保護さえ要求する名称をつけ、内規や共同資本をもって、意識的意図的に会合し、美学流派を築くのは全く別の話である。これは普通の投機かもしれないが、通例、病気である。変質者やヒステリー症者に見られる、会編成への偏好は異なった形をとる。ロンブローゾが雄弁に立証しているように、犯罪者は徒党を組む。正真正銘の狂人の中で、仲間に異常な考えをそっくり強制する精神錯乱者は、「二人組精神病」者である。ヒステリー症者の中では、親友という形をとり、シャルコー[37]は機会ある毎に次の言葉を繰り返す。「ひどく神経過敏な人々は互いに引き付け合う。」そして、最終的に作家は流派を創立する。同一現象のさまざまな形——「二人組精神病」者、神経病患者協会、美学流派の設立、犯罪者の徒党——に共通の器質的基礎は、指導し鼓舞する積極的人々にとっては強迫観念が優勢であり、共犯者や弟子など従属的な人々にとっては意志薄弱と病的なまでの被暗示性である。(38) 強迫観念に取り憑かれている人はずば抜けた唱導者である。健全な知性の働きによって到達する合理的信念には、譫妄のように、精神を完全に占有し、その活動全体を専制的に隷属させ、いやおうなしに言動を強いるものはない。彼の考えが非常識であることの証明は譫妄的精神異常者あるいは半狂人から反響してくる。反駁も嘲笑も軽蔑も彼には全く影響を及ぼさない。大多数の意見は彼にとってどうでもよいことなのだ。自分の気に入らない事実には見向きもしないか、自分の譫妄を支持しているように解釈する。障害物にもめげない。なぜなら彼の自衛本能さえ譫妄の強さに対抗できないからだ。そして、同じ理由から、それ以上騒ぎ立てずに、殉教に甘んじる覚悟もできている。決断力や精神の安定を欠いた人々は譫妄に取り憑かれた人と出会うと、直ちにその病んだ考えの力に征服され、その考えに転向する。彼らを感化源から引き離すことによって、感染された譫妄は治癒可能ではあるが、後天的精神錯乱は隔離後も続くことが多い。

これが美学流派の沿革である。強迫観念の影響下で、変質精神の持主はあれこれの教義――リアリズム、ポルノグラフィ、神秘主義、象徴主義、悪魔主義(39)――を普及させる。激烈で鋭い雄弁をもって、また、熱意と性急な不注意をもって。他の変質的精神、ヒステリー性精神、神経衰弱性精神の持主がその周囲に群がり、その唇から新教義を受け取り、それ以後はただその教義の伝播のために生きる。

この場合、関係者はみな誠実である――創始者はもちろん弟子たちも。彼らは、病める脳と神経組織によって、強いられるがままに行動する。しかしながら、臨床的見地からは非常に明瞭な映像も、狂気の唱導者と信者たちが広範な社会の注目を集めることに成功すると、すっかり薄れてしまう。次に、彼のもとに不信者の大群が押し寄せる。彼らは新教義の異常さを認識しているにもかかわらず、受容する。なぜなら、新教派の党員としての名声と富を望んでいるからである。芸術・文学の発展した文明国には、自力では生きた精神的労作を生産できないが、生産過程を巧みに模倣できる知的宦官が大勢いる。あいにく、この不具者たちが、プロの作家や美術家の大半を占め、その不健全な追随者が真の独創的な才能を窒息させてしまうことが多い。さて、このような人々が、流行しそうなあらゆる新傾向に対して非戦闘従軍者のように慌てふためいている。当然彼らは現代人中の現代人である。というのは、個性の戒めも、芸術的知識も、彼らが職人のようにこつこつと最新様式を模倣するのを阻止できないからだ。外観の識別に聡く、破廉恥な模倣者、剽窃者であって、健全、不健全を問わず、あらゆる独創的現象の周囲に群がり、即座にその偽物の撒き散らしにかかる。今日、彼らは象徴主義者だが、昨日はリアリストやポルノグラフィストだったのだ。彼らは名声とよい売行きさえ約束されれば、新聞の批評家や一般大衆の好みに迎合し、騎士や盗賊のロマンス、冒険物語、ローマ悲劇、民話を紡ぎ出したときの流暢さで、神秘的なものについて書く。さて、もう一度断っておくが、このような常習犯が、はやりの芸術・文学党派の精神労働者の大半、したがって、その党派の追随者の大半を構成している。彼らはたとえレベルは低くても、知的には全く健全なので、新教義の信仰告白者らに関する、「変質」の診断は疑いを招くであろう。このため、調査は慎重にしなければならない。真実な創作者を猿まねの剽窃家から識別しなければならない。——つまり、宗教の創始者とその弟子を、野次馬連から。後者には山上の説教より奇跡の大漁やパンの奇跡の方が関心があるのだから。

学派の創設過程は以上のとおりである。学派は創設者と追随する模倣者の変質から生じる。党派が流行し、短期間成功を収めるのは、感受性の強い大衆の特性、すなわち、ヒステリーのせいである。派手な暗示過敏症がヒステリーの著しい特徴であることはすでに観察した。精神的変質者が模倣者を獲得するあの強迫観念の力で、ヒステリー症者は支持者を集める。ヒステリー症者が大声で、絶えまなく、ある作品が美しく、深みがあり、未来に満ちていると叫ぶとき、彼は本気で信じているのだ。感銘さえ十分受ければ、暗示されたものは何でも信じる。幼い牛飼いの娘ベルナデッタがルルドの洞窟で聖母マリアの出現を見たとき、周辺の田舎から群がってきた女の信者やヒステリー症の男たちは、幻覚に陥った娘が出現を見たことを信じただけでなく、自分たちの目でも聖母マリアを見たと信じた。M・E・ド・ゴンクール[40]は一八七〇年普仏戦争[41]中に、何万という人々が、パリ証券取引所の中や前で、取引所の中の柱に貼られたフランスの勝利を告げる電報、皆が指し示している電報を、見た――いやそれどころか、読んだ――者がいたのを確信していたことを述べている。しかし、実際にはそんなものは存在しなかったのだ。興奮状態の群衆に暗示される、幻覚の例は無数に上げることができる。こうして、ヒステリー症者は苦もなくある作品のすばらしさを信じたり、作家自身もその名声の吹聴者も思いつきもしなかった最高級の美を見いだしたりする。もし党派が創始者、寺院の僧、聖具室係、少年聖歌隊に加えて、集会や行列や遠くまで響く鐘を備えるほど確立していれば、それには、暗示によって新信条を信じたヒステリー症者以外の改宗者も加入する。判断力なく、方向を模索している若者たちは、群衆がなだれ込むところへ行き、ためらわず行列についていく。正しい道を行進していると信じるからだ。時代遅れと思われるのを何より恐れる、浅薄な人々は行列に参加して、「フレー」や「万歳」を叫び、自分も新着の征服者、新進の名士の前を踊り進んでいると信じ込んでいる。実年齢のばれるのをこっけいなほど恐れて、老いぼれた白髭たちは熱心に新寺院を訪れ、信者たちの歌に震え声を混じらせる。若者が優位を占める集会で若く思われたいのである。

こうして、おきまりの群衆が変質患者の周囲に集合する。はやりのしゃれ者、審美的な「気取り屋」が、ヒステリー症者の肩越しに覗く。策謀家が若者ぶる老いぼれのすぐ後について行進する。この人々の間に、「何かが起こっている」ところには必ず来る物見高い浮浪若者が割り込んでくる。この群衆は病、利己心、虚栄心に駆り立てられているので、数には負けても正気の人々よりずっとうるさく、やかましい。後者は、身勝手な独断なしに、健全な才能の作品を静かに楽しむ。通りで自分の鑑識眼を喧伝することもないし、自分たちの祝賀に加わらない、罪のない通行人を死ぬほど脅したりすることもない。

第四章　病　因

「世紀末」文学・美術の傾向と流行に、また、それに対する大衆の過敏症に、病気の作用を認め、その病気が変質とヒステリーであるとの結論に達した。では、今日のこの病がどうして生じたか、また、なぜ現在これほどまで頻発するのか、調査しなければなるまい。

　変質の大研究者である、モレルはこれの原因を主として中毒にたどる。大量でなくても定期的に睡眠剤や刺激剤をなんであれ（たとえば、発酵アルコール飲料、タバコ、アヘン、ハシシ、ヒ素）常用する民族、傷んだ食物（品質の悪い小麦で作ったパン）を摂る民族、生体への毒物（湿地熱、梅毒、肺結核、甲状腺腫）を吸収する民族は、変質した子孫を産む。その子孫は同種の影響にさらされ続けると、たちまち、最劣等の変質、白痴、短軀性などに落ちる。文明人の中毒が急速に増え続けていることは統計[1]によって広く立証されている。タバコの消費はフランスで、一八四一年の一人当たり〇・八キログラムから一八九〇年の一・九キロに上がった。これに相当するイギリスの数字は一三オンスから二六オンス[2]であり、ドイツでは〇・八から一・五キログラムである。同期間におけるアルコールの消費[3]はドイツで五・四五クォート（一八四一）から六・八六クォート（一八六七）に上がり、イギリスで二・〇リットルから二・六四リットルに、フランスで、一・三三から四リットルに上がった。アヘンとハシシの消費高はさらに増加しているが、その点への心配は無用である。というのは主な罹患者は東洋人で、白人種の知的発展における作用は皆無であるから。しかしながら、この有害な影響に、もう一つ付け加えられる。モレルが知らなかったか、考慮に入れなかったかだが、――大都会での居住である。大都会の住人は、贅沢三昧に暮らす最も裕福な者でさえ、必要以上に生命を縮める、不利な影響にさらされ続けている。彼の吸う大気には有機的岩屑が充満し、食物はかびに侵され、汚染され、不純である。絶えず神経に興奮を感じる状態にあり、湿地帯の住人と同じとみなしても誇張ではない。人間生体への大都市の影響はマレンマ[4]のものに酷似している。マレンマの住民はマラリアの犠牲者と同じ変質と破滅の運命への生け贄となる。大都市の死亡率は全人口の平均より二五%以上高く、広々とした平地の場合の二倍であるが、現実はそれより低い。というのは、大都市では、幼児や老人より死亡率の低い壮年期が多いからだ。[5]幼児期を生き延びても大都会の子供たちは特異な成長阻止を蒙る。モレルが熱病地域の住民に突き止めたものである。彼らは十四、五歳までは多少とも正常に成長し、利発で、ときには才気縦横で、将来を嘱望される。それから突然、停止し、精神は理解力を失い、つい昨日まで模範生だった少年が鈍く、ぎごちない劣等生になり、やっとのことで試験が切り抜けられる始末なのだ。この精神的変化に身体的変化が手をつなぐ。長骨の成長が遅いか、完全に止まり、脚は短いままで、骨盤は女性形を保ち、成長の止まる器官があり、全体は奇妙で不快な、未完と退化の混じった姿となる。

さて前世代で大都会の住人は激増した。[6]今日、五十年前には考えられない全人口の大部分が大都会の破壊的影響にさらされている。それに正比例して、犠牲者の数は増え、絶えず増え続けている。大都会の発展と平行して、あらゆる種類の変質——犯罪者、狂人、マニャンの言う「優秀変質者」の数が増加している。当然ながら、後者は美術と文学に狂気の要素を導入する上に、重要な役割を演じている。

当代のヒステリー激増の原因は部分的には変質と同じであるが、その他に、大都会の発展より一層一般的な原因がある。それだけでは変質の発症には足りないが、ヒステリーと神経衰弱の誘発には十分なものである。それは現代の疲労である。ヒステリーが疲労の結果であることは、フェレが説得力ある実験によって立証した。パリの生物学会への論文で、この英傑は次のように述べる。「最近の二、三の観察から、疲労と慢性ヒステリー症状との間の類似性が明白になった。すでに周知のように、ヒステリー症者のうちには、身体の(不随意の!)動きの対称が特有な現れ方をする。私は、正常被験者にこの同じ動きの対称が疲労時に認められることを証明した。深刻なヒステリーに顕著に現れる現象は、特異な興奮性である。すなわち、随意の動きの力は、末梢刺激や精神表出によって、急速で一時的な変容を来すだけでなく、同時に感覚と栄養機能にも同じ変容を来すことを示す興奮性である。これと同様の興奮性は疲労中にも現れる。……疲労はまさに一時的実験的ヒステリーを引き起こす。疲労は正常と呼ばれる状態からヒステリーと名付けられるさまざまな状態への変移をもたらす。正常人を疲労させてヒステリー人間に変えることができる。……ヒステリーの原因は全て、発病の原因に関する限り、単に生理学的過程に――疲労に、活力の低下に――突き止めうる。」

さて、この原因――疲労――に、健康人をヒステリー症に変えるものに、半世紀間、全文明人がさらされてきた、とフェレは言う。文明人の全生活が、この時期に、世界史上未曾有の革命を経験した。今世紀ほど、かくも深く、かくも専横的に、多くの発明が殺到し、個人の生活に侵入する世紀は他に類がない。無論、アメリカ大陸発見、宗教改革は、人間精神を激しく揺さぶった上、持久力のない何千もの頭脳の平衡を破壊したのも事実である。しかし、人の物質生活を変えはしなかった。人はそれまでどおり起床し、就寝し、飲食し、着衣し、楽しみ、日々年々を送った。それとは異なり、我々の時代では、蒸気と電気が、文明国家の全構成員の生活習慣を、時代の強いる思考を全く受けつけない鈍感で狭量な市民の生活習慣をさえ、ひっくり返してしまった。

一八九〇年、ブレーメンで開催されたドイツ自然科学学会での注目すべき講演を締めくくるに当たって、A・W・フォン・ホフマン教授は一八二二年のある町の住人の生活を手短に描写した。その時代にブレーメンからライプチヒに駅伝馬車で到着する科学の学生についてである。旅行は四日四夜かかり、旅人は当然体がこわばり、打ち傷ができる。友人に迎えられ、彼は元気づけに一杯やりたいと望む。しかし、ライプチヒにはまだミュンヘンのビールはない。仲間たちとしばらく歓談してから、宿を探しに出るが、決して楽な仕事ではない。というのは、通りにはエジプトのような闇が支配しており、長い間隔を空けて所々、オイル・ランプの煙った炎が照らすだけだから。ついに宿を見つけ、明かりを求める。まだマッチのない時代なので、仕方なく火打ち石と火打ち金で指先を痛めながら、やっと獣脂ローソクを灯すのに成功する。予期した手紙は到着してなく、受け取るまでには数日かかる。フランクフルトとライプチヒ間の郵便は週二日だけだから。

しかし、ホフマン教授の選んだ一八二二年にまで溯る必要はない。比較のために、一八四〇年で止まってみよう。この年を選んだのは気まぐれからではない。それは、人の生活のあらゆる面に新発明の侵入するのを目撃し、その結果の変化を個人的に経験する世代の生まれた年である。この世代が今日君臨し統治している。この世代は至る所で流行を決め、その子女は新審美傾向の熱狂的な党員の欧米の若者である。では、一八四〇年と半世紀後の文明世界の諸事情を比較しよう。

一八四〇年のヨーロッパでは、鉄道の全長は三千キロであった。一八九一年では、二十一万八千キロである。一八四〇年のドイツ、フランス、イギリスの旅行者数は二百五十万人で、一八九一年では、六億千四百万人であった。ドイツでは、一八四〇年に国民一人につき八十五通の手紙を受け取り、一八八八年には、二百通になった。一八四〇年に、フランスの郵便は九千四百万通を配達し、イギリスでは、二億七千七百万通であったが、一八八一年では、それぞれ、五億九千五百万通と十二億九千九百万通であった。国内郵送を除く、各国間の郵便交通の集計は一八四〇年に、九千二百万通に上り、一八八九年には、二十七億五千九百万通であった。一八四〇年のドイツでは、新聞の発刊数は三百五部で、一八九一年には、六千八百部であった。フランスでは、七百七十六部と五千百八十二部であり、イギリス（一八四六年）では、五百五十一部と二千二百五十五部であった。ドイツ書籍業者は一八四〇年に千百冊の新刊を、一八九一年には一万八千七百冊を発行した。世界の輸出入は一八四〇年に二百八十億、一八八九年には、七百四十億マルクに達した。一八四〇年にイギリスの全港に入港した船は九百五十万トン、一八九〇年には、七千四百五十万トン積んでいた。全イギリス商船は一八四〇年に三百二十万トン、一八九〇年に九百六十八万八千トンであった。

では、この驚異的数字上昇の理由を考えよう。ドイツの一万八千冊の新刊書、六千八百部の新聞が、大部分は売れ残ったが、読者を求めた。二十七億五千九百万通の手紙が書かれたにちがいなく、商業取引の増加、夥しい数の旅行、海上交易の増加は、それに対応する個人活動の増加を示す。今日では、取るに足りない村人にとってさえ、一世紀前の小国あるいは二流国の首相にとってよりも地理上の地平線は広く、知的興味は多岐にわたる。たとえ単純な地方新聞であろうと、読みさえすれば、彼は、実際に行動したり、干渉や影響を与えずとも、継続的で受容的好奇心によって、地球のあらゆる場所で起きる多くの事件に参加する。そして、チリの革命、東アフリカの奥地戦争、中国北部の大虐殺、ロシアの飢饉、スペインの路上喧嘩、北アメリカの万国博覧会などに同時に関与する。以前の大学教授よりコックの方が手紙の送受信を頻繁にし、かつての王侯より、身分の卑しい小売商人の方がよく旅行し、多くの国々・人々に出会う。

しかしながら、こういった活動は、どんなに単純なものであっても、神経組織の消尽と人体組織の消耗を巻き込む。読み書く一行一行、出会う人の顔、続行中の会話、飛行する特急車の窓外の景色、などが全て我々の感覚神経と脳中枢を活動させる。意識では感知しない鉄道旅行のちょっとした衝撃、引っ切りなしの騒音、大都市の街路でのさまざまな光景、進行中の問題が決定するまでの不安、新聞や郵便配達や訪問者をたえず心待ちすること、などは我々の脳を擦りへらす。過去五十年間に、ヨーロッパの人口は二倍になっていないのに、労働は十倍に、一部では五十倍にまで増えた。現代の文明人はみな、半世紀前の要求の五倍から二十五倍の労働を供給している。

生体組織の消耗のこれほどの激増に対応する補給は増加していないし、また、できない。今日のヨーロッパ人は五十年前より少し多く、少しましなものを食べているが、今日要求されている労苦の増加量には釣り合っていない。それに、最上の食物が大量にあっても、何の助けにもならない。それを消化することなどできないからである。胃は脳や神経組織と歩調を合わせることはできない。後者は前者に無理なほど多くを要求する。したがって、わずかの収入に対する大出費の場合と同じことが生じる。すなわち、まず貯蓄が費やされ、次に破産が来る。

文明人は自分で達成した新発明や進歩に急襲され、生活の変化に適応する余裕がなかった。我々の生体組織は訓練によって一層、機能力を高めうること、自分の活動によって進化し、ほぼ全ての要求に応えうることは知られている。しかし、ただ一つ条件がある──つまり、それが徐々であること、時間をかけること。もし、移行期なしに、通常の倍量の仕事を課せられると、生体組織はまもなく完全に力尽きてしまう。我々の父親たちには時間がなかった。いわば、ある日突然、何の前触れもなく、殺人的火急さで、以前の生活の快適な徐行を現代生活の荒れ狂う闊歩に変えねばならなかった。心臓も肺も持ちこたえられるはずがなかった。無論、強者は屈せず、今なお、目まぐるしい歩調でも、もはや息をきらすこともない。しかし、それほど強靭でない者はまもなく至る所で落伍し、今日、進歩の大道の両溝を埋めている。

隠喩で話すのをやめて、統計によって、この半世紀間の文明人の仕事量の激増を示そう。文明人はこの増加について行けず、疲労困憊し、消耗していた。そして、この疲労と困憊が第一世代で、後天性ヒステリーとして現れ、第二世代では、遺伝性ヒステリーとなった。

新審美派とその成功とはこの総ヒステリーの一形態であるが、それ一つだけではない。時代の病疾はその他多くの現象として現われる。その現象は測りうるし、科学的に立証できる。そして、この明白で明瞭な疲労の徴候は、無知な人々を啓蒙するのに役立つ。彼らは初め、美術と文学の流行の傾向を文明人の疲労状態に帰するなどとは、専門家たちの専断行為だと思ったのだ。

犯罪、狂気、自殺の増加は日常茶飯事となった。一八四〇年のプロシアで、刑法責任を負う年齢の十万人のうち、有罪判決者は七百十四人であったのが、一八八八年では、千百二人になった(プロシア統計局の報告書より)。一八六五年のヨーロッパ人一万のうち、自殺者は六十三人、一八八三年には百九人となり、それ以来数字は増加し続けている。過去二十年間に、多数の新しい神経病が発見され、名称を与えられた。既存のものが見落とされていたのではない。もしどこかで発病していたら、発見されていたはずだ。というのは、さまざまな時期に普及していた医学理論が誤っていたとしても、観察法を心得た、洞察力も、注意力もある医師は必ずいたからである。したがって、新しい神経病がこれまで気づかれなかったのは、以前にはなかったからであり、全面的に現状の文明生活の結果である。神経組織系の疾患はすでに多くが、現代文明の影響の結果と分かる名を付されている。「鉄道脊椎」「鉄道脳」という英米の病理学者が各器官の状態に付けた名称は、鉄道事故の結果であったり、汽車旅行で振動し通しのせいであったことを示す。さらに、前述の数字に見られる、睡眠剤と刺激剤の消費量の激増は、無論、現代に多い生体組織の疲労に起因している。相互に影響し合う、悲惨な悪循環だ。飲酒家は(また、明らかに喫煙者も)脆弱な、疲労か変質を受け継ぐ子供を産み、次に、この疲労のせいで、子供らは飲酒し、喫煙する。この子供らは刺激を、束の間の人工的精神強壮剤を、または、興奮の苦痛の緩和剤を渇望する。そのため、結局は、興奮も、疲労も累積すると分かっていても、意志の弱さから、その悪癖に抵抗できない(7)。

現世代が先世代よりはるかに速く老いることを主張する観察者は多い。サー・ジェイムズ・クリクトン・ブラウンは一八九一年ヴィクトリア大学医学部の冬学期開始の講演で、この現代事情が同世代人に及ぼす影響を指摘している(8)。一八五九年から一八六三年の間に、イギリスで九万二千百八十一人が心臓病で死んでいるが、一八八四年から一八八八年の間では二十二万四千百二人である。一八六四年から一八六八年までに慢性の神経病で命を落とした者は十九万六千人で、一八八四年から一八八八年までは、二十六万五百五十八人。もしサー・ジェイムズの比較がより遠い昔とであったら、数字上の差はこれどころではなかろう。なぜなら、一八六五年にイギリス人労働者の繁忙度は、すでに一八八五年とほぼ同じであったから。心臓病と神経病で落命する者は文明の犠牲者である。心臓と神経組織はまず過労でつぶれる。サー・ジェイムズの講演はさらに続く。「男女とも老いるのが尚早である。老齢が壮年期を蚕食し、――老衰死が、四十五歳から五十五歳までの年齢層で報告される。……」クリチェット氏（著名な眼科医）によると、「四半世紀にわたる経験から、今日の男女は祖先より若くして眼鏡の助けを必要とすると言ってよい。……以前は五十歳で眼鏡に頼ったが、現在の平均年齢は四十五歳である。」歯科医も以前より若年期に虫歯になり、抜けると主張する。リーヴィング博士は頭髪に関して同じ調査をし、若禿げは「性質が神経質で、精神は活発だが、総体的に蒲柳の体質の人々」に、目立つと断言する。周囲の友人知人たちを見ると、みな昔より早く白髪になることに気づく。男女とも大半が三十代始めに最初の白髪を見るが、もっと若い人も多い。以前は白髪は五十歳のしるしだったのに。

以上の徴候はみな疲労と消耗の結果である。そして、また、現代文明の結果であり、狂乱生活の眩暈と旋回の結果であり、激増した感覚印象と生体反応と、知覚、判断、運動衝動の結果である。これらは、現在、一定の時間内に押し込められている。現代の病理学的現象の総原因に、追加すべきものがもう一つ、特に、フランスにある。ナポレオン戦争の二十年間にフランス人の身体が蒙った恐るべき血液損失のため、また、大革命中と叙事詩的な帝政時代の間に受けた精神的激変のため、フランス人は今世紀の大発見の衝撃には到底準備不足であり、頑健で、抵抗力のある他国民より衝撃は激烈であった。神経の緊張、病的錯乱の宿命を負う、この国民に、一八七〇年の恐るべき破局が訪れた。誇大妄想も顔負けの自己満足をもって、フランスは世界一の国家と自負していた。突如、屈辱を受け、打ち砕かれた。不意にあらゆる信念が崩れ落ちた。フランス人はみな運命の逆転を経験し、家族を失い、個人としてかけがえのない信念、いや名誉の剥奪を味わった。全国民が財産、地位、家族、評判、自尊心に運命の壊滅的打撃を突然蒙った人の状態に陥った。何千人もが理性を喪失した。パリでは、流行性精神病が罷り通り、特別な名称――「攻囲妄想」、すなわち、「包囲狂」が付けられた。また、当座は、精神錯乱に屈しなかった人々でさえ、神経組織に長く障害が残った。そういうわけで、フランスではヒステリーや神経衰弱がどこより頻繁に見られ、どこより種々取り揃えてあり、どこよりこの国で、綿密な研究ができる。また、そういうわけで、ほかならぬフランスで、美術と文学における狂乱きわまる流行が起きざるを得ず、ほかならぬこの国で、上述の病的疲労が初めて明晰な意識に上り、特別造語、すなわち、「世紀末《ファン・ド・シエクル》」の名称が登場した。

私が証明しようとした命題は、これで、立証されたと思う。文明世界には、明らかに黄昏ムードが蔓延し、その表現は、何にもまして、ありとあらゆる異様な審美的流行に見られる。これらの新傾向、リアリズム、自然主義、「デカダンティズム」、ネオ神秘主義と、その亜変種は、変質とヒステリーの顕現であり、この二疾病に付随することを、臨床医が観察し、証明した、精神的スティグマと一致する。しかし、変質もヒステリーも、ともに、過重の活動要求と肥大した大都会によって、各国が蒙った、不当な生体損傷の結果である。

この因果連鎖によって、論理的思考のできる者なら、ここ数年間に躍り出た審美派に、新時代の先触れを見ることは、重大な過ちだと認めるであろう。彼らは我々を未来に導くのではなく、背後の過去を指し示している。彼らの言葉は神託や予言ではなく、錯乱精神の無意味な吃音と戯言であり、無知な輩が、ほとばしる若い力と轟きわたる建設的衝動ととらえるものは、実は、疲労の発作と痙攣にほかならない。

自称刷新者の作品から発信されるキャッチワードに騙されないようにしなければならない。彼らは社会主義や精神の解放などについて語り、それによって、時代の思想や苦闘に深く関わっているかのごとく見せかけている。が、それは空疎なまがいものである。はやりのキャッチワードは内面的つながりを持たずに、作品中に撒き散らされ、時代の苦闘は外面に塗りたくられているにすぎない。あらゆる種類の躁病に見られる現象は、躁病が罹患者の文化の程度と彼の生きた時代に普及している考えから独特の色付けを受けていることである。誇大妄想の餌食であるカトリック信者は自分がローマ教皇であると夢想する。ドイツ人だと、神聖ローマ皇帝か陸軍元帥であると。フランス人だと、共和国の大統領であると。被害妄想では、昔の病者は魔法使いや魔女の邪悪と不正を訴え、今日の病者は彼の架空の敵が彼の神経に電流を通し、磁気責めにすると苦情を言う。今日の変質者は社会主義とダーウィニズムについてくだくだまくしたてる。というのは、そういう語やそれに関連する観念が、現在流行しているからなのだ。変質者のいわゆる社会主義的、自由思想的作品が、公平な経済形式や合理的な現象関係観に向けて、社会を発展させるはずのないことは、被害妄想に罹り、自分の不快感は電流のせいだとする人の苦情と説明が、電流の知識を進歩させせえないのと同じである。この不明瞭で、表面的で、冗長な作品は現代の深刻な問題に解決を提供するふりや、道を整えるふりをするが、かえって、障害物とも、遅延の原因ともなる。というのは、弱く無教育の脳を惑わし、誤った見解を示唆し、合理的知識への到達を阻んだり、全く遮断したりするからである。

さて、読者は新審美的傾向を、その真の光と実の形において、見うる立場に置かれている。今後の各巻の課題は、各傾向の病理学的特性の証明と、各傾向がどの種の変質譫妄あるいはヒステリー性病理作用と関係し、一致するかの探求となるはずである。

注　本翻訳のテクストとしてはドイツ語の原書（*Entartung*, 1893）第二版の英語本 *Degeneration*（New york : D. Appleton and Company, 1895）を用いた。夏目漱石はこれを『退化論』（『倫敦塔』）としているが、原著者の意図から判断して、『変質論』という標題を選んだ。

第一章

（1）この箇所は誤解されてきた。全フランス国民が退化し、その民族は終焉に近づいているという意味に取られてきた。しかしながら、本章の結論パラグラフから、上流の一万人だけを心に描いているのは明瞭であろう。農民人口、労働者階級の一部、ブルジョワ階級は健全なのである。大都会の富裕な住民と指導者階級の腐敗（衰弱）のみを強調するのだ。「世紀末」を発見したのも、「世紀末」が適用されるのも彼らなのだ。（原注）

（2）H・ミカールとF・ド・ジュヴノによる四幕喜劇『世紀末《ファン・ド・シエクル》』は一八九〇年パリで上演されたが、フランス人の使用する語感の決定にはほとんど役立たない。作者の関心は時代の様相や心理的状態を描くことではなく、単に劇の題名を魅力的にすることであった。（原注）

（3）（十九世紀の）金持の囲い者らを中心とする社交界。

（4）（P・T、1810—91）アメリカの興行師。サーカスを確立（1871）。

（5）デルポイの神託を授けたアポロンの巫女。

（6）ジャワ島とスマトラ島の間にある東インド諸島中の小火山島。一八八三年の大噴火でほとんど壊滅。

（7）（文学・芸術などに理解のない）教養のない俗物。（M. Arnold, *Culture and Anarchy* 中の用語）

第二章

（1）（1429—1507）イタリア・ヴェネツィア派の画家。父ヤーコボと義兄弟マンテーニャの影響を受ける。ヴェネツィア共和国の国家的画家として肖像画的、風俗画的宗教画を多く制作。代表作『サン・マルコ広場の行列』（一四九六）。

（2）（アンドレア、1431—1506）北イタリアのルネサンスを代表する画家。一四六〇年からマントヴァ公宮廷画家。デューラーなど北方の画家にも影響を与える。厳しい写実と自由な想像力からなる優れた作品を残す。代表作『カエサルの凱旋』、『死せるキリスト』。

（3）（ハンス、1430／40—94）フランドルの画家。ヤン・ヴァン・エイク亡きあとのブリュッゲ派の代表画家として活躍。『聖ウルスラの聖櫃』『聖カタリナの神秘の結婚』

（4）（1804—14）ナポレオン一世治下。

(5)(130－69)ローマ皇帝。在位161－9、義弟マルクス・アウレリウスと共にアントニヌス帝の顧問会に参加。一五四年執政官。帝の死後マルクスと共治帝に就任。生を享楽し、運動競技、剣闘士競技を愛好。

(6)展覧会前日に出品画に仕上げの手入れをしたり、ワニスを塗ることを許されたことに由来する。

(7)古代ギリシアのボエオティアの都市。スパルタ軍がアテネ軍を破った古戦場(457B.C.)。一八七四年古墳から発掘された陶製小像で有名。

(8)(アルベール、1849－1934)フランスの画家。一八六八年サロン初出品。一八七四年ローマ賞受賞。ローマとロンドンに滞在後、印象派の色彩と伝統的技法の折衷画風で人気を得る。

(9)(ピエール、1824－98)フランスの画家。織物業の名門に生まれ、ドラクロワ、クーチュールに学ぶ。イタリア旅行でフレスコ画に影響を受ける。文学的、象徴的、神話的主題による格調高い画風。代表作『貧しき農夫』。

(10)(ウジェーヌ、1849－1906)フランスの画家。パリのエコール・デ・ボーザールに入学。普仏戦争で捕虜となる。一八七六年ローマ賞受賞。ドーデ、ヴェルレーヌ、ゴンクールなど文学者の肖像画も多い。

(11)(アルフレッド・フィリップ、1846－1919)フランスの画家。一八七〇年サロン初出品。『一八八〇年のパリの祝典』から外光の研究。

(12)(1860－1943)フランスの画家。一八八三年サロン初出品。イタリアに旅行し、華麗な作風。新印象派の点描画法を取り入れた人物像、風景画。

(13)(ジャン・フランソワ、1850－1924)フランスの画家。イタリア人を父とし俳優から転ずる。印象派展に出品。肖像画の流行画家となる。ふるえるような線描とモノクロームの色彩でパリとその近郊の風景を描く。代表作『オワーズ河畔の家々』。

(14)(1822－90)フランスの作曲家。ベルギーのリエージュ生まれ。パリでフランス市民権を取り、音楽教師、オルガン奏者として身を立て、余暇に弦楽四重奏曲、交響曲など作曲。

(15)ギリシア神話。生殖力の神。

(16)ヘブライ神秘説。ユダヤのラビが唱えた密教的神知論。

(17)賭けトランプの一種。

(18)ババリア州北部の都市。ワーグナーの記念音楽祭が毎年開催される。

第三章

（1）（B・A、1809―73）ウィーン生まれ。その変質論は同年生まれのダーウィンの進化論の影響を受けている。サンペトリエール病院勤務。ファルレの弟子。「モレルの法則」とは①心身の障害は遺伝する。②変質は進行性のもので、その種は絶滅に至る。引用は『変質概論・人類の身体的、知的、心的変質およびこれらの病的変種を生ずる原因に関する概論』パリ、一八五七年、五頁。

（2）愛人エベルゲニーに唆されて、コリンスキー伯爵は元女優であった妻を毒殺した。殺人者は癲癇患者で、モレル流に言えば「変質者」である。彼の家族は、裁判（一八六八）が始まる前に、被告は責任能力がないことを陪審員に対して証明するよう、モレルをノルマンディからミュンヘンに招聘した。被告はこれにひどく憤慨し、法務長官も強硬にフランスからの精神病医に反駁し、ミュンヘンの著名な精神病医たちの賛同と支持を受けた。コリンスキーは有罪と判決された。しかしながら、有罪判決後ほんの短期間で、彼の狂気は昂進し、全くの精神的暗愚のうちに数カ月後に死亡した。その結果、フランスの医者の前言を全て正当化することになった。彼（モレル）はドイツ語でドイツ人陪審員に向かってミュンヘンの同業専門医たちの無能ぶりを論証していた（原注）。

（3）モレル、六八三頁。（原注）

（4）（チェザレ、1836―1909）犯罪人類学の創始者。イタリアのヴェローナ生まれ。軍の外科医として働いた後、パヴィア大学の精神病理学教授。ペザロ精神病院の院長。トリノ大学法医学、精神医学、犯罪人類学の各教授に就任。彼の（現在は否定された）理論は、正常人とは異なる犯罪者類型の存在の主張。以下原注『人類学、法学及び監獄修練との関係における変質者』第三版、トリノ、一八八四年、一四七頁。

（5）「神経疾患家系」、『神経学古文書』一八八四年、第一九、二〇号。（原注）

（6）（ヘンリ、1835―1918）イギリス精神医学の基礎を作る。進化論の影響を受ける。器質論者の立場をとる。

（7）（V・J・J、1835―1916）フランス臨床精神医学体系の樹立。

（8）この問題に関しては、クラフト＝エービング『精神障害論』一八七一年、H・モーズリ『精神病における責任』国際科学シリーズ、C・フェレ『変質と犯罪』パリ、一八八八年参照。（原注）

（9）J・ルビノヴィッチ『男性ヒステリーと変質』パリ、一八九〇年、六二頁「変質者の周囲の社会は彼にとっていつまでも見知らぬものであり、彼は何も知らず、自分以外の何物にも興味がない」。ルグラン『変質者の譫妄』パリ、一八八六年、一〇頁「患者は……自分の情熱の慰みものであり、自分の衝動に夢中である。彼が唯一心がけるのは――自分の食欲を満たすこと」。一七頁。「彼らは利己主義で、横柄で、うぬぼれやで、自己陶酔者である」。（原注）

(10) アンリ・コリン『ヒステリー者の精神状態について』パリ、一八九〇年、五九頁「遺伝的変質者を支配するのは二つの事実である。強迫観念と衝動で――ともに抵抗しがたい」。（原注）

(11) ルビノヴィッチ、二八頁。（原注）

(12) シャルコー「サルペトリエールの火曜講義」『ポリクリニーク』パリ、一八九〇年、第二部、三九二頁（原注）。（ジャン・マルタン、1825－93）フランスの病理学者。パリ生まれ。神経学の創始者の一人。サルペトリエール病院に勤務。フロイトは弟子の一人であった。慢性的な神経症の解明に多大な貢献をし、催眠術を科学的な研究対象とした。ある種の神経症に伴う関節萎縮は、彼に因んで「シャルコー関節」と呼ばれる。

(13) ルグラン、七三頁「患者たちは絶えず、彼らの精神に侵入し、答えを出せない疑問に悩まされている。表現できない精神的苦痛がこの無能から生じる。疑問はありとあらゆる分野――形而上学、神学など――を含む」。（原注）

(14) かつてこれを求めて研究されたが、ありえないことが証明された。マニャン「遺伝性および変質性狂気についての考察」『医学進歩』一八八六年、一二一〇頁。（原注）

(15) 「アナキストの相貌」『ヌーヴェル・レヴュ』五月十五日号、一八九一年、二二七頁「彼ら（アナキストら）は犯罪者や狂人と共通の変質の特徴を持つことが多い。彼らは異常で、遺伝的障害を有する」。（原注）

(16) コリン、一五四頁。（原注）

(17) ルグラン『変質者の譫妄』、一二頁（原注）

(18) ルビノヴィッチ『男性ヒステリーと変質』、三三頁（原注）

(19) 矢のように口をついて出る要領を得た言葉（ホメロスの句）。

(20) ファルレ（1794－1870）以下原注『医学的心理学年報』一八六七年、七六頁「幼児期より彼らは非常に不均衡な精神機能の発達を見せる。全体としては薄弱だが、ある特殊な才能において優れている。図画、算数、音楽、彫刻、機械などに非凡な才能を示す。この特別な才能と相俟って、『神童』の名声を獲得するが、大抵、知性の大欠損と他の能力の根本的衰弱の形跡を示す」。

(21)『精神的変質とヒステリーの関係』パリ、一八八八年、一二頁。(原注)
(22)ルグラン、二四頁、一二六頁。(原注)
(23)『精神医学と犯罪人類学の新研究』パリ、一八九二年、七四頁。(原注)
(24)『ノイローゼ』全二巻、第二版、パリ、一八七九年。(原注)
(25)『ヒステリー性癲癇あるいは大ヒステリーの臨床研究』パリ、一八九一年。(原注)
(26)『ヒステリーの臨床治療論』パリ、一八九一年。(原注)
(27)ポール・ミショー『男性ヒステリーの徴候研究について』パリ、一八九〇年。(原注)
(28)コリン、一四頁。(原注)
(29)コリン、一五頁、一六頁。(原注)
(30)ルグラン、三九頁。(原注)
(31)「ばらばらになった本のページ、ルーズリーフ」の意。十九世紀〜二十世紀初頭にドイツで出版された、風刺を内容とする製本していないリーフレット形式の書誌。
(32)エミール・ベルジェ『病理学一般との関係における眼科疾患』パリ、一八九二年、一二九頁〜。(原注)
(33)ジル・ド・ラ・トゥレット『ヒステリーの臨床治療論』、三三九頁。(原注)
(34)アルフレッド・ビネ(1857−1911)フランスの心理学者。ニース生まれ。知能テストの創始者。一八八九年にパリ大学に心理学実験所創設。一八九四年からパリ大学の生理学的心理学研究所長。一八九五年『年報心理学』誌創刊。一九九〇年代にシモンと共に精神薄弱児の検出法に取り組む。自作の最初のテストを自分の子供たちに使用。ビネ=シモン知能検査。「ヒステリー患者の意識変化研究」『哲学雑誌』一八八九年、第二七巻。(原注)
(35)感覚刺激が条件となって運動のエネルギーが増すこと。
(36)フェレ「感覚と動作」『哲学雑誌』一八八六年。(原注)
(37)「サルペトリエールの火曜講義」の随所にある。
(38)ルグラン、一七三頁。(原注)
(39)十九世紀末の文学的傾向の一つ。怪異、凄惨、邪悪などを唯美主義的に表現しようとする極端な退廃主義。ポー、ボードレール、ワイルドなどがその代表者。

(40)(兄エドモン、1822－96、弟ジュール、1830－70)作家、文化史家、画家。二人とも芸術、文学に同一の趣味を持ち、ほとんど合作。最初は十八世紀フランス文明に関心を持ち、一八六〇年以降は作家として自然主義的傾向を示す。以下原注『ゴンクールの日記、第一巻、一八七〇～七一』パリ、一八九〇年、一七頁。

(41)プロイセンとフランスの戦争(一八七〇～七一年)プロイセン側の勝利。

第四章

(1)ブダペスト統計事務局長ジョゼフ・ケレシ氏の統計より。(原注)

(2)一八九二年四月十一日、下院における大蔵大臣ゴシェン氏のスピーチより。(原注)

(3)『フランス・エコノミスト』一八九〇年掲載の、J・ヴァヴァスールの統計。(原注)

(4)イタリア西部などの湿地の海岸地帯。

(5)フランスでの総死亡率は一八八六年から一八九〇年までは千人に対し二二・二一人であったが、パリでは二三・四で、マルセイユでは三四・八。人口十万人以上の町では二八・三二、五千人以下の所では二一・七四であった。(原注)

(6)今日各々が十万人以上のドイツの二六都市の総人口は一八九一年に六百万、一八三五年に百四十万であった。同様に、イギリスの三十一都市では一八九一年に千八十七万、一八四一年に四百五十九万、フランスの十一都市の場合、一八九一年に四百十八万、一八三六年に百七十一万であった。一八四〇年にはまだこの六八都市のうち三分の一が人口十万に達していなかった。一八四〇年には四百八十万にすぎなかった、これら独、英、仏の大都会に今日、二千百五万人が居住している(ケレシ氏)。(原注)

(7)ルグラン、二五一頁「飲酒家は変質者である」。二五八頁(四病人の報告の後で)「このため、あらゆる種類のアルコール中毒の基には精神的変質が見いだされる」。(原注)

(8)一八九二年度『レヴュ・シアンティフィーク』第六九巻、一六八頁～。(原注)

追記・美術・精神医学専門用語および人名の翻訳には、『新潮世界美術辞典』(昭和六十三年)、『新版精神医学事典』(弘文堂、平成五年)、『精神医学群像』(アカデミア出版会、一九九九年)を参照した。

R・v・クラフト＝エービング「マゾヒズム」―『変態性欲心理』より

和田桂子訳

残虐行為や暴行を受動的に耐えることと欲情との連関性――マゾヒズム(1)

マゾヒズムはサディズムの対極である。後者が痛みを与え暴力を使うことを望むのに対し、前者は痛みに耐え暴力の標的となることを望む。

マゾヒズムという用語で私が意味するのは、精神的性欲生活《ウィタ・セクスアリス》の特異な倒錯である。マゾヒズムにかかった者は、性的な感情や考えを抱く時、異性の意志に完全に無条件に従うという思い、この異性に主人のようにふるまわれ、卑しめられ虐待されるという思いにコントロールされる。この思いは淫欲的感情に彩られる。マゾヒストは空想の中でこの種の状況を作り出し、しばしばそれを実現させようとする。この倒錯により、彼の性的本能はしばしば異性の通常の魅力にはやや無感覚になり、彼は通常の性欲生活《ウィタ・セクスアリス》ができなくなり、精神的インポテンスとなることが多い。しかしそれは決して異性恐怖《ホロル・セクスス・アルテリウス》によるものではない。この倒錯本能は、通常とは異なる適宜な満足を女性から得ることはあっても、性交そのものから得ることがない。精神的インポテンスがおこるのはこのためである。

しかし、倒錯的衝動を持っていても、通常の刺激にある程度感じ、通常の状況のもとで性交を行う例もある。またインポテンスが純粋に精神的なものではなく、身体的なもの、すなわち脊髄性不能という例もある。というのはこの倒錯は、他のほとんどの性的本能の倒錯と同じく、精神病質の、多くは遺伝的な素質によるものだからである。概して彼らは過剰なマスターベーションに耽る。自分の空想が作り出すものを手に入れることが困難なため、彼らは達成されない欲求に何度もつき動かされるからである。

これまでに報告されたはっきりとしたマゾヒズムの実例は数多い。マゾヒズムが通常の性的本能と関連して生じるのか、あるいはその人を始終コントロールするのかという問題、またこの倒錯を抱える人間がその特異な空想を実現しようとするのかどうか、するのならばどの程度までかといった問題、またそのために彼の性交能力が多少とも減少したかどうかといった問題は、個々のケースにおける倒錯の強さの程度や、これに反する倫理的および審美的動因の強さや、その人間の身体や精神の相対的な強さによって変わる。精神病理的な見地からすると、これらすべてのケースにおける本質的かつ共通の要素は、性的本能が異性への服従や異性による虐待に向けられているという事実である。

サディズムについて、行為の衝動的性質（動機の不明瞭）、また倒錯の生来的（先天的）性質が言われてきたが、これはマゾヒズムについても同様である。

マゾヒズムにおける行為には、最も嫌悪を催す奇怪なものから最も馬鹿馬鹿しいものまで段階があり、それは倒錯本能の強度や、道徳的および審美的な対抗観念がどの程度残っているかによる。しかしマゾヒズムの極端な例でも、自衛本能のため、サディスティックな興奮の中ではおこりうる殺人や重い傷害などは、これまでのところ現実にはおこっていない。ただ想像の中ではマゾヒストの倒錯的欲望はそういった極端な結果を達成することもある。

さらに、マゾヒストの行為は時に性交と関連して、すなわち前戯として、あるいは性交の代替行為としてなされる。これもまた大抵の場合、倒錯的な性的妄想によって身体的・精神的に性能力が弱められるためにおこるのであって、マゾヒストの行為の本質によるものではない。

〈性的満足を得る手段としての虐待および恥辱の欲求〉

次のマゾヒストの詳細な体験記はこの驚くべき倒錯の典型例を余すところなく描写している。

症例四十一。私は神経症の家系の出身で、この家系にはあらゆる種類の特異な性質や生き方と同時に、いくつかの性的な異常が認められます。私の想像力は常に非常に活発で、大変早くから性的なことに向けられていました。思春期のずっと以前からオナニーに耽っていた記憶があります。その当時から私は、時に何時間も、女性との性交のことを考えていました。しかし私が経験した異性との関係は大変特異なものでした。私は自分が囚人で、完全に女性の権力の下にあり、この女性はその権力を使ってあらゆる方法で私を傷つけ虐待する、という空想をしました。鞭で打たれることと殴られることは私の空想の中で重要な役割を担っていましたが、そのほかにも隷属や服従にあたる多くの行為や場面がありました。私は自分が常に踏みつけられ、鎖につながれ、監禁されて私の理想の人の前にひざまずいていると想像しました。あらゆる種類のきつい懲罰が、私の従順を試し、ご主人様を喜ばせるために私に課せられました。屈辱や虐待がひどければひどいほど、私はこうした思いに深く身を委ねるのでした。（同時に私はベルベットや毛皮を好むようになり、そういったものを触ったりなでたりすると、同じように性的に興奮するようになりました。）　私は子供の頃に女性によって実際に何度も鞭打たれたのをよく覚えています。その時は痛みと恥ずかしさ以外の感情はおこりませんでした。その現実と空想を結びつけることなど思いつきもしなかったのです。私をひどく罰して矯正させるという脅威に私は震えあがりました。しかし空想の中では私は「ご主人様」の側に立って自らの苦しみと屈辱を楽しみ、恍惚となりました。私は自分の世話をしてくれる女性たちの指図や命令を空想の中に取り込むことはしませんでした。私は早い時期に男と女のことについて知りましたが、この知識は私に何の感慨も与えませんでした。官能の喜びは依然としてかつての空想と結びついたものでした。私には女性をさわったり抱いたりキスしたいという欲望もありましたが、最大の喜びは彼女たちにひどい扱いを受けたり、彼女たちの権力を見せつけられたりする状況においてのみ求められるのでした。私はまもなく自分がほかの男性とは違うことに気づき、一人で空想にふけることを好むようになりました。少年時代の私は、女の子や女性にほとんど興味を持ちませんでした。彼女たちに私が望むようなことをさせるのは不可能だとわかっていたからです。森の中の寂しい小道で、樹から落ちた枝を手に取り、自分を鞭打って、私は例の想像に耽りました。高圧的な女性の絵は、特に女王様のように毛皮をまとっていれば、私を夢中にさせました。私は自分の長年の妄想に関連するものはすべて読みました。その頃手に入ったルソーの『懺悔録』はすばらしい発見でした。私のケースに本質的によく似た状態がそこには描かれていました。さらにザッヘル＝マゾッホの本の中に描かれていたものは、私の妄想とあまりによく似ていて驚きました。私はむさぼるようにそれを読みました。ただ身の毛のよだつようなシーンはしばしば私の想像を越え、嫌悪感を催させました。後に空想のおかずとなるものを新たに供給するために、私は自分の好みにあったエロティックなシーンを書くようになり、それまでは想像の中でだけ描いていた状況を絵に描くようになりました。その中で現実はまったくどうでもいいことでした。女性の前で私は官能的な感情を持つことはありませんでした。せいぜい女性の足を見た時に、あれに踏みつけられたらという思いがかすめる程度でした。

女性に無関心といっても、それは純粋に官能に直結した場合という意味です。少年期のおわりから青年期のはじめにかけて、私はまわりの若い女の子たちに夢中になりました。若いときにありがちな無節制な放縦もありました。それでも純然たる理想像と私の官能的な妄想の世界とを結びつけようと思ったことはありませんでした。そういう思いを克服しようとする必要もありませんでした。一度もそんな思いにとらえられなかったからです。これは注目に値することでした。私の色欲的な空想はとても奇妙で現実にはありえないようなものでしたが、決して下賤で不快なものではなかったのです。私にとってはこれも一篇の詩でした。けれどもこれはふたつの世界に分かれていたのです。ひとつには私のハート、というか審美的な意味で高められた空想があり、もうひとつには官能的に燃えたった想像があるのです。私の「高揚した」感情はいつも若い女の子を対象としておこるのに、別の時には成熟した女性の足元で、前に述べたような扱い方をされる自分を想像するのです。私は自分の知りあいのどの女性にもこの役をあてはめたことがありません。私の夢想の中でこのふたつのエロティックな世界は代わる代わる何度もやってきましたが、ふたつが結合することはありませんでした。そして官能的な方のイメージのみが遺精を引き起こしました。

十九歳の時、私は友達に連れられて、表むきは渋々と、しかし裏ではわくわくしながら売春婦のところへ行きました。しかしそこで私は嫌悪感と反感以外の何も感じず、官能的な興奮などまったく得ることなく早々に立ち去りました。後に私は自分からもう一度試してみようとしました。最初の予期せぬ失敗にかなり動揺して、自分が性的不能でないかどうか確かめなければと思ったからです。結果はいつも同じでした。私は何の興奮も感じず、まったく勃起しませんでした。第一に私にとって本物の女性を官能の喜びの対象として見ることは不可能でした。それに私の性的世界《イン・セクスアリブス》の中で主要な役割をはたすあの条件や状況を放棄することなどできないくせに、そのことについては秘密でした。私がすべき行為―ペニスの挿入《イミッシオ・ペニス》―はまったく意味のない不潔な行為に思えました。そして第二に私には売春婦に対する嫌悪感や病気感染への恐怖もありました。

一方で私はひそかに古いやり方で性的生活を続けました。あの空想が頭に浮かぶたび、私は激しく勃起し、毎日のように自らを射精に導きました。私はあらゆる種類の神経トラブルに苦しむようになり、ひとりの時には力強く勃起し強烈な性欲を感じるにもかかわらず、今や自分を性的不能とみなしていました。それでも私は時々は売春婦と試してみました。そのうち私は臆病さを克服し、売春婦との接触を忌避する気持ちもやや薄らいできました。

年とともに恥ずかしさや夢想に耽る傾向がある程度克服されると、性的な思いも正常なものに近づき、現実の人間に興味を向けるようになりました。私は自分の官能的な思いを、もうひとつの世界の特異な妄想をひきずることなく、知り合いの女性に向けることさえできるようになりました。こうして私はちゃんとした女の子たちとある程度の経験を持ちました。抱いたりキスをしたりしました。欲望は呼びさまされました。しかし力はみなぎってきません。少なくとも正常な状況で性交能力があると認めるには弱々しすぎました。自分の性的な力が呼びさまされるかどうかを見極めようとする時、これは快く受け入れられる事実ではありませんでした。こうしていつもひどく恥ずかしくなって、私は彼女たちとの関係を断ってしまうのでした。

空想はもはや私を満足させなくなっていました。私は以前より頻繁に売春婦のところへ行き、性交が失敗すると、手でやってもらいました。空想よりも強烈な喜びを与えてくれるのではないかと思ったのですが、失望しました。女性が服を脱ぐとき、私の目は衣服の方に向きました。衣服がそれほど強く私の気をひいたわけではないのですが、それでも裸の女性よりは刺激的でした。私の本当の興味の対象は着飾った女性でした。ベルベットや毛皮が主要なものでしたが、そのほかにもいろんな女性的な服飾品、特に紐で締めて形のくっきり出た体やしっかり張ったヒップは魅力的でした。ヌードの女性は審美的興味の対象でしかありませんでした。私は女性のブーツ、特にヒールの高いものに夢中になりました。それに踏みつけられることを連想したり、忠順を誓うために足にキスすることを想像したりしたからです。

ついに私は最後に残っていた恥ずかしさもかなぐり捨て、ある日自分の夢を実現するため、売春婦に自分を鞭打たせたり、足で踏みつけさせたりしました。結果は大きな失望でした。私は自分がされていることを、乱暴で不愉快で馬鹿馬鹿しいことだと思いました。打たれても痛みしか感じず、その状況は嫌悪と恥以外のなにものも呼び起こしませんでした。それでも私は機械的に射精をおこしました。その時は想像力で実際の状況を自分が望んでいたものにすりかえたのです。本当に望んでいた状況は実際のものとは本質的に違っていました。つまり想像の中の女性は、私がひどい扱いを受けて感じているのと同じ喜びをもって私を虐待したのですから。

私の性的空想は、暴君的で残忍な性質の女性を想定して造り出されており、私はその女性の臣下となりたがっているのでした。この関係を表す行為そのものは私にとって二義的なものだったのです。最初の試みが失敗におわった後、私の望みが本当はどこに向かっているのかがはっきりとわかりました。たしかに色情的な夢想の中で、私はしばしばいろんな虐待の向こう側に、尊大な態度、命令口調で、足へのキスを要求したりする高圧的な女性を想像していたのでした。今や私は何が自分を惹きつけたのかを完全に理解しました。鞭打ちは単にその原理を表現する最強の手段であるというだけで、二義的なものであり、それ自体には価値のない、痛みや不快感さえ与えるものだということがわかったのです。

最初の失望にもかかわらず、私は自分のエロティックな妄想を実現する努力を放棄しませんでした。一旦新たな現実に慣れさえすれば、私の空想はそこにもっと強烈な活路を見出すだろうという自信を持ったからです。この目的のために私は最もふさわしい女性を探し求め、彼女たちに複雑なコメディーの設定を丁寧に教え込みました。こうした中で私は時々、同じような趣味を持つ先人たちが私のためにすでに道を切り拓いてくれていると感じたものです。そのコメディーの価値は、空想が私の官能にもたらす効果を考える時、まだ問題の残るものでした。それら何幕か何場かのコメディーは、私の望むシチュエーションの補助的環境を強化する一方で、その主要な要素の強度を薄めてしまうのです。かえって何の筋書きも仕掛けもない空想の方がもっと簡単にそれをもたらしてくれるというのに。さまざまな懲罰を受ける時、私の身体の感覚はそのたびに違いました。自分をごまかすことがうまくいけばいくほど、痛みは喜びとして感じられました。

もっと正確にいうならば、懲罰はこの時には象徴的な行為として捉えられていました。これによって望むシチュエーションが頭の中に沸き起こり、それに強い精神的な喜びが伴うのです。こうして懲罰を痛いと感じる気持ちは克服することができました。道徳的な懲罰——自分が辱められる行為——を受ける時のプロセスも同様でしたが、こちらはもっと単純でした。メンタルな世界に限られていたからです。ここでも自分をうまく欺くことができれば喜びが伴いました。けれどもうまくいくことは稀で、完璧にいったことは一度もありませんでした。意識の中には常に気持ちを乱すものが残っていたからです。そこで私は合間合間に、一人でのオナニーに戻るのでした。そうでなくても普通、行為の最後はオナニーによる射精でした。それもしばしば道具を使わない射精だったのです。

このようなことを私は何年も続けました。性的な力は減少しましたが、欲望の方は少ししか減少せず、私の特異な性的妄想の力は変わりませんでした。現在も私の性欲生活《ウィタ・セクスアリス》の状況は同じです。性交は一度もしたことがなく、今でも奇妙で不潔な行為だと思えます。性交については性の放縦を描写した書物から学びました。私自身の性的な妄想は自然なものに思えますし、少しも私の感性に反するものではありません。その実現については、これまで述べてきたように、いろんな理由でまだ満足のいくものとはなっていません。きれいな女の子やちゃんとした女性はいいと思いますが、もう長い間そういった人たちには近づくのをやめています。私は今まで一度も、たとえ一部でも、性的空想を直接的に実現させたことがありません。何度女性と親しくなっても、女性は自分の意志を私の意志より下に置き、けっしてその逆にはならないのがわかりました。私は性的なことに関して支配したいという欲望を示す女性に会ったことがありません。家事を切り盛りし、ちっぽけな家庭での統治権を行使しようとするような女性は、私のエロティックな理想像とはまったく隔たっているのです。
私の全人格は性欲生活《ウィタ・セクスアリス》の倒錯以外にも、多くの異常を呈しています。私の多くの精神的・身体的兆候が、神経症を示しています。それに、私は自分の中に女性的な性質を持つという根源的な性格の異常を認めるのです。少なくとも大変意志の弱いこと、男性や動物の前でとても勇気に欠けること、これらは危険に直面したときの冷静さと対照的に、私の女性的な性質とみています。私の外見は完全に男性です。

この体験記の作者は、さらに続きを送ってきた。

私はいつも私を支配している特異な性的妄想がほかの男性にも見られるものかどうかを探索していました。たまたまそういった話がはじめて私の耳にはいって以来、私はそれについて知るためにいたるところを探し求めてきました。これは実際、内的意識のプロセスですから、当然ながら同一のものであるかどうかを知ることは簡単ではありませんし、たしかにそうであると言い切ることもできません。しかしこの頭を占める妄想によってでなければ説明のつかないような倒錯的性行為が見られるところには、マゾヒズムの存在があると私は考えます。私はこの異常が広く行き渡っていると見ています。
私はここベルリンやウイーンの売春婦からたくさんの話を聞きました。そして自分と同じような人たちがいかに多いかを知ったのです。私は自分自身の経験を話したり、そんなケースを知っているかどうかをたずねたりしないようにいつも気をつけています。彼女たちに自由に経験を話させる方がいいのです。単なる鞭打ちはありふれていて、ほとんどの売春婦にとっておなじみです。しかし真性のマゾヒズムのケースも大変頻繁に見られるのです。この倒錯を抱えた男たちは練りに練られた残酷行為に身を委ねます。彼らは常に指導を受けた売春婦と一緒に同じ道化芝居を演じます。男は屈辱的な服従を強いられ、足で踏みつけられ、覚えこまれた命令や脅迫や叱責を浴びます。それから鞭打たれ、体のさまざまな部位を殴られ、あらゆる種類の懲罰を受け、針でつつかれたりします。こうした場面はしばしば性交をもって終わりますが、性交なしの射精の方がもっと頻繁におこります。二度にわたって売春婦たちは、彼女たちのパトロンが自分用に作った重い鉄の鎖と手錠や、その上にひざまずくための乾燥豆、座れと命じられる針のつきささった椅子などいろいろなものを見せてくれました。しばしば倒錯者は女性に、痛いほどきつくペニスをしばったり、針でつきさしたり、ナイフで傷をつけたり、棒で打ったりしてもらいたがります。首吊りに興じることもあります。この場合はちょうどいい頃合にやめなければなりません。またナイフや短剣で傷つけさせる男もいます。この行為の中で女性は男を殺すとおどさねばなりません。これらすべてにおいて服従の象徴は最も重要な要素なのです。女性はふつう「女王様」、男は「奴隷」と呼ばれます。

こうした売春婦とのコメディーは、普通の人にとっては単なる気ちがいざたでしょうが、マゾヒストにとってはほんのささやかな代替行為なのです。恋愛関係においてこのようなマゾヒスティックな夢が実現することがあるのかどうかは知りません。あったとしても大変稀なことでしょう。というのは女性にこのような趣味（ザッヘル＝マゾッホによって描かれているような女性のサディズム）を見出すのはとても難しいからです。それに女性の場合、自分の性的異常性を表現するには、つつしみの点からいっても、男性の場合よりも大きな障壁があります。私自身、女性にこの種のきざしを見つけたことは一度もありませんし、私の空想を実現してみようとしたこともありません。一度だけ一人の男が自分のマゾヒスティックな倒錯についてこっそりと教えてくれ、彼は自分の理想の人をみつけたとも言っていました。

〈女性におけるマゾヒズム〉

女性においては異性への自発的な服従は生理学的現象である。生殖における受動的役割や、これまでずっと続いてきた社会状況の故に、服従というものは、女性においてはふつう性的関係と結びついて存在する。服従というものはいわば、女性的な感情の特質を決定する調和剤の役割をはたしているのである。文明史に精通している人なら誰でも、比較的高い文明に達するまでの間ずっと、いかに絶対的な従属の状態に女性が置かれていたかを知っている(2)。

また自分たちの生活を注意深く観察すれば、女性が自然によって賦与された受動的役割を持ち、何世代もの間の習慣によって、いかに男性に自発的に服従する本能的な傾向を持つようになったかが容易に認められる。女性への慣習的な親切が度を越すと女性に非常に嫌がられ、そういった親切から離れて横柄な行動を取ると、表向きにはひどく非難されるものの、たいていひそかな満足をもって受け入れられるものだ(3)。上流社会の見せかけの上品さの裏にも、女性の隷属本能は至るところに見受けられる。

このように一般的なマゾヒズムを特殊な女性的精神要素の病理学的発達として、――女性の性心理的特質のある側面を異常に増強させたものとして――見ること、そして女性という性にその根源を探ることは容易である。しかしながら女性においては男性に従属する傾向（これは後天的に身につけた目的を持った傾向であり、社会の要求への適合現象とみなされうるかもしれない）はある程度まで正常な現象であるという考えが成り立つだろう。

そのような状況下で服従の象徴的行為が「詩」のレベルにまで達しないのは、ひとつには次のような理由があるからである。男性は、自分の力を示すことができればよりよい機会を得られるという（中世の姫たちが愛の奉仕をする騎士たちに求めたような）弱者の虚栄心を持っておらず、条件を伴わない確固たる優勢を現実のものにする方を好むということである。野蛮人は妻に自分のために耕させ、文明人は新婦の持参金を値踏みする。女性は両方を喜んで耐えるのである。

女性的マゾヒズムともいえるこの服従本能の病理的増大のケースは、おそらくかなり頻繁にあるのだが、慣習がその顕現を抑圧している。多くの若い女性はなによりも夫や恋人の前にひざまずくことを好む。下層階級のすべてのスラブ人の間では、夫になぐられなければ妻の気持ちは傷つくといわれている。あるハンガリー人の役人は、ソモギア行政区の農婦たちは愛の印として夫に横っ面をなぐられるまでは夫に愛されているとは思えないのだと教えてくれた。

女性的マゾヒズムのケースを医者が見つけることはおそらく困難である。(4) 内部からと外部からの抑圧——つつしみと慣習——は女性が倒錯した性的本能を表現するのに乗り越えられない障壁を自然と形成している。このため今日まで女性のマゾヒズムについてはたったの二例が科学的に確立されているのみである。

症例七十。X嬢、二十一歳。母親はモルヒネ中毒で数年前に神経錯乱で死亡。叔父（母方の）もモルヒネを常用している。兄は神経衰弱で、もう一人の兄はマゾヒスト（高慢で高貴な婦人に杖で打たれることを望む）である。X嬢は一度もひどい病気になったことはないが、時々頭痛に苦しむ。自分のことを身体的には健康だが、時として狂気に走ると思っている。それは次のような妄想に取りつかれる時だという。

ごく若い時から彼女は自分が鞭打たれるのを空想していた。彼女はこの妄想に夢中になり、籐の杖でひどい懲罰を受けたいという最も強烈な欲望を感じている。

この欲望は、五歳の時に友人の父親が冗談で彼女をひざに乗せ、鞭打つまねをしたことから来ていると彼女は主張する。それ以来彼女は杖で打たれる機会を待ち望んだが、残念なことに望みは一度も実現しなかった。この間彼女は自分が完全に無力で拘束されていると想像した。「籐の杖」「鞭打つ」という言葉を聞くだけで彼女は強い興奮を感じた。これらの妄想を男性と結びつけて考えたのはここ二年間だけである。以前は厳格な女教師か単に手だけを想像していた。

今は愛する男の奴隷になりたいと望んでいる。鞭打ってくれさえすれば彼女は彼の足にキスするだろう。

彼女はこれらが性的なものだということを理解していない。

彼女の手紙から少し引用してみよう。このケースのマゾヒスティックな特質を表す特徴的なものである。

「私はこういう妄想を抱いた時、以前は真剣に精神病院に行くことを考えました。精神病院の院長が女性の髪をつかんでベッドから引きずりおろし、杖や乗馬用の鞭で打つというのを読んだ時にこの考えを思いついたのです。私はこういう施設で同じような扱いを受けることを望みました。そして無意識のうちにこの妄想を男性と結びつけました。でも一番いいのは残忍で無教養な女性看守が無慈悲に私を打ちつけると想像することでした。

空想の中で私は男性の前に横たわり、彼は一方の足を私の首に乗せ、もう一方を私がキスします。彼に鞭打たれる妄想は私を夢中にさせますが、この場面設定はしばしば変化し、同じ打たれるのでもいろんな違ったシーンを空想します。時にはあふれる愛情の印としてなぐられます。彼は最初非常に親切でやさしいのですが、愛情が過度になると私をなぐるのです。愛情のために私をなぐるということが、彼に最高の喜びをもたらしているのだと私は空想します。しばしば私は自分が彼の奴隷であると想像しました。でも、この点に注意してほしいのですが、私は女の奴隷ではなかったのです。たとえば私は、彼がロビンソン〔クルーソー〕で私が彼に仕える野蛮人であると想像しました。私はよくロビンソンが足を野蛮人の首にのせている絵をながめることがあります。こういった奇妙な空想は今なら説明がつきます。私は女性全般を男性よりも低い、ずっと下の存在と見ているのです。でもほかの点では私は非常に高慢で不屈の人間なので、自分を男性（生まれつき高慢で優れた存在）と考えるようになったのです。このことは愛する男性の前での屈辱をより強いものにします。自分が女の奴隷であると空想したこともありますが、それでは十分ではありませんでした。というのは結局女性はすべて夫の奴隷になるともいえるのですから。」

症例七十一。v・X嬢、三十五歳。かなりの疾病素因を持つ家系の出身。数年にわたってこの女性は迫害《パラノイア・ペル》妄想《セキュートリア》の初期段階にあった。これは脳脊髄性神経衰弱によるもので、その源泉は性的異常興奮に見出される。二十四歳の頃から彼女はマスターベーションに耽っていた。欲求不満と激しい性的興奮の結果、彼女はマスターベーションと精神的オナニズムを行うようになった。同性への興味は一度もおこらなかった。この患者はこう言っている。「六歳か八歳の頃、鞭打たれたいという欲望を抱きました。私は鞭打たれたこともないし、ほかの人がこういう罰を与えられている現場に居合わせたこともないので、どうやってこの奇妙な欲望を抱くようになったのかわかりません。生まれつきのものとしか考えられません。鞭打たれる想像をする時、実際に喜びを感じましたし、空想の中で女友達の一人に鞭打たれたらどんなにいいだろうと思いました。男性に鞭打たれることは考えたことがありません。空想に夢中になることはあっても、それを実現しようとしたことはありませんでしたし、空想も十歳をすぎると消えてしまいました。ただ三十四歳でルソーの『懺悔録』を読んだ時、鞭打ちへの切望が何を意味していたのかがわかりましたし、自分の異常な妄想がルソーのものと同じだと思いました。」

このケースの独創性とルソーとの関連から、これはたしかにマゾヒズムの症例と呼べる。想像の中で彼女を鞭打つのが女友達だという事実は、このマゾヒスティックな欲望が子供におこったものであり、精神的性欲《ウィタ・セクスアリス》生活が発達する以前の、男性に対する本能がまだ目覚めていない頃におこったからだと説明できる。顚倒的性本能はここにはまったく見られない。

マゾヒズム試論

マゾヒズムの実情は、精神病理学の領域においてたしかに最も興味深いもののひとつである。この解説を試みるにあたり、まず本質的なものとそうでないものとを区別しなければならない。マゾヒズムの顕著な特質は明らかに異性の意志に無制限に服従することである。（サディズムにおいては逆に、無制限の支配となる。）そしてそれは官能の目覚めや、オーガズムに達するほどの性的感覚を伴う。これまで見てきたことから、この従属や服従の関係が表現される特定の方法自体（既述）は、それが単に象徴的な行為であるにせよ、異性によって痛みを与えられたいという欲望を伴う行為であるにせよ、重大な意義を持つものでないことは明白である。

サディズムがその精神的特異性の点で男性的な性的特質の病理学的亢進とみなされるのに対し、マゾヒズムは女性に固有の精神的特異性の病理学的変質を表しているといえる。しかし男性のマゾヒズムはたしかに頻繁に見られる。最も頻繁に取り上げられ、それだけで症例集ができるといってもいいのは男性のマゾヒズムなのである。その理由は既述したとおりである。

マゾヒズムのふたつの源泉はふつうの現象の中にも見受けられる。第一は、性的興奮状態の中では、性的刺激をひきおこしている相手によって与えられるあらゆる感覚が、その行為の性質にかかわらず、興奮させられている人間にとって快くなるということだ。

たわむれに指でたたいたり軽く打ったりすることが愛撫と感じられるのは、完全に生理学的なことである。(5)
——「恋人につねられるようなもの。痛いけれどもうれしい。」(『アントニーとクレオパトラ』第二巻)

ここから次の段階までは遠くない。相手の手によって非常に強い感覚を与えられたいと思う気持ちは、病理学的に官能が亢進した場合、打たれたいという欲望へとつながるのだ。なぜなら痛みはまさに強い身体的な感覚を生じさせる手段だからである。ちょうどサディズムにおいて、過度の運動性興奮が近隣の神経索に連鎖することによって性的感動が歓喜の状態へとつながるように、マゾヒズムにおいては、単一の感情の高まりが、愛する人から来るあらゆる感覚を食い尽くし、官能で覆い尽くすことによってエクスタシーの状態をひきおこすのである。第二は、たしかにマゾヒズムの最も重要な源泉なのだが、よくある現象の中に見出される。特別で異常なこととはいえ、これは決して性的倒錯の領域に入るものではない。

ここで問題にするのは、さまざまな違った形でおこる次のようなよく見られる事例である。それはある個人がある異性に、ことさらにひどく依存し、その依存のしかたたるや、あらゆる独立した意志の力を失うまで、また服従する側の個人的利益を害するような行為や苦しみを強要され、しばしば倫理や法の侵犯にもつながるほどのものなのである。

しかしこの依存がふつうの生活におけるものと異なるのは、性的感覚が強いという点と、平衡状態を維持するのに必要な意志の力が少ないという点においてのみである。その相違は強度の相違であり、マゾヒズムに見られるような質の相違ではない。

一人の人間の別の異性への依存——異常だが倒錯ではない依存は、法医学的観点からは大変興味ある現象である。これを私は「性的隷従《セクシャル・ボンデージ》」と呼ぶ。(6) なぜならその依存をおこす関係や状況はあらゆる点で隷従の性質を持ったものだからである。支配する個人の意志は服従する個人の意志を統治する。ちょうど主人の意志が奴隷の意志を統治するように（7）。

この「性的隷従」は、たしかに異常な現象である。それは正常なものからの逸脱をもって始まる。ある人の別の人への依存、あるいは二人のお互いの依存の程度は、法律や慣習によって確立されている正常な水準は保っている。その動因自体は正常だが強度という点において特異性を持つのだ。性的隷従はしかし倒錯の現象ではない。ここに見られる本能的活動は、まったく正常な範囲で行われる精神的性生活《ウィタ・セクスアリス》に作用するものと、暴力が多いか少ないかという点を除いては同じものである。

相手を失う恐怖や、彼をいつも満足させ、優しくそして性交を好む状態にさせておきたいという欲望は、服従する側の動因である。過度の愛情――これは殊に女性においては、必ずしも過度の官能性を意味するものではない――および薄弱な性格は、この異常なプロセスの単純な要素である（8）。

支配的な人間の動因は、無制限に行動できる自己本位性である。

性的隷従の現れ方はさまざまで、症例は数多い（9）。人生のあらゆる段階で我々は性的隷従に陥った男性を見出す。既婚男性のうち、妻の尻に敷かれている男はこの範疇に入る。特に若い妻をめとった年配の男性は、年の差や身体的欠点を克服しようとして妻のあらゆる気まぐれに無条件で従おうとする。また熟年の未婚男性は、恋愛の最後のチャンスをよりよいものにするため無制限の犠牲を払うが、これもまたここに数えられる。またあらゆる年令層で、女性に対する熱い情熱にとらえられ、冷淡に扱われたり計算づくの態度を取られたりして、厳しい条件のもとに降伏しなければならない男性もいる。愛情にあふれた男性が悪名高い売春婦との結婚に踏み切ることもある。あぶない女を追いかけて、すべてを捨てて自分の将来を危険にさらす男性もいる。妻や子供を捨て、家族のための収入を売春婦の足元に投げ出す夫や父親もいる。

しかし、たとえ男性の「隷従」の例が多数あったとしても、人生を曇りのない目で観察している人なら誰でも、女性の「隷従」に比べて数においても重要性においても比較にならないということがわかるにちがいない。このことは容易に説明がつく。男性にとって恋愛はほとんどいつでもエピソードにすぎないのだ。男性にはほかにたくさんの重要な興味の対象がある。一方女性にとって恋愛は人生の主要な事柄であり、出産の時まで常に第一の興味の対象なのである。その後も恋愛はしばしば第一に、少なくとも二番手には必ず来る。しかしそれよりさらに重要なのは、この衝動を抱く男性は簡単に思いを満たすことができ、しかもいくらでもその機会があるということである。上流階級の女性は夫がいれば夫一人にしばられる。下層階級でも何人もの男を持つには大きな障壁がある。したがって、女性の夫はその女性にとって性のすべてを意味し、夫の重要性は彼女にとって非常に大きなものとなる。また法律や慣習によって規定される夫と妻の通常の関係というのは平等とは程遠いものだということも考えあわせなければならない。それは本質的に女性のきわだった依存性を示している。女性にとってかけがえのない愛を保持するために相手に譲歩するとき、彼女はより強い隷従に陥るのだ。そしてこのことは夫の飽くことのない要求を増大させるのである。夫は自分が優位に立っていることを利用し、女性がすぐに自分を犠牲にするのにつけこもうとするからである。

金のために未婚女性を錯覚に陥らせてたぶらかす財産めあての男。女たらしや、既婚女性を陥れてゆする男。「貴女がいなければ死ぬ」などと上手に口先を使ってみせて、それで借金を支払い、安楽な生活をする金ぴかの陸軍士官やライオンのたてがみのような髪の音楽家。それに炊事を手伝う男。彼の愛にお返しするため、料理女は愛に加えて別の欲を満たすものを差し出すのだ。妻の貯えを使い果してしまう酒飲み。売春婦をなぐって自分のために生活費を稼がせる男。これらのケースは、女性が愛をより必要とする故に、そして女性の立場が難しいものである故におこる数多くの隷従の形のほんの一部である。

「性的隷従」の課題について少し考えてみる必要があるのは、ここにこそマゾヒズムの主根が生じる土壌があるとはっきり言えるからである。精神的性生活に見られるこれらふたつの現象の関係は明白である。隷従とマゾヒズムの両方に共通するのは、この異常性を持つ人間の、異性に対する無条件の服従と、後者による前者の支配である。(10) しかしこのふたつの現象は厳密に分けて考えられるべきである。それらは程度ではなく質の点で異なっているのである。

性的隷従は倒錯ではなく、病理的でもない。それを生じる要素――愛情と、意志の弱さ――は倒錯ではない。ただそれに付随する行為のみが、自己の利益に反し、しばしば慣習や法律にも反した異常な結果を生むのである。服従する側の人間が、行動し暴虐に耐える動因は、女性（あるいは男性）に対する正常な本能であり、それを満たすことが隷従の報酬である。服従する側の人間が隷従を表現するためになす行為は、支配する側の人間の命令のもとに、その人の利己心等を満足させるために行われる。服従する側にとってそのような行為自体が目的なのではない。それらは単にある目的のための手段であって、その目的とは、支配する側の人間を獲得したり保持したりすることである。なお隷従はある特定の個人への愛の結果である。それはこの愛が目覚めたときに最初に現れる。

マゾヒズムは確実に異常であり倒錯であるので、これとはまったく異なる。服従する者の行為や苦しみの裏にひそむ動因は、ここにおいては本質的に暴虐そのものによって提供される魅力なのである。支配する者との性交を同時に望むこともあるかもしれないが、歓喜の直接の対象として衝動を感じるのは、暴虐を表現する行為そのものなのだ。マゾヒズムが表現されているこれらの行為は、服従する側の人間にとっては、隷従のケースに見られるようなある目的のための手段ではなく、それ自体が目的なのである。なおマゾヒズムにおいては、服従への切望は、ある特定の愛の対象に対して愛好の気持ちがおこる前に、先験的《アプリオリ》におこる。

隷従とマゾヒズムが結びついていると想定されるのは、動因の違いにもかかわらず、依存という客観的状況から見てこのふたつの現象が一致しているからである。異常から倒錯への変質はおそらく次のようにおこると思われる。――誰でも長らく性的隷従状態の中で生活している人は、軽いマゾヒズムの傾向を持つようになる。愛する人の暴虐を喜んで耐える愛が、暴虐そのものを直接愛するようになるのだ。暴虐を受けることが長い間愛する人への官能的な思いと緊密に結びつけられていると、官能的な感情はついには暴虐そのものに向けられるようになり、こうして倒錯への変質が完成する。このようにしてマゾヒズムは養成されて身につくのだ(11)。

このようにマゾヒズムの軽度のものは「隷従」から起こり、後天的に身につく。しかし非常に若い頃からの、服従への熱望を伴う真性の、完全な、根深いマゾヒズムは先天的なものである。

完全なマゾヒズムは稀にしか見られないのだが、この倒錯はおそらくより頻繁に見られる「性的隷従」という異常から生じると考えられる。時にこの異常性が精神病質の個人に遺伝によって移り、その際これが倒錯に変換されるのだ。問題となる精神的要素が少し移行するだけでいかに影響を与えるかということについてはすでに見てきた。後天的に身についたマゾヒズムには習慣による影響があるが、遺伝のさまざまないたずらによっても同じ影響が生み出されるのである。しかしこれにより「隷従」に新しい要素がつけ加えられることはない。逆に、愛情と依存とを接着させ、それによって「隷従」とマゾヒズムとを区別し、異常と倒錯とを区別する要素そのものが削除されてしまうのである。本能的な要素のみが遺伝するのはまったく自然なことである。

遺伝的転移によって異常から倒錯に転換することは、子孫の神経病質的性質がマゾヒズムのもうひとつの要素――これまで主根と呼ばれてきたもの――を呈している時に非常に容易におこる。その要素とは、愛する人から来るすべての感覚を性的な感覚と同化させる性的感覚過敏の傾向である。

ここにふたつの要素がある。ひとつは「性的隷従」、そしてもうひとつは先に挙げたような、虐待さえも官能的感情をもって感知するような性的忘我の気質である。そのルーツは生理学的領域に遡って求められるかもしれないが、マゾヒズムはこれらふたつの要素から生じる。マゾヒズムは精神病の素質を基盤として生じるのである。性的感覚過敏によって、最初は性欲生活《ウィタ・セクスアリス》のあらゆる生理学的要素が増強され、最後には異常な要素のみが増強されるようになって、倒錯の病理学的レベルにまで達するというわけである。(12)

いずれにせよマゾヒズムは、先天的な性的倒錯として、（ほとんどすべてが）遺伝的素質において変質機能兆候を示す。そして私の扱ったマゾヒズムおよびサディズムのケースはこれを臨床的に確証するものである。マゾヒズムにおいて示される特異な、精神的に変則的な性欲生活《ウィタ・セクスアリス》は根源的な異常であり、たとえばルソーやビネーが主張するように、受動的な鞭打ちを連想することによって素質を持つ個人が身につけていくといったものではないということは容易に論証できる。マゾヒズムの数多くのケースで、実際その大半においては、鞭打ちなど一度もおこらず、倒錯的衝動が向けられるのは、実際に痛みが課せられることのない純粋に象徴的な服従を表現する行為に限られているのだ。このことはここに挙げられた症例四十九からはじまる全記録で示されている。

同じ結論、つまり受動的な鞭打ちがすべての核となるのではないという結論は、受動的鞭打ちが実際に役割をはたす症例四十一や四十七のようなケースからも、詳細な検討を加えれば導き出される。症例四十八は特にこれについて考えるのに有益である。というのは、彼は若い時に受けた懲罰から性的に刺激を受けたわけではない。さらにこのケースでは、子供の頃の経験との関連づけは、なし得ない。なぜなら主要な性的興味の対象となる状況が、子供の頃に実現されることはまったく不可能だからである。

なおサディズムと対比させて考えれば、マゾヒズムが純粋に精神的要素から来ているということは、十分に納得のいく説明ができるはずである。受動的鞭打ちがマゾヒズムにおいて大変頻繁に見られるのは、単にそれが服従の関係を表現する最も極端な手段だからである。

繰り返すが、単純な受動的鞭打ちとマゾヒスティックな欲望による鞭打ちとを区別する決定的な点は、前者においてその行為は性交か少なくとも射精を可能にする手段であるのに対し、後者においてはそれはただ被虐的な欲望を満足させる手段だということである。

これまで見てきたように、マゾヒストはほかにも官能の反射的興奮が確実におこるようなあらゆる虐待や苦しみを自分に課す。このようなケースは無数にあるので、我々はこれらの行為の中で（マゾヒストにおいて同様の重要性を持つ鞭打ちの場合も含め）、痛みと官能がどのような関係にあるのかを確かめなければならない。マゾヒストの供述によれば、その関係は次のようなものである。——

それは、身体的痛みをひきおこすものが単に身体的喜びとして感知されるといった性質のものではない。なぜならマゾヒスティックなエクスタシーの状態にいる人は痛みを感じないからである。痛みを感じないのは、彼の感情が（戦闘中の兵士のように）皮膚の神経に与えられた身体的印象を知覚しない状態にあるためか、あるいは（宗教の殉教者や熱狂的信者のように）、意識が官能的感情に満たされており、虐待が痛みの質を伴わない単なる象徴となっているためである。

ある程度、身体的痛みを精神的喜びが過補償すると、意識の中にその過剰分のみが精神的官能として残る。そしてこれが増幅する。反射脊髄の影響を受けるか、あるいは知覚的印象が知覚中枢の中で特異な色づけをされるかして、身体的喜びのある種の幻覚がおこり、実際に知覚された箇所を曖昧にするためである。

熱狂的な宗教信者（ヒンズー教の托鉢僧、回教の修道僧、鞭打ちの苦行者ら）の自己拷問において、同様の状況がおこる。ただ喜びの質が違うだけである。ここでも殉難の概念は痛みなしに知覚される。殉難によって、神に奉仕し、罪があがなわれ、天国に入ることができるといった喜ばしい考えで意識が満たされるからである。

注　テクストとしてはドイツ語の原著第十版より英訳されたDr. R. v. Krafft-Ebing, *Psychopathia Sexualis*（London : Rebman, 1899）を用い、その第三章「性生活の一般神経病理学および精神病理学」（III - "General Neuropathology and Psychopathology of Sexual Life"）から「マゾヒズム」の部分を訳出した。尚、「変態性欲心理」という訳語については本書四七頁注（5）参照。以下は原注。

（1）作家ザッヘル＝マゾッホに由来する。彼の書く物語や小説は特にこの倒錯を取り上げて描写している。それらの小説に導かれて本書の著者はこの方面の観察をなし、マゾヒズムという用語を導入した。類似例として色盲の発見者ドールトンからドールトニズムという言葉がつくられたことがある。

（2）中世初期の法律では夫が妻を殺す権利が、中世後期の法律ではなぐる権利が与えられていた。後者の権利は自由に行使でき、高い地位にある者にも使われた。（シュルツ、『恋愛歌の時代の宮廷生活』第一巻一六三頁以下参照。）しかしこれとは逆説的に、中世には騎士道があり、これについては説明がついていない。

（3）シラー作『たくらみと恋』のミルフォード嬢のセリフを参照されたい。「わたしたち女性は支配か奉仕かを選ぶことしかできないのよ。でも権力がもたらす最高の喜びなんてみじめな代用品でしかないわ。愛する男の奴隷になるっていうもっと大きな喜びが得られないならね！」第二幕第一場。

（4）サイデル『季刊医学』（一八九三年、第二巻）はディッフェンバッハの患者をマゾヒズムの一例として挙げている。彼女は淫欲的感覚が薄れてくると、何度もわざと腕を脱臼させてその感覚を得ようとした。麻酔はその頃はまだ知られていなかった。

（5）類似の事例は動物界にも見られる。たとえば有肺腹足動物の一種は、身体の特殊な袋状の場所に小さな石灰質様のものを隠し持っている。巣づくりの頃になるとそれが突出し、性的興奮をよびおこす道具として使われるが、それはあきらかに痛みをひきおこすはずなのである。

（6）著者の論文「性的隷従とマゾヒズムについて」『精神医学年報』第一〇巻、一六九頁以下参照。ここではこの問題が詳細にわたって、特に法医学的観点から取り扱われている。

（7）「奴隷」「奴隷状態」といった表現は、このような状況ではしばしば比喩的に使われるのだが、ここでは使用を避ける。なぜならそれらはマゾヒズムの常套表現で、ここでいう「隷従」はそれとははっきりと区別されなければならない。

「隷従」という表現はJ・S・ミルの「女性の隷従」を意味するものではない。ミルがこの表現で意味するのは法律や慣習や社会的歴史的事象である。しかしここで我々が言うのは常に特殊な個人的動機を持つ事象であり、それは一般的な慣習や法律とも衝突しうるものである。その上これは男女両性に関係する。

(8) おそらく最も重要な要素は、服従の習慣によってある種の機械的従順が、その動因に気づくことなく、自動的な正確さで作動するようになるということだ。それは意識の域にものぼらないため、それに反する対抗観念もおこらないままに実行される。そして支配的な個人によって生命のない道具のように使われることもあるのだ。

(9) 性的隷従は当然あらゆる文学において役割をはたしている。実際詩人にとって、倒錯とまではいえないが性的生活の異常な現象は、豊かで開けた詩的領土となっている。男性の「隷従」を描いた最も著名なものはアベ・プレヴォーの『マノン・レスコー』である。女性の「隷従」のすばらしい描写はジョルジュ・サンドの『レオン・レオニ』に見られる。しかし筆頭に置くべきはクライストの『ハイルブロンのケートヒェン』である。クライスト自身、これをサディスティックな『ペンテジレーア』の片割れと呼んだ。ハルムの『グリゼルディス』や他の多くの同様の詩もここに属する。

(10) 性的隷従がマゾヒズムでよく見られるのと同じ行為で表現されるというケースも起こりうる。荒くれ男が妻を鞭打ち、後者が愛のために、しかし打たれることへの欲望を持つことなく耐えている場合、ここにはマゾヒズムを装った隷従の擬似形態がある。

(11) 隷従を説明するのに一般的に使用される戯れの比喩的表現、たとえば「奴隷状態」、「鎖でつながれる」、「縛られる」、「鞭でおどされる」、「凱旋車にくくりつけられる」、「足元にひれふす」、「尻にしかれる」などはすべて、文字通り実行されれば、マゾヒストの欲望の対象となるものである。このことは大変興味深く、外面的にはほとんど同じに見える隷従とマゾヒズムの性質を表しているといえよう。このような比喩は日常生活で頻繁に使われ、ごくありふれたものとなっている。これらは詩の言語から来ている。詩は常に、一般的な意味での恋愛の情熱の中で、自発的に、あるいは必要にせまられて自己を犠牲にする恋人の依存の要素を歌ってきた。「隷従」の事象もまた常に詩的想像力に訴えかけてきたのだ。詩人が、印象的な比喩で恋する人の依存度を描こうとして今挙げたような表現を選ぶとき、彼はちょうどマゾヒストと同じ道を歩んでいることになるのだ。すなわち、自分の依存（彼の究極の目的である）を強化するために、彼は現実にそういった状況を作り出すのである。古代の詩歌においては、「ドミナ」（支配する者）という言葉が愛する人を意味するのに使われ、「鎖でしばられる」という比喩も好んで使われた（ホラティウスの『頌歌』第四の十一参照）。古代からすべての時代を通じて現代に至るまで（グリルパルツァー『オットカル』第五幕参照。「支配するのは楽しいこと。服従するのとほとんど同じくらいに。」）、愛の詩は同じような言い回しや比喩に満ちている。「女王さま」という言葉の歴史も興味深い。しかし詩は人の世の鏡である。中世における宮廷の騎士道もおそらくこのようにしておこってきたのだろう。社会において、また個々の恋愛関係において女性を「女主人」として畏敬すること、封建制度や領臣制度における関係を騎士と姫との関係に転換すること、女性のあらゆる気まぐれに従うこと、愛の試練と誓い、女性のあらゆる命令に服従する義務——これらすべての中に、騎士道は愛の「隷従状態」の組織的、詩的発展形式として現れている。ある極端な現象、たとえばウルリヒ・フォン・リヒテンシュタインやピエール・ヴィダールが女性への奉仕として行う行為や苦しみ、また愛の殉難を求め、あらゆる苦難を自分に課すフランスの「ガロア」の会員のしきたりなどは明らかにマゾヒスティックな性質を持ち、ひとつの現象がもうひとつの現象に自然に変換した例である。

（12）　本文に示されるように「性的隷従」が男性よりも女性により頻繁に、またより顕著に見られるとするならば、マゾヒズムというものは（必ずとはいえないまでも、概して）女性の祖先の「隷従」の遺伝だという考えがおこってくる。実際には女性に属するはずの倒錯が男性に転移されることで、顚倒的性本能との関わりが薄いながらも生じる。マゾヒズムを未発達の顚倒的性本能として、つまり性欲生活《ウィタ・セクスアリス》の第二次性的特質のみを犯す部分的な女性化現象として見ることの正当性は、（この論については第六版でより制約を受けない書き方をしたが）、症例四十二と四十八の患者の供述によって証明されている。彼らは女性化現象の別の側面を表していて、自分たちを求め獲得する比較的年配の婦人を理想像として挙げている。

しかし「隷従」が男性の性欲生活《ウィタ・セクスアリス》の中でも重要な役割をはたすということ、また男性におけるマゾヒズムはそういった女性的要素の転換などなしにでも説明されうるということは強調しておかなければならない。マゾヒズムは、その対の一方であるサディズムと同様、顚倒的性本能との不規則的結合で生じるということも覚えておかねばならない。

あとがき

大手前大学比較文化研究叢書第一号として、『谷崎潤一郎と世紀末』が刊行されることになった。福井秀加大手前大学学園理事長から寄せられたご支援のたまものであることを記して、まず感謝の意を表したい。

本叢書は、第六十二回日本比較文学会全国大会のシンポジウムで発表された五編の論文を骨子として成り立っているが、ここに至るまでの経緯をかいつまんで述べておくことにしよう。

一九九六年、あの阪神淡路大震災の余燼がくすぶるなかで、大手前大学（当時は女子大）大学院文学研究科修士課程が呱々の声をあげた。比較文学比較文化専攻の大学院で、学際的研究・教育を目ざしたユニークな方針が打ち出されていたといえよう。そして二年後には、博士後期課程が発足した。

博士後期課程が設置されてからちょうど最初の三年目の二〇〇〇年六月に大手前大学で第六十二回日本比較文学全国大会が開催された。そのときのプログラムの一環として組まれたシンポジウムのテーマが、「文学と世紀末――谷崎潤一郎を中心に――」であった。

谷崎と世紀末、一見賞味期限が切れた食品のようでありながら、実は比較文学的見地から本格的に取り組まれたことはなかったのである。しかも谷崎は、マックス・ノルダウのいう世紀末的デカダンスの洗礼を受けたことを自認し、リヒャルト・フォン・クラフト＝エービングの『変態性欲心理』を踏み台にして発展した作家だ。文字どおりイディオシンクラティックな作家だったといえよう。最近の海外における谷崎への関心の高まりは、それを立証しているようにも思えるのである。

二十世紀最後の年の学会において、谷崎の「世紀末」性を検証・再検討することは、彼の評価の現状を踏まえて、将来を展望することにもつながるであろう。というような主旨のもと、シンポジウムでは、五人のパネリストによる五つのテーマが提示された。

一、井上健〈谷崎の「世紀末」とアメリカニズム〉
二、松村昌家〈翻訳『グリーブ家のバアバラの話』再考〉
三、劉建輝〈オリエンタリズムとしての「支那趣味」——大正作家の世紀末〉
四、大島眞木〈海外における谷崎の翻訳と評価〉
五、稲垣直樹〈文体の「国際性」——『細雪』『雪国』英仏訳からの照射と書との関わり〉

終わってから私の頭には一つの構想が浮かんだ。先にふれたノルダウの『変質論』(*Degeneration*)とクラフト＝エービングの『変態性欲心理』(*Psychopathia Sexualis*)から、それぞれ谷崎と最も密接に関わる部分——「世紀末」と「マゾヒズム」とを訳出し、全体を一本にまとめるということである。そして少々虫のいい話だが、これを大手前大学比較文化研究叢書として刊行することができれば、と思いはじめた。大学院を母体として、学際的な研究を叢書として刊行することは、私にとってかねてからの念願でもあったのである。

幸いにその実現に向けて、福井秀加理事長のご支援を得ることができた。そして思文閣出版専務取締役の長田岳士氏、編集長の林秀樹氏ともに、私の申し出を快く受け入れてくれた。

以上のような過程をへて、一つの目標を達成できたいま、私は井上健、劉建輝、大島眞木、稲垣直樹ら諸氏の学問的友情に支えられた幸せを身にしみて感じている。森道子、和田桂子の両氏には、それぞれノルダウとクラフト゠エービングの翻訳の労をとってくれたことに対して謝意を表したい。

最後に、企画の当初から出版に至るまでの全過程を通じてお世話になった思文閣出版編集主任の後藤美香子さんに、執筆者一同になり代わって、心からお礼を申し上げる。

本書の内容については、比較文学的研究ならではの特色を出すべく、それぞれの立場でできるだけの努力をしたつもりだが、思わぬ欠点が見出されるかもしれない。諸賢からのご指摘ご叱正を仰ぐことができれば幸いである。

二〇〇二年一月

編者　松村昌家

稲垣直樹（いながき・なおき）
1951年生。東京大学大学院人文科学研究科博士課程修了。パリ大学にて文学博士号取得。京都大学教授。著書に『サン＝テグジュペリ』（清水書院、1992）、『サドから「星の王子さま」へ―フランス小説と日本人―』（丸善ライブラリー、1993）、『「レ・ミゼラブル」を読みなおす』（白水社、1998）など。

森　道子（もり・みちこ）
1940年生。大阪大学大学院文学部文学研究科博士課程修了。大手前大学教授。著書に『神、男、そして女―ミルトンの『失楽園』を読む―』（共著、英宝社、1997）、『英国文化の世紀１―新帝国の開花』（共著、研究社、1996）など。

和田桂子（わだ・けいこ）
1954年生。神戸大学大学院文化学研究科博士課程修了。大阪学院短期大学教授。著書に『二〇世紀のイリュージョン―「ユリシーズ」を求めて』（白地社、1992）、『西脇順三郎・パイオニアの仕事』（編著、本の友社、1999）など。

執筆者一覧（執筆順）

松村昌家（まつむら・まさいえ）
1929年生。大阪外国語大学英語学科卒。大阪市立大学大学院文学研究科修士課程修了。大手前大学大学院教授。著書に『水晶宮物語―ロンドン万国博覧会1851―』（リブロポート、1989）、『ディケンズの小説とその時代』（研究社出版、1989）、『パンチ素描集』（岩波書店、1994）など。

井上　健（いのうえ・けん）
1948年生。東京大学大学院人文科学研究科修士課程修了。東京工業大学教授。著書に『作家の訳した世界の文学』（丸善ライブラリー、1992）、『翻訳の方法』（東京大学出版会、1997）、『翻訳街裏通り』（研究社、2001）など。

劉　建輝（りゅう・けんき）
1961年生。中国・遼寧大学卒、神戸大学大学院博士課程修了。国際日本文化研究センター助教授。著書に『帰朝者・荷風』（明治書院、1993）、『魔都上海―日本知識人の「近代」体験―』（講談社、2000）など。

大島眞木（おおしま・まき）
1936年生。東京大学大学院博士課程満期退学。東京女子大学現代文化学部教授。論文に「芥川龍之介の創作とアナトール・フランス」「谷崎潤一郎の翻訳論」「芥川龍之介と夏目漱石―モーパッサンの評価をめぐって―」「フランスに蘇った蝉丸―映画『めぐり逢う朝』と日本文化」など。

大手前大学比較文化研究叢書 1

谷崎潤一郎《たにざきじゅんいちろう》と世紀末《せいきまつ》

2002年 4 月10日　発行

定価：本体2,800円（税別）

編　者　　松　村　昌　家

発行者　　田　中　周　二

発行所　　株式会社　思 文 閣 出 版

京都市左京区田中関田町 2-7

電話　075－751－1781（代表）

印刷所　　亜細亜印刷株式会社

製本所　　株式会社渋谷文泉閣

ISBN4-7842-1104-7